U0804888

荣 获

新闻出版总署优秀畅销书奖
全国优秀古籍图书普及读物奖
第十七届山西省优秀图书一等奖
第 二 届 山 西 出 版 政 府 奖
山西出版集团2008年度十种好书

全套藏书累计销售500万册

诸子百家卷

《诗经》《尚书》《礼记》《楚辞》《论语·大学·中庸》《孟子》
《老子》《庄子》《荀子》《韩非子》《孙子兵法·尉缭子·鬼谷子》
《墨子》《周易》《山海经》《吕氏春秋》《三十六计》

名家选集卷

《三曹诗集》《陶渊明集》《王勃集》《王维集》《孟浩然集》
《高适集》《岑参集》《李白集》《杜甫集》《白居易集》
《刘禹锡集》《元稹集》《李商隐集》《李贺集》《杜牧集》
《韩愈集》《柳宗元集》《李煜集》《欧阳修集》《王安石集》
《苏轼集》《黄庭坚集》《柳永集》《秦观集》《周邦彦集》
《李清照集》《辛弃疾集》《陆游集》《范成大集》《杨万里集》
《姜夔集》《文天祥集》《元好问集》《唐寅集》《张岱集》
《三袁集》《李贽集》《傅山集》《纳兰性德集》《袁枚集》
《郑板桥集》《龚自珍集》

史著选集卷

《左传》《国语》《战国策》《史记》《汉书》《后汉书》《三国志》
《资治通鉴》

综合选集卷

《唐诗三百首》《宋词三百首》《元曲三百首》《千家诗》《古文观止》
《汉魏六朝小赋骈文选》《唐宋八大家文选》《明清小品文选》

笔记杂著卷

《蒙学六种——三字经·百家姓·千字文·增广贤文·幼学琼林·格言联璧》
《颜氏家训·朱子家训》《世说新语》《金刚经·坛经·心经·地藏经》
《曾国藩家书》《菜根谭·小窗幽记·幽梦影》《浮生六记》《闲情偶寄》
《近思录》《徐霞客游记》《古代书信精选》

戏曲小说卷

《元杂剧精选》《西厢记》《牡丹亭》《长生殿》《桃花扇》《今古奇观》
《三国演义》《水浒传》《西游记》《红楼梦》《聊斋志异》《儒林外史》
《封神演义》《话本小说选》《文言小说选》

中国家庭基本藏书　名家选集卷

元好问集

〔金〕元好问　著
李正民等　解评

山西出版传媒集团
三晋出版社

博学工作室

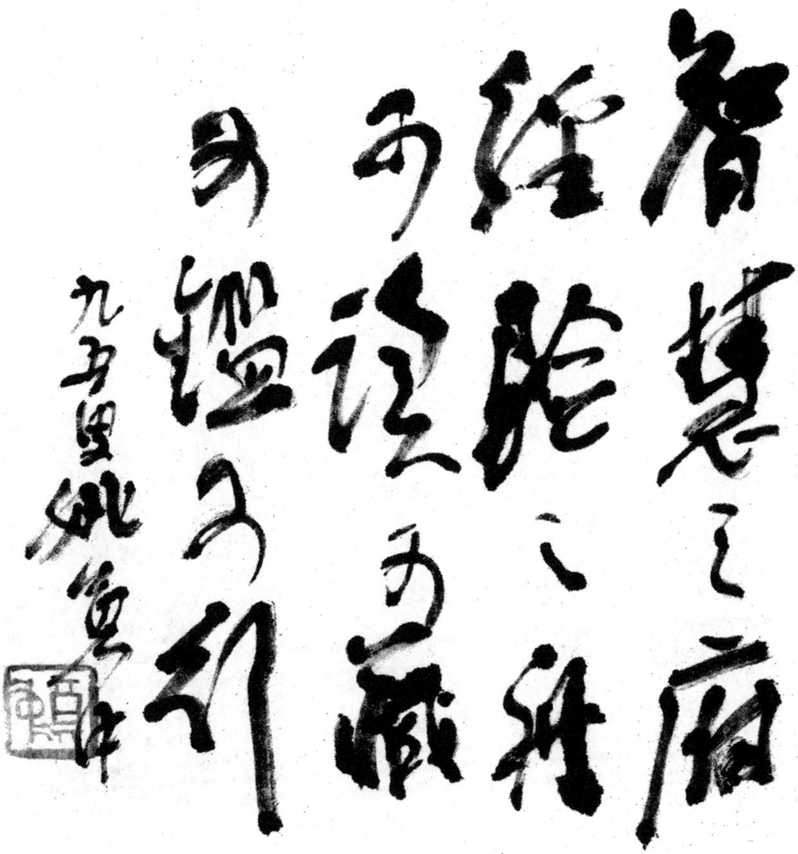

·山西大学教授姚奠中先生为《中国家庭基本藏书》题词

前言

元好问(1190—1257),字裕之,号遗山,金代太原秀容(今山西省忻州市)人。系出北魏鲜卑族贵族拓跋氏(后改汉姓"元"),为唐诗人元结后裔。生父元德明累举不第,放浪山水间,喜爱杜诗,推崇苏轼、黄庭坚,其诗作清熟圆美,无山林枯槁之气。元好问过继给其叔元格为子。元格官山西陵川等地,为元好问延请名师郝天挺,并教其为政之道。郝天挺引导好问潜心经传百家,刻苦学诗,主张"读书不为艺文,选官不为利养"(《郝先生墓铭》),对元好问的成长起了良好作用。

元好问认为:"士之有所立,必藉国家教养、父兄渊源、师友讲习,三者备而后可。"(《中州集·辛愿传》)这正是他本人能取得重大成就的三个基本条件。他的父、兄都博学能诗。元好问出生前及其青年时代前后50年(1161—1210),是金代历史上最繁盛的时期,史称"世宗、章宗之世,儒风大变,学校日盛。士人由科举而位列宰相者甚多。"(《金史·文艺传》）金世宗被称为“小尧舜”，金章宗则是历代金帝中汉文化最高的人。元好问确实得益于国家教养。至于师友讲习这方面，对元好问影响更大。可称为元好问之师的，除郝天挺外，还有王中立、路铎、赵秉文、王若虚等名士名臣。元好问结交的诗友很广，著名的如元好问的“三知己”辛愿、李献甫、李汾，以及雷渊、王渥、麻九畴、冀禹锡、杨弘道、刘昂霄、赵元等。师友中关键性的人物，是礼部尚书赵秉文。元好问28岁时(1217)到首都南京(今河南开封)，以诗文见礼部尚书赵秉文。赵对元好问的《箕山》、《元鲁县琴台》等诗，极为赞赏，认为在杜甫之后，尚未见过这么好的诗。于是元好问名震京师，被人目为“元才子”。这对元好问此后以诗学为毕生事业，起了决定性的作用，也奠定了坚实的基础。

元好问一生的经历和创作可分为三个大的时期：20岁之前，是学业准备时期。21—43岁，是深造、应举、为官、交友和创作的第一个高潮期。44—68岁逝世，是创作的第二个高潮期，也是为促进社会进步、保存中原文化和金代文献，积极活动、作出重大历史贡献的时期。这个时期的创作和政治文化活动，奠定了元好问作为文化巨人的历史地位。

第二个时期的23年中，还可以分为两个阶段。21—31岁，是深造、交友、创作成熟的阶段。元好问在这时所写的《论诗三十首》，在我国文学批评史上有重要地位。这组论诗绝句在对建安以来至南宋的一些诗人、诗派品评褒贬的同时，阐明自己论诗的主旨：推崇刚健雄豪、真淳天然的风格，反对模拟因袭，批评绮靡纤弱的诗风；重视作家的品德，反对俳谐怒骂，标举风雅正体的优良传统和民歌的“天然慷慨”本色。

32—43岁，是为官和创作丰收的阶段。32岁登进士第。35岁应宏词科，权国史院编修官。37岁除镇平令。38岁任内乡令。42岁任南阳令，迁尚书省令史，移家汴京。43岁任左司都事。元好问在为官期间和金亡前后所写的“丧乱诗”，蒿目时艰，深刻地反映了当时的社会现实和人民疾苦，慷慨悲歌，真挚动人，代表了他诗歌创作的最高成就，确实可以与杜甫在安史之乱期间所写的诗歌比美，而在其批判力度上，比杜甫有过之无不及。

元好问任地方官期间，善政卓著。《河南通志》和《内乡通考》都说他“劳抚流亡，边境宁谧”，“善政尤著，吏民怀之”，“循吏也，不当徒以诗人目之”。《新修镇平县志》更具体地说，元好问任镇平县令期间，“律己守法，政平讼理。暇时则赴劝农，形迹脱略，如家人父子。每岁开征，不事科扰，民竞劝乐输无愆期。”“以德化民，政声翕然。”《新修南阳县志》称元好问“为中州南阳令，南阳大县，兵民十馀万，帅府令廉，镇抚甚有威惠。”

第三个时期有25年(1233—1257)。1232年元好问43岁时，在朝中任左司都事。这时，金哀宗已经出逃，崔立叛降，蒙兵入京。元好问在生死存亡之际，向蒙古中书令耶律楚材进言，写了《寄中书耶律公书》。这一惊世骇俗之举，是有关他一生名节的重大公案，而实际上却正是他高瞻远瞩、见识卓越超群的铁证，是他挽救中原文化的一大贡献。紧接着，元好问就随百官一起被蒙兵解送聊城(今山东省聊城市)羁管。《寄中书耶律公书》写于1233年4月22日，信中向蒙古中书令耶律楚材推荐了文士54人，请求保护、任用。希望耶律楚材使这些文士“脱指使之辱，息奔走之役，聚养之，分处之”。不久，这些文士果然大多被任用，促进了蒙古贵族文明化，保存和传扬了中原先进文化，以至在忽必烈时代以儒学治国中发挥了重大作用。与元好问向耶律楚材进言的同时，耶律楚材建议废屠城之制，使避兵于汴京的140万户百姓皆得保全。可见，在行仁政、倡儒道这一根本原则方面，元好问与以“礼乐中原”为荣的耶律楚材可谓“心有灵犀一点通”。那种囿于宗姓邦国之见，以“境外之交”责备元好问的论者，与“横身于利害相磨之场而莫之避”、以挽救天下斯文为己任的元好问相比，其差别何止以道里计。

1235年，元好问46岁时，获得自由，由聊城移居冠氏(今山东省冠县)，得到县令赵天锡的资助。于是大力提倡儒学，与赵复、杨宏道、曹之谦、段克己、段成己等著名文士交游、唱和，颇有影响。1236年，蒙古统治者即下令修复孔子庙，并设立编修所、经籍所。1237年，首开科举。元好问于此年写了《外家别业上梁文》，对刘祁以崔立碑文诬陷自己之事作了沉痛的申辩。

金亡后的20馀年，元好问长期奔波于鲁、豫、冀、晋一带。其目的主要有二：一是鼓吹儒学，二是搜集编撰金史的资料。他在家乡构筑野史亭，以编撰《金史》为志愿。1247年，元好问58岁时写的《与枢判白兄书》中说：“去秋七月二十三日，忽得足痿症”，“亦恐是残喘无几”，“唯有《实录》一件，只消亲去顺天府一遭，破三数月功，披节每朝终始及大政事、大善恶系兴废存亡者为一书，大安及正大事则略补之。此书成，虽溘死道边无恨矣！”1250年，他61岁时，终于抱病亲往顺天路万户张柔处，抄录了《金实录》。1252年，他又以63岁的高龄，与张德辉一起长途跋涉，北上桓州(今内蒙古正蓝旗一带)，觐见忽必烈，请忽必烈为儒教大宗师，并免儒户兵赋。忽必烈悦而准之，元好问即返忻州。

元好问这一时期的政治文化活动，有一种矛盾的现象：他积极推荐鼓励其友人、门生担任蒙古政府的官职，并结交一些权贵，而自己却坚辞不出仕。继任其父耶律楚材为蒙古中书令的耶律铸曾多次写信并派人招致元好问。元氏回信说："断不敢往。"这是什么原因呢？我认为，元好问鼓励儒者做官，是为了行儒道；而他自己辞官不就，则是为了尊儒道。道尊则易行，道行则益尊。同时，他不做蒙古帝国的官，也是忠于金国、金君的表现。他的哥哥元好古就死于蒙军的屠刀之下。

1257年农历九月初四，元好问卒于河北获鹿，归葬于秀容祖坟(今忻州城南韩岩村)，享年68岁。

元好问的文学成就，主要表现在诗词方面。他对自己的成就极为自信，自许为李白、杜甫一流，而在秦观、晁补之、贺铸、晏幾道诸人之上。其《天涯山》云："诗狂他日笑遗山，饭颗不妨嘲杜甫。"《游泰山》云："徂徕山头唤李白，吾欲从此观蓬莱。"《遗山自题乐府引》云："客有谓予者云：'……且问遗山得意时，自视秦、晁、贺、晏诸人为何如？'予大笑，拊客背云：'哪知许事？且啖蛤蜊。'客亦笑而去。""哪知许事，且啖蛤蜊"语出《南史·王融传》，原作"不知许事，且食蛤蜊"，表示不屑之意。这种态度确实大幅度地超越了儒家传统的温良恭俭让的樊篱，正是多民族融会的"中州万古英雄气"孕育的结果。无怪乎他敢于以"诗中疏凿手"自任，宣称"未便吴侬得锦袍"了(元好问《自题中州集后五首》之一)。至于他在中国文学批评史上的地位和他对于形成"河汾诗派"的领袖作用，则是李白、杜甫也不能比拟的。元好问在史学方面的贡献，包括他开创断代诗史新体例《中州集》的功绩，在史学界也早有定评。

元好问诗今存1381首，词今存384首。题材广阔，内容丰富，风格多样。尤其是金亡前后的作品，深刻地反映了国破家亡的现实，对人民的疾苦十分关切同情，具有诗史的意义，代表了金元诗词的最高成就。清人赵翼说，元好问的诗，"专以精思锐笔，清炼而出，故其廉悍沉挚处较胜于苏(轼)、陆(游)。"(《瓯北诗话》)刘熙载说：元好问的词，"疏快之中，自饶深婉，亦可谓集两宋之大成。"(《艺概》)

元好问的散文有26卷，众体悉备。受韩愈、欧阳修的影响，风格清新雄健，语言平易自然。

元好问还著有小说集《续夷坚志》，有207篇文言小说，是今知金代唯一的一部短篇小说集。在我国小说由雅趋俗的发展阶段，有承前启后的意义，还保存了一些有价值的史料。

元好问的散曲今存9首，对元曲有示范作用。元人陶宗仪说："〔小圣乐〕乃小石调曲，元遗山先生好问所制，而名姬多歌之，俗以为〔骤雨打新荷〕者是也。"（《南村辍耕录》）可见其影响之广。

元好问还有4篇赋传世。其《新斋赋》中说："动可以周万物而济天下，静可以崇高节而抗浮云。"表现了他经世治国的远大抱负和穷则独善其身的高洁品格。

元好问在魏道明、商衡辑录的《国朝百家诗略》的基础上编纂的《中州集》，收诗词作家255人，并为其中253人写了小传。收诗2054首，词114首，实属最早的金代诗词总集。此集开创了以诗存史、断代诗史的新体例，对于研究金代诗词和作者、金代历史和总集的编纂体例，均有重要价值。

元好问编撰的著作，尚有《锦机》、《杜诗学》、《东坡诗雅》、《东坡乐府集选》、《壬辰杂编》，惜此五种均佚失，《诗文自警》有孔凡礼先生辑佚15则，《唐诗鼓吹集》今存。

总之，文化巨人元好问是时代的骄子。高度汉化的家学、师友渊源和儒家文化教养成为他思想和学术的根底，又吸收了一些道家和禅学的营养。少数民族的英雄气质和生长云朔的自然天禀，民族融合的历史进程和社会的巨变，则影响他在一定程度上能够突破愚忠于一家一姓的腐儒之见，使他能够以宏阔的世界观、人生观顺应时代巨变，以先进文化的传承、社会进步和人民利益为重，将封建的个人名节置于次要地位，终于作出了不朽的历史性贡献。

元好问集有多种刊本。全集如清光绪七年读书山房刻本，包括诗文40卷，词和小说各4卷，年谱3种，考证3卷，附录、补载各1卷。1990年山西人民出版社出版的《元好问全集》（姚奠中主编），即以此为底本校补增订而成。诗集有明汲古阁本、清人施国祁《元遗山诗集笺注》（人民文学出版社1958年版）等。词集《遗山乐府》有明吴讷《百家词》本，《全金元词》所收较为完备。小说有山西古籍出版社出版的《〈续夷坚志〉评注》（李正民评注，1999年版）。

本书所选元好问作品文本据《元好问全集》。共选诗85首、词37首、散曲7首、文赋8篇、小说4篇。

撰写注释和新解、新评的为：李正民（山西大学文学院教授）、孟繁仁（山西省社会科学院文学所研究员）、曹凌燕（上海文化艺术研究院副研究员）、段继红（苏州大学博士研究生）、焦中栋（浙江大学博士研究生）、郭胜瑜（山西大学硕士）、乔林晓（山西大学硕士研究生）、李量（山西大学硕士研究生)。李正民审订了全部书稿。为方便读者使用,末附“元好问年谱简编”、“元好问著作主要版本”、“元好问研究主要著述”及“《元好问集》名言警句”(正文中用着重号标注)。

选文和评注不妥之处,诚望读者指正。

李正民

2008年6月

序言

姚奠中

1998年，我在为李正民的《元好问研究论略》作序时说："李正民从他的硕士论文起，便和元好问结下了不解之缘。他1981年留校，所担任的课程从先秦到明清都有，但他致力最多的还是金元，特别是元好问。"那是实情。他近年在我们集体校点的《元好问全集》的基础上，又作了一次详尽的校订、增补，使这部颇受社会好评而且获得国家古籍整理优秀图书奖的全集，进一步完善。

我以为，包括他的其他有关元学论著在内，李正民在元学的研究上成绩卓著，不愧为元好问研究的专家。然而，元的全集量大，没有注解。有注解的，一是清代施国祁的"笺注"，解放后的选注本不少。二是词，过去未见单独注本，我和正民主持下的《元好问词注析》，算起了一点补缺作用。

但元好问还有大量的散文、小说和《中州集》中的传记。其中文学价值、史学价值很高的作品不少，却很少有人留意。鉴于此，三晋出版社(原山西古籍出版社)约请李正民主编《元好问集》选注本。这本新著对研究或了解金元文学，特别是对想多方面了解元好问作品的读者，是会有积极意义的。

元好问是金元两代二百多年间中国传统文学的最大代表。他在中国文学史乃至文化史上，占有卓越地位。这在前人，特别是清人对他的评价中已有定论。即使在对金元文学长期忽视的年代，一般文学史对元氏也不能不加以重视，而予以一定的地位。到了20世纪80年代以后，元学研究已走向高潮。而正民在此高潮中，也起了不小的作用。希望这本书之后，更有不断的新成果问世！

作序，九十老翁，力不从心。姑缀此短笺以塞责。

姚奠中，1913年生，山西稷山人。著名古典文学研究专家、书法家、诗人。于1935年考取章太炎先生所招收的唯一一届研究生。先后在安徽、四川、贵州、云南等地执教。1950年回到山西，任山西大学中文系教授。历任山西大学古典文学研究所所长、山西古典文学学会会长、山西省政协副主席、中华诗词学会顾问、中国韵文学会顾问等。主要著作有《中国文学史》、《章太炎学术年谱》、《姚奠中讲习文集》等。

附记：

按照这套丛书体例，责编要求请名家写序。我自然想到恩师姚奠中先生。40年前，我大学毕业时，曾求先生写一幅字留念，先生信笔写了一首元好问的论诗绝句赠我。1978年，我考取了先生的研究生。作硕士论文时，先生又让我研究元好问的论诗绝句。其后20馀年，我与元好问结下了不解之缘。要名家写序，当非先生莫属。然而先生已九十高龄，我实不忍启齿。于是将此前先生给我写过的《元好问研究论略》之序言，复印放大，对先生说：请把此文略加改动，即充新序吧。不料先生说："不可！"乃提笔新撰序言，密密麻麻写满了两页稿纸，又作了多处修改。感动之情，实难言表；受教之深，永志不忘！

谨呈一绝，为先生寿：

论艺为人得道尊，
庄骚孔孟润河汾。
再传薪火与时进，
九丈苍松叶正春。

李正民

目录

名家选集卷

◎词

◎散曲

◎文赋

◎小说

◎附录

◎诗

颍亭留别

题解

颍亭，在今河南省登封市。此诗为遗山同李治仁卿、张肃子敬、王元亮子正分韵作诗，得“画”字韵而作。分韵乃是古人作诗的一种方式，先规定若干字为韵，各人分拈韵字，依韵作诗。此诗古朴清醇而又曲折幽深、耐人寻味，是五言古诗之典范。作此诗时诗人将离登封赴汴京任国史院编修官。

故人重分携，临流驻归驾。乾坤展清眺，万景若相借。
北风三日雪，太素秉元化。九山郁峥嵘，了不受陵跨。
寒波淡淡起，白鸟悠悠下。怀归人自急，物态本闲暇。
壶觞负吟啸，尘土足悲咤。回首亭中人，平林澹如画。

新解

故人重分携，临流驻归驾——与故人的分离，总是让多愁善感的诗人黯然神伤。山长水远，不知何时方能相见？诗人走走停停、频频回首，最后索性下了马车，与朋友临水而坐，把酒共饮。起句点明别离的主题，“重分携”、“驻归驾”，表现了和友人依依惜别的深重情意，奠定了整首诗浓厚的情感氛围。

乾坤展清眺，万景若相借——这里不是孤立地描写景物，而是借此表现诗人的情感活动。这里一切安详静谧，放眼望去，天长水阔、无涯无际；自然界万物自由生长、生生不息、此消彼长。乾坤，本为《易经》中的两个卦名，乾之象为天，坤之象为地，故以乾坤称天地。清眺，谓视野开阔，眺望时眼目清爽辽远。此联描画远景，意境阔大明朗，将不可目击之景，予以概写总述，收漠漠平野于笔端，纳浩浩江流于眼底，为整首诗渲染出了一个江流邈远、山色苍茫的氛围。着墨极淡，开阔空白、疏可走马，却给人以伟丽雄奇之感，深得国画淡处着色而气韵生动之三昧。

北风三日雪，太素秉元化——诗人在这里表明万物相互凭借、相互统一的关系。朔风吹过，会有大雪三日；形成天地的要素掌握着天地万物本原的发展变化。太素，是形成万物的元素。《列子·天瑞》中曰：“太素者，质之始也。”《乾坤凿度》：“太初者，气之始也；太始者，形之始也；太素者，质之始也。”元化，指天地万物本原的发展变化。陈子昂《感遇》有句:“古之得仙道,信与元化并。”遗山由此悟到凡事都有其定数,于是他开解朋友并宽慰自己:就这样吧,生死穷通皆有定,悲欢离合总难免。此时诗人的心境已渐渐从离别的伤怀中解脱出来,变得目光开阔,心境明朗。

九山郁峥嵘,了不受陵跨——九山,指河南省西部的轩辕、颍谷、告成、少室、大箕、大陉、大熊、大茂、具茨九座大山。九座大山郁郁青青、山势险峻、气韵峥嵘、壁立万仞而不可凌辱。诗人在这里描绘了一幅清刚雄健、格调高远的图画,使远归和送别之人心胸为之一廓。

寒波淡淡起,白鸟悠悠下——上联气势雄健,此联舒缓柔和,形成鲜明对比。清冽的河水静静地流淌着,只有微风偶尔掠过时,会在水面上激起淡淡的水纹;身着素羽的鸟儿悠闲自在地在天空中缓缓飞翔,轻轻滑落在长满青草的水渚。“寒波”和“白鸟”,“淡淡”和“悠悠”,“起”和“下”,不仅对仗工整,而且将“寒波”和“白鸟”都拟人化了,仿佛它们也富有情感。“淡淡”、“悠悠”两个叠字的运用,恰到好处地表现了江水的平静和鸟儿的从容;而“寒”和“白”则用淡墨着色,留出大量的飞白,简笔勾勒出了一幅冲淡平和、宁静闲适的幽美意境。两句表面上是写“水”和“鸟”有情,其实还是写作者之情。一是体现诗人面对大自然的美丽景致,不由得心胸豁然开朗、悠然自得的心情。二是寓有诗人的寄托。既然社会如此动荡不安,还不如退而临水,过一种安详宁静的生活。此联不是泛泛写景,而是景中有情,言外有意,堪称千古绝唱。

怀归人自急,物态本闲暇——自然的景致是如此闲淡有致,而诗人归去的心情却是急迫的。用自然物态的悠闲自在、从容不迫,来衬托诗人的似箭归心,有着强烈的艺术效果。

壶觞负吟啸,尘土足悲咤——壶觞,是古代酒器,犹今之酒杯。前人常用“壶觞”来表示饮酒闲适的生活。如陶潜《归去来辞》:“引壶觞以自酌。”吟啸,指吟诗和啸歌,古人亦常用吟啸来表示悠然自乐之意。《晋书·谢安传》有:“安吟啸自得。”面对如此美景,诗人禁不住把酒临风,吟诗长啸。这是历代文人诗酒生涯的理想生活图景:置醇酒一斛,约朋友两三,觅美景一处,曲水流觞,吟诗唱和……这是何等的潇洒,何等的飘逸。然而,诗人的笔锋一转,又回到现实中来:人生不如意十之八九,想起在尘世间的劳碌奔波,远离家乡的漂泊、知交的零落,诗人不由得悲从中来,仰天长叹。悲咤,悲凉慷慨。郭璞《游仙诗》:“抚心独悲咤。”

回首亭中人,平林澹如画——进一步描写归途的景色。长亭相送,终有一别,诗人与朋友洒泪告别,登上了漫长的赴任之路。当辚辚的马车渐行渐远之时,诗人恋恋不舍地回头张望,看到朋友们仍旧伫立长亭,但身影已经模糊不清,终于织进了一片漠漠烟林……此情此景,宛如一幅澹远清隽的小画,韵味深长。此联境界恬淡,气韵生动,颇有王维诗之“诗中有画,画中有诗”的神韵和陶潜清新明丽的美感。

新评

遗山的五言古诗，古朴淡雅而曲折幽深、耐人寻味，赵翼《瓯北诗话》谓遗山古体诗："构思窅渺，十步九折，愈折而意愈深，味愈隽，虽苏(轼)陆(游)亦不及也。"此诗格调甚高，"寒波淡淡起，白鸟悠悠下"一联颇受王国维激赏，《人间词话》称之为"无我之境，以物观物，故不知何者为我，何者为物"。

诗人善于造境，尤其是这首古诗，为我们展现了一幅色彩素雅、格调清新、意境优美的水墨山水画。画面布局远近相映，阴柔和阳刚兼济，疏远清淡，错落有致；诗人将内心迷离朦胧的情感借外在的景物传达出来，准确而留有想象的馀地，达到了情景完美交融的境界。

饮酒五首(选二)

襄城作

题解

金哀宗正大二年(1225)，元好问辞去国史院职务后，回到昆阳(在今河南省叶县，晋朝时属襄城郡)，在新购的家园过起了半隐居的生活。闲适之馀，他仿照陶渊明的《饮酒二十首》，写下了《饮酒》诗五首，风格颇近陶渊明，志趣闲适澹远，可见诗人当时心境。

自陶渊明作《饮酒二十首》以来，后世诗人多拟作之，均以酒为主题，借以表现诗人对世界和人生的看法。

其　一

西郊一亩宅，闭门秋草深。床头有新酿，意惬成孤斟。
举杯谢明月，蓬荜肯相临。愿将万古色，照我万古心。

其　二

去古日已远，百伪无一真。独馀醉乡地，中有羲皇淳。
圣教难为功，乃见酒力神。谁能酿沧海，尽醉区中民？

新解

西郊一亩宅，闭门秋草深。床头有新酿，意惬成孤斟——这四句是说：我新购的陋室就位于西郊外，秋色渐深，陋室外秋草幽深，我闭门索居在小小的茅草屋内；

在这小小的天地里，我自有乐趣：看我的床头上，那儿放着新酿的美酒，我心情得意时，便可随时自斟自饮。一亩宅：谓房子很小。古人用以喻贫士所居。《礼记·儒行》："儒有一亩之宫，环堵之室，筚门圭窬，蓬户瓮牖。"秋草深：意谓无人往来，故门前长满野草。意惬：满意，心情畅快。孤斟：自斟自饮。韩愈诗《县斋读书》中有"酒熟无孤斟"。

举杯谢明月，蓬筚肯相临。愿将万古色，照我万古心——这四句的意思是：我太感谢明月了，让我高举酒杯向她致谢——她居然肯光临我这小小的茅草屋，将皎洁的月光洒在我破敝的柴门中，让我拥有一方纯净舒畅的天地；我只愿那万古不变的皎洁月色，永远照耀着我纯真古朴的心灵。举杯谢明月：李白《月下独酌》："举杯邀明月，对影成三人。"蓬筚：用荆条或竹子编成的篱笆或门户。此用以喻贫寒人家。万古心：从古至今千万年来的思想精神。这里指不与世沉浮、清高自立的品操。这两句表达了作者的高情远志。

去古日已远，百伪无一真。独馀醉乡地，中有羲皇淳——世风日下，离古道日益遥远，百事都变得虚假而无一纯真；看来，我们所追求的所谓的理想之地，只剩下酒后的醉乡，因为虚伪的人们，只有在都烂醉如泥后，才能表露出伏羲时的人与人之间纯真的本性。去古：离开古代。日已远：一天比一天远离。《古诗》中有："相去日已远。"古代儒家认为，世道人心越来越乱，越到近代，越是一无可取。醉乡：指酒醉后处在放任自然的状态中。唐朝王绩曾作《醉乡记》，把醉乡作为人性能自然表露的理想之地。羲皇：即伏羲氏，神话中人类的始祖。传说人类由他和女娲氏兄妹相婚而产生。在伏羲时人们思想淳朴无华，无诈伪之心。陶渊明《饮酒》第二十首："羲农去我久，举世少复真。"

圣教难为功，乃见酒力神。谁能酿沧海，尽醉区中民——这四句是说：圣人的教化已经难以改变虚假的世风，唯有神奇的酒力，它可以让人在醉后显出本性的真淳；美酒既然有如此神奇的力量，那么谁能够把那无限广博的大海酿造成美酒，让那些终日混混沌沌、虚伪狡诈的天下人都在沉醉如泥后，尽显真实本色呢？圣教：古代圣贤能致使风俗淳朴的教化。元结《思大古》诗："吁嗟圣贤教，不觉久踟蹰。"难为功：难以成功，难以见效。酒力神：酒力的神奇。指酒的力量能使人恢复自然纯真的状态。区中：指天下、世界。

新评

自宋代以来，陶渊明越来越为文人喜爱，他著名的《饮酒》诗也颇多模仿之作。陶作的风格是恬淡自然。模仿恬淡容易，关键是"自然"的恬淡，作者要能从内心深处和生命体验中感受到农村乡居生活的乐趣，能够真正不为世俗功利所牵挂，就不容易了。

第一首的第一句即很有“陶味”。“西郊一亩宅，闭门秋草深”，具有很深远的意境：先从宅子小说起，“秋草深”是因为家门时时关闭，而关闭家门是因为洁身自好，不愿和世上的名利之徒交往。这句在环境描写中已经定下了全诗的基调。下边一句似接似转，但思想是和前句统一的：我的生活其实并不孤独，因为“床头有新酿”。但如果没有享受这份寂寞的心情，饮酒也没有什么意思，我“意惬”所以才自斟自饮自开怀。这句即点明主题。下句用李白诗意，但没有李白饮酒狂歌的放浪形骸，“蓬筚肯相临”，用拟人化的手法写月亮，使酒与月相互映照，作者表达的那种悠然自得、高洁明净的人格形象更加突出。最后的两句议论，浓缩了全诗的主题思想。

第二首是以议论为主的作品。作者在醉酒中发现了许多做人的道理。他认为圣人的教诲，经典的告诫，往往是难以成功的，只有深入人的内心深处，让人自己体验真实生命的真谛，才能挽救世道人心的颓败。“醉酒”就有这样的功能，作者将它称为“酒力神”，希望天下的人都能喝醉，恢复到人性中最真实的状态。

这两首诗格调高古，意境深远，可以说是后人模仿陶诗的经典之作。

后饮酒五首（选一）

阳翟作

题解

金哀宗正大二年(1225)，元好问曾前往阳翟，在那里写下了五言古诗《后饮酒》诗五首。这五首诗比前作《饮酒》更为淋漓痛快，如与读者晤语。诗中明显地表露了诗人不满现实、消极避世的思想。阳翟，即今河南省禹州市。

少日不能觞，少许便有馀。比得酒中趣，日与杯杓俱。
一日不自浇，肝肺如欲枯。当其得意时，万物寄一壶。
作病知奈何，妾妇良区区！但愧生理废，饥寒到妻孥。
吾贫盖有命，此酒不可无。

新解

少日不能觞，少许便有馀。比得酒中趣，日与杯杓俱——这四句是说：年轻时不会饮酒，少饮一点便觉得有些过量了；近年来，逐渐懂得酒中的乐趣，天天都要和杯盏一起欢度。少日：少年时，年轻时。觞：在此作动词用，即“饮”。“少许”句：用陶渊明《饮酒》第十首原句：“倾身营一饱，少许便有馀。”比：近来。

一日不自浇，肝肺如欲枯。当其得意时，万物寄一壶——这四句的意思是：一天不用酒灌灌自己，肝肺便要枯干。当那得意之时，仿佛世间万物都寄托在这酒壶之中。浇：有以酒浇愁、以酒浇胸中的块垒之意。得意：得到意趣，这里指领悟到饮酒的旨趣。

作病知奈何，妾妇良区区！但愧生理废，饥寒到妻孥——就算它惹病又有什么！妇人实在是见识太浅；我惭愧的只是因饮酒而废置了生计，让妻子儿女受到饥寒的侵袭。作病：惹来疾病。区区：狭窄，指心眼小。生理：生计，谋生之道。妻孥：妻子和儿女。这两句暗用晋代刘伶的故事。据《世说新语·任诞》说："竹林七贤"之一的刘伶，好酒成癖，以至患了酒病。他的妻子哭着劝他戒酒。他答应了，要妻子准备酒肉，以向鬼神立誓戒酒。妻子供上酒肉后，刘伶便跪下祷告说："天生刘伶，以酒为名，一饮一斛，五斗解酲，妇人之言，慎不可听。"随即又饮酒食肉，酣然大醉。酲，酒醉后神志不清，有如患病的感觉。

吾贫盖有命，此酒不可无——我贫穷或许是命中注定的，但这美酒，却是一日不可缺少的！

新评

面对无法改变的社会现实，作者不禁沉浸在酒醉之中。"何以解忧，唯有杜康"，在作者看似洒脱的外表之下，隐藏的其实是一颗痛苦的心，这正如刘伶等魏晋人的痛苦一样。作者由不能饮写到离不开酒，由经常的酒渴如狂到酒的怡情养性，由对劝阻他饮酒的家人的不屑，到对他们的抱歉，几经转折，跌宕起伏，流转自如。最后一句是全诗的总结，仿佛大彻大悟一般，其实是对人生的无奈和对改变现实无力之后的放弃，在放弃中又有不可动摇的执著。这首诗有着与众多《饮酒》诗不同的艺术风格，它不似东晋陶潜的饮酒诗，更像魏正始时期的饮酒诗，放纵形骸的下面，是一个痛苦的灵魂。

少　林

题解

此诗写于作者在河南的半隐居时期，此时作者已届中年，经历了世事的坎坷磨难之后，少了些少年的壮志豪情，多了点闲适淡远的志趣，诗中颇具佛家隐逸思想。

云林入清深，禅房坐萧爽。澄泉洁余习，高鸟唤长往。
我无玄豹姿，漫云紫霞想。回首山中云，灵芝日应长。

新解

云林入清深，禅房坐萧爽——山林清净幽深，禅房寂静安详，在这样禅意弥漫的所在，作者感到神清气爽。“云林”和“禅房”，“清深”和“萧爽”，对仗工整，意象鲜明，烘托了少林佛门净地的清淡平和。

澄泉洁余习，高鸟唤长往——在这里，澄澈的泉水可以洗净尘世的恶习和污垢，沧浪之水可以濯我缨，亦可濯我足；林中高飞的鸟儿仿佛在唱着挽留的歌儿。作者用一个“唤”字，表现了山林的静谧迷人，不是人想驻足，而是美丽的大自然和静虑澄怀的禅意在召唤着作者。此情此景，怎不让人尘念顿消！山林之美，可以使经纶事务之人息心；佛禅之意，可让鸢飞冲天者流连忘返。

我无玄豹姿，漫云紫霞想——虽然自己并非隐居山林者，但仍渴望徜徉于精舍泉石、云霞山林之中，忘却尘世的烦恼。玄豹：比喻隐居之人。《列女传》有：“陶答子名誉不兴，家产三倍。客谏曰：南山有玄豹，雾雨七日不下食，欲泽其毛衣，成其文采，故藏以避害。”指善于趋利避害之人。紫霞：代指清幽隐逸之所。白居易有《过紫霞兰若》诗：“紫霞旧精舍，寥落空泉石。”

回首山中云，灵芝日应长——回首看着山中悠闲自在的云彩，觉得这样灵气氤氲的地方，山中的灵芝应是十分茂盛地生长。灵芝为药用菌类植物，古人认为是仙人所食，可以长寿。

新评

诗的前四句描摹景物，点染出一个清幽寂静、令人向往的佛禅世界，后四句则吐露诗人欲留还去的心声，中间的过渡不着痕迹，浑然天成。然而，正如王国维所说：“不知一切景语，皆情语也。”前几句似乎纯然写景，然而无处不透露着诗人的心情，高鸟的一声长唤，正是诗人欲摆脱红尘世事羁绊的铺垫。

遗山是个积极用事的诗人，有着深厚的儒家思想，胸中亦有经世济国之大志，但战乱频仍，时局动荡，诗人厌倦了无休无止的流亡漂泊，也屡屡生出飘然出世、隐居山林的念头。

种　松

题解

这首五言古诗，是蒙古海迷失后二年(1250)元好问六十岁时在忻州所作。此诗风格很似杜甫的《四松》诗。“新松恨不高千尺”，三复斯言，古今同慨。松树，因其枝叶繁茂，经冬不凋，树龄长久，历来被文人墨客用作志操坚贞的象征。《论语·子罕》:“岁寒,然后知松柏之后凋也。”元好问以高洁坚贞的松树来自比。

百钱买松羔,植之我东墙。汲井涴尘土,插篱护牛羊。
一日三摩挲,爱比添丁郎。昨宵入我梦,忽然变昂藏。
昂藏上云雨,惨澹含风霜。起来月中看,细鬣错针芒。
惘然一太息,何年起明堂?邻叟向我言,种木本易长。
不见河畔柳,顾盼百尺强?君自作远计,今日何所望!

新解

百钱买松羔,植之我东墙。汲井涴尘土,插篱护牛羊——这四句是说:我用百钱买来了小松苗,将它种在院东墙边;我十分爱护小松苗,在它的四周插满了篱笆来防范牛羊,为让它有足够的水来浇灌,我不停地汲井水,甚至把井水都搅浑了。松羔:羔本谓小羊。在此指小松苗。涴:玷污,弄脏。“涴尘土”,指汲井次数太多,太用劲,把井水搅浑了。插篱:杜甫《四松》诗“所插小藩篱,本亦有堤防”。

一日三摩挲,爱比添丁郎——我一有时间,就去侍弄它,每天不厌其烦地侍弄它好多次,就好像爱惜自己新生的儿子一样。古乐府《琅琊王歌辞》:“新买五尺刀,悬著中梁柱。一日三摩挲,剧于十五女。”三:多次。摩挲:抚弄。比:好比。丁郎:指男孩子。唐诗人卢仝给儿子起名“添丁”,作《示添丁》诗,极写亲子之爱。

以上六句写诗人对新种的小松苗殷勤爱护。

昨宵入我梦,忽然变昂藏。昂藏上云雨,惨澹含风霜——这四句是说:昨夜梦到了我的小松树,它忽然之间变得高大繁茂,竟一下子蹿到了云霄之上,它的枝叶繁茂葱郁,树干遒劲有力,饱含历尽风吹霜打之态。昂藏:高峻,轩昂,高大之貌。《四松》诗:“幽色幸秀发,疏柯亦昂藏。”惨淡:阴暗深沉。此处形容老松树森严的气势。《四松》诗:“勿矜千载后,惨澹蟠穹苍。”

起来月中看,细鬣错针芒。惘然一太息,何年起明堂——我在梦中兴奋地惊醒,起来在月下细看,只见松苗依旧,它细小的针鬣交错,如同针芒。我不禁怅惘地长叹:何年何月,它才能长大成材,成为建筑明堂的栋梁呢?鬣:本谓马颈上的长毛。这里借指松针。太息:深深地叹息。《离骚》:“长太息以掩涕兮,哀民生之多艰。”明堂:古代天子宣明政教之地,在此举行朝会、祭祀等大典。《孟子·梁惠王下》:“夫明堂者,王者之堂也。”“起明堂”,诗人用以比喻实现治国安邦之志。

邻叟向我言,种木本易长。不见河畔柳,顾盼百尺强?君自作远计,今日何所望——邻家老翁对我说:种植树木应根据眼前的情况,选择容易长大的树种。您看河边的柳树,不是转眼间就长到百尺了吗?而您非要做长远的计划,今天还有什么希望的呢!柳是一种生长迅速、枝叶柔弱的树。诗中用以暗喻随时进退的没有志节的人。顾盼：回头望望，形容极短时间。这六句含意深长，以邻叟的话表现诗人的志节。他不愿作俯仰随人的杨柳，而要作能成为栋梁的松柏。

新评

这首诗表达了作者对松树的喜爱之情。全篇从买松开始，通过对种松、浇松、护松、爱松、梦松、看松、叹松、盼松等细节的描写，由衷地写出了作者对这种岁寒而后凋的植物的喜爱。全诗以叙述为主，夹叙夹议，特别是典型动作的细节，写得很感人，能够将作者的感情表达得淋漓尽致。例如“一日三摩挲，爱比添丁郎”、“起来月中看，细鬣错针芒”等句。写这首诗的时候，作者已年届花甲，平生的是非功过都成为过眼烟云，“却将万字平戎策，换得东家种树书”，既是无奈，也是解脱，但仍有内心的执著。

九日读书山用陶诗“露凄暄风息气清天旷明”为韵赋十首（选三）

题解

这十首五言古诗，作于金亡之后的蒙古太宗十一年(1239)，当时蒙古军正准备大举南下攻宋，兵马调动频繁，此时诗人五十岁。在经历了一番国家沦亡、天翻地覆的变迁之后，隐居于故乡秀容(今山西忻州)，读书山家中，过着“今是中原一布衣”(《为邓人作诗》)的遗民生活。诗人虽幽居僻处，却仍受到战尘的骚扰，这使诗人更感到“世网不易逃，所向皆尘泥”(组诗第二首)的苦闷，因而更羡慕于陶渊明的超然世外。

九日，即九月九日重阳节。相传，汉宫廷里在这天佩茱萸，食蓬饼，饮菊花酒，登高望远，以使人健康长寿。这一年重阳节，诗人用陶渊明《九日闲居》诗中之句“露凄暄风息，气清天旷明”十字为韵，每首分用一字，以该字所在的韵部为韵，写下组诗十首。这组诗即以重阳节登高记游为经，交织穿插着当时各种复杂的思想活动，感慨沧桑，追忆旧事，同时也抒发了“城居厌鼙鼓，移家此幽栖”(组诗第二首)的愿望。

这里选第一首以“露”字韵、第三首以“暄”字韵及第七首以“清”字韵作的诗。

其　一

行帐适南下，居人局庭户。城中望青山，一水不易渡。
今朝川途静，偶得展衰步。荡如脱囚拘，广莫开四顾。
半生无根著，筋力疲世故。大似丁令威，归来叹墟墓。
乡间丧乱久，触目异平素。枌榆虽尚存，岁晏多霜露。

新解

行帐适南下，居人局庭户。城中望青山，一水不易渡——蒙古军队沿途一路南下，所过之处，被占领之地的百姓蜷缩在各自的家中不敢出来；在城中远望茫茫的系舟山，被那牧马河隔着，无法渡过。行帐：旅行者的帐篷。这里指代正在进军的蒙古兵。局：局促，拘谨不安，诗中引申为被困之意，指百姓为避兵而躲在家中。青山：指忻州市东南的系舟山。一水：指忻州市东的牧马河。

今朝川途静，偶得展衰步。荡如脱囚拘，广莫开四顾——今朝，原野和道路上难得声静尘消，一片安宁，暂时能让我迈开衰老的脚步；我就如同摆脱了囚禁拘押，自由自在地在辽远而空旷的平川四处游荡，放眼展望。囚拘：囚禁，拘管。荡：自由自在的样子。广莫：同“广漠”，广阔空旷的样子。《楚辞·九怀·思忠》：“历广漠兮驰骛，览中国兮冥冥。”

半生无根著，筋力疲世故。大似丁令威，归来叹墟墓——我漂泊半生，竟无处扎根安居，筋力耗尽，早已倦于人世变故——真像是古代的丁令威，当他得道成仙，重归故乡时，却不得不感慨累累的故人坟墓。根著：植根于地，安居不迁移。也指生根落脚之处。世故：人世间的一切变故，也可指生计。丁令威：据《搜神后记》载，辽东人丁令威在灵虚山学道成仙，千年后，化为白鹤归辽。作歌曰：“有鸟有鸟丁令威，去家千年今始归。城郭如故人民非，何不学仙冢累累？”《搜神后记》传为陶渊明作，故用此典故。

乡间丧乱久，触目异平素。枌榆虽尚存，岁晏多霜露——抬眼望去，故乡经过多年战乱，一切已不似平常。就连家乡的枌树和榆树，虽然还在，但天寒岁暮，它们披满了一树的霜露，显得十分凋敝。平素：往常。枌榆：《汉书·郊祀志上》中记载：“高祖祷丰枌榆社。”丰，邑名。枌榆，乡名。汉高祖刘邦的故乡。后人因而以枌榆为家乡的代称。而枌、榆又是两种树名。诗中用此一语双关，兼有故乡、树木两个意思。晏：迟。多霜露：字面意思是说树木在霜露侵袭下已凋残衰败，同时也是暗示故乡经过战乱，已经破败不堪。

新评

故乡的一草一木，时时牵惹起诗人无尽的思绪。诗作在艺术风格上颇近陶渊明，但比陶诗苍凉悲慨。篇章之间充满了今昔沧桑之感。作者漂泊半生，“筋力疲世故”，本打算隐居乡里，过一种与世无争的耕读生活。可是，远方的蒙古南侵，眼前的乡间丧乱，真是触目惊心，这怎么能让忧国忧民的作者安下心来呢？所以，作者还要迈开他已渐渐衰老的脚步，为国为民继续奔波。

其 三

山腰抱佛刹，十里望家园。亦有野人居，层崖映柴门。
昔我东岩君，曾此避尘喧。林泉留杖履，岁月归琴樽。
翁今为飞仙，过眼几寒暄。苍苍池上柳，青衫见诸孙。
疏灯照茅屋，新月入颓垣。依依览陈迹，恻怆不能言。

新解

这首以“暄”字为韵的诗，写诗人对已故生父东岩君元德明的深切怀念之情。

山腰抱佛刹，十里望家园。亦有野人居，层崖映柴门——半山腰上有一座寺院，像是被群山环抱着一样，还住着一些山里人，简陋的柴门在重叠的山崖中若隐若现。刹：寺院。野人：乡野人家。层崖：重叠的山崖。

昔我东岩君，曾此避尘喧。林泉留杖履，岁月归琴樽——昔日，我的生父东岩先生，曾在这个幽静之处隐居，以避开凡尘俗世间的喧哗。这里的每一处山林泉石，都留下了先父的足迹。他以琴怡情，以酒养性，在这里度过了闲逸的岁月。东岩君：元德明，诗人的生身父亲，自号东岩君，隐居不仕，长于作诗，著有《东岩集》。尘喧：人世间的喧哗。林泉：山林泉石，隐士所居之地。杖履：古礼，五十岁老人得以扶杖；又古人入室，须脱鞋于室外，为尊重长辈，老者可以入室而后脱鞋。后以“杖履”为敬老之词。这里指父亲留下的踪迹。琴樽：琴和酒樽，是古代文人雅士怡情养性之物。

翁今为飞仙，过眼几寒暄。苍苍池上柳，青衫见诸孙——父亲大人已驾鹤西归，算起来也几易寒暑了。如今，池塘边柳树成荫，枝繁叶茂，他老人家的孙辈们也都上学了。飞仙：古代敬称人死为飞仙。寒暄：如同说寒暑。暄，指太阳的温暖。苍苍：枝叶繁茂的样子。青衫：这里意同“青衿”。《诗经·郑风·子衿》：“青青子衿，悠悠我心。”毛亨注：“青衿，青领也，学子之所服。”后称学子为青衿。

疏灯照茅屋，新月入颓垣。依依览陈迹，恻怆不能言——微弱的烛光闪烁不定地照着茅屋，窗外一轮新月将月光洒在坍塌的土墙上。我在昏暗的烛光下读起先父的旧作，一种悲怆之情让我不能自已。疏灯：稀疏的灯火。颓垣：坍塌的土墙。“疏灯”二句下作者原注：“二句先人诗。”此两句诗出自元德明《灯下读林和靖诗》，“新月”原作“山月”。恻怆：悲伤。

新评

这首诗写出了对父亲的深切怀念。作者半生在外，晚年回到故乡，真有“十五从军征，八十始得归”的感觉，故乡的一切都变化了。作者看到以前的景物，大多已经改变，有的易主，有的颓败，而那里是留下自己和父亲生活遗迹的地方啊。作者睹物思人，正像桓温所说的那样：“树犹如此，人何以堪！”全诗感情真挚，格调深沉，语言疏朗，意境悠远，是作者五言古诗中的精品。

其 七

往年在南都，闲闲主文衡。九日登吹台，追随尽名卿。
酒酣公赋诗，挥洒笔不停。蛟龙起庭户，破壁春雷轰。
堂堂髯御史，痛饮益精明。亦有李与王，玉树含秋清。
我时最后来，四座颇为倾。今朝念存殁，壮心徒自惊！

新解

这一首是以“清”字为韵，是诗人对金亡之前在汴京从宦时的一段生涯的追忆。往事历历，如在眼前，旧交已稀，逝者难忘。作者抚今追昔，感慨良深，然又壮心不已，故末句说“壮心徒自惊”。笔调苍凉雄浑。

往年在南都，闲闲主文衡。九日登吹台，追随尽名卿——这四句的意思是：想当年在汴京，闲闲公正任礼部尚书，掌管科举取士。时逢重阳节，他约请了不少名人雅士、达官贵人一起登上了吹台。南都：指汴京，金称南京(今河南省开封市)。闲闲：赵秉文，字周臣，号闲闲老人，官至礼部尚书、翰林学士。主文衡：掌握以文章试士的取舍权。科举时礼部尚书主持科举考试之事，因称主文衡者。吹台：战国时魏王宴饮游玩的地方。相传原是春秋时晋国乐师师旷的吹台，梁孝王加以扩建。遗迹在今开封市东南。名卿：指达官贵人、名人雅士。

酒酣公赋诗，挥洒笔不停。蛟龙起庭户，破壁春雷轰——这四句讲：酒过几巡，闲闲公提笔赋诗，只见他胸有成竹，一气呵成；他的书法遒劲有力，逸纵不羁，有如神龙破壁腾霄，春雷轰鸣。

堂堂髯御史，痛饮益精明。亦有李与王，玉树含秋清。我时最后来，四座颇为倾。今朝念存殁，壮心徒自惊——这八句是说：座中有仪表堂堂的髯御史，饮酒痛快淋漓，酒后更加神清气朗；在座的还有李献能和王渥两君，如玉树临风，潇洒俊洁，才干超逸；我最后到来，四座都十分倾慕。如今，又逢重阳节，追忆故人，往事历历，如在眼前，想起这些不禁感慨万千，却又壮心不已。髯御史：雷渊，字希颜。其人多髯、善饮，官居监察御史，人称髯御史。李与王：李献能与王渥。李献能，字钦叔，苦学博览，在任陕府经历官时，军队哗变，遇祸被杀。王渥，字仲泽，博学，官尚书省令史。玉树：古人常以玉树比喻姿貌秀美、才干优异的人。这句比喻李、王神清目朗，才干超逸。倾：爱慕，倾倒。作者写此诗时，赵秉文、雷渊、李献能、王渥，俱已亡故。

新评

这是一首回忆往事的诗。在重阳节的时候，几个相知的师友登上高台，饮酒赋诗，其中有当时的文坛领袖赵秉文、刚直不阿的雷渊，还有玉树临风的李、王二人，真是一时的盛事。特别是作者的加入，“我时最后来，四座颇为倾”，作者的诗歌才情赢得了大家的一致称赞。然而世事沧桑，没多久，往日的朋友都烟消云散，昔时的盛会也成陈迹，怎么不令人感慨！全诗写过去登高赋诗的盛况，语言激昂，风格洒脱，最后突然议论一句，给读者以扑面而来突变的感觉。作者抒发的对人生和世事的无奈和感慨震动人心，具有很强烈的审美感染力。

宿张靖田家

题解

张靖，在今山西寿阳县东三十里。此诗写于蒙古乃马真后三年(1244)，诗人自燕京归乡，路过寿阳。见山村偏远，民风淳朴，景色古淡，心有所感，故作此诗。

川涂尽坡陀，岭路入荒梗。微茫望烟火，向背得庐井。
残民安朴陋，倦客喜幽屏。儿童闻叩扉，租吏有馀警。
两崖纷丛薄，沙石立顽犷。湍流落空嵌，百折不容骋。
山深饶风露，夜气凄以耿。园花淡相望，边月空照影。
深居苦不早，素发忽垂领。谁谓林野人，兹焉惜清景。

新解

川涂尽坡陀，岭路入荒梗——诗人偶尔路过这个偏僻的小村，最初的印象是一片荒远沉寂，山路陡峭、泥泞坎坷，沿着山岭的小路走去，便是无边无际的荒野。此处起笔平淡，用写实的手法描述了村子所处的整体地理状貌。

微茫望烟火，向背得庐井——站在无边的旷野上，诗人极目远眺，依稀看到远处有袅袅的炊烟，于是，疲惫的诗人继续前行，终于找到了这个小小的村落。庐井，代指人家。诗人仍旧层层铺叙，为后边情感的抒发做着舒缓的铺垫。“微茫”一词，描绘出了一幅雾色苍茫、人迹罕至的旷野的景象。

残民安朴陋，倦客喜幽屏——本来只希望有个暂时落脚的地方，可以稍事休息，却意外地发现这里民风淳朴、生活简单、清幽安静。外面世界的动荡不安，让人觉得这里的安宁格外的宝贵，诗人由衷地感到喜悦。至此，诗句不再平淡客观，而是染上了诗人的感情色彩。

儿童闻叩扉，租吏有馀警——蒙古政权代金而立，与金朝统治者一样横征暴敛，杀戮掳掠，对黎民百姓肆意骚扰盘剥。遗山在诗中心情沉痛地用幼稚的儿童听到敲打柴门的声音，尚会疑心是官吏前来逼租的事实，深刻地揭露了地方官吏的苛索严追使百姓不堪其苦的现实。

两崖纷丛薄，沙石立顽犷——在和村民友好交谈，打消了他们的疑虑之后，诗人信步踱出村口，重新将目光投向自然景物。村寨两边的山崖上，生长着稀疏低矮的灌木，鲜有高大的树木；山上到处都是巨大的砂石，如同站立的动物，面目狰狞，状貌凶恶。诗人以形象的手法描绘出了一幅荒凉犷厉的自然风貌，与诗人孤独黯淡的心境相吻合。

湍流落空嵌，百折不容骋——在山中，诗人发现了一挂湍急的瀑布，飞流直下，落入深谷，气势非凡，给凝固呆板的山岭增添了一道亮丽活泼的风景。涧水狭窄曲折，难以畅流，反倒给山谷增添了野趣。

山深饶风露，夜气凄以耿——越往深山里走，诗人越能感受到山中的寒冷和潮气。渐渐地，天黑了下来，山峦被朦胧的雾气笼罩着，夜风吹起来了，诗人裹紧了衣衫，但仍能感到清冷的风在耳边呼呼地吹过。诗人如同一个耐心的向导，让读者跟随他一起出发，共同欣赏、感受他所见到的一切景物，并和着他心跳的节拍感受情感的律动。

园花淡相望，边月空照影——如果说前面的景象是诗人用粗大的手笔挥毫泼墨而成，那么这两句，诗人则是怀着一种幽独的情绪，细腻地描绘了一幅月下林花图。疏篱之上，悬挂着一轮淡月，照着简朴的小园，几丛清丽淡雅的小花，在夜风中轻轻摇曳，仿佛遥遥相对，彼此致意。多么安闲，多么静谧！诗人突然间觉得自己多年来寻寻觅觅的，正是这样一块清幽的乐土。这两句对仗极为工整，用字看似寻常，实则精雕细琢。“淡”和“空”对清幽淡远意境的营造和安详宁静气氛的烘托起着重要的作用。

深居苦不早，素发忽垂领——在这样简单淳朴的村落，诗人发现了纯真的美，他不禁由衷地感到尘世的烦扰和潇洒出世的快乐，他甚至叹息自己没有早一点发现这个世外桃源。诗人深深感到岁月的无情，不经意间，自己已是白发如霜！诗人的慨叹又一次显露出他深藏在儒者积极用事机杼之下的隐逸情怀。

谁谓林野人，兹焉惜清景——在层层渲染描绘了山村内外的景色之后，诗人充分表达了他爱惜眼前散淡淳美景致的心情。他感叹这里的居民未经宦海风波，难以体会自然美景的可贵。这里再次表现出长久困扰着诗人的入世和隐逸的巨大矛盾。

浙评

遗山非常欣赏陶渊明诗，在《论诗三十首》中评价陶诗为“一语天然万古新，豪华落尽见真淳”。这首诗以淳朴的田园风光为题材，显然是受陶潜的影响，然而两者的诗风又不尽相同。陶诗写景，显得平淡恬静，如“暧暧远人村，依依墟里烟”，“道狭草木长，夕露沾我衣”，“采菊东篱下，悠然见南山”，“微雨从东来，好风与之俱”……笔墨既不染色，口气又那么舒缓温和。而遗山虽欲营造一个恬淡的气氛，然终究不能摆脱心中的巨大隐痛，眼前笔下的景观是粗犷的，魂牵梦绕的情感是忧伤的，旷达出世的心境是无奈的，因此遗山诗缺乏陶诗的“淡”与“静”。然而这首诗的风格却比他别的诗迂缓、萧散，仿佛是诗人兴之所至，信笔写来，但在散漫的行文中有一种严肃、凝重的情感波动。

此诗的另外一个特色，就是澹而腴。看似洗净铅华，出语天然，然运思巧妙，涵咏丰富，将眼前的景物与内心的感受交织在一起，抒发了诗人忧国伤时的怀抱，意旨尤为深远。

萧寺僧归横轴

题解

这是一首题画诗。此类诗始于唐，杜甫就是以诗描述绘画技巧的能手。宋代的苏、黄，则提倡以诗论画，以画论诗，将诗画理论融为一体。金元以后，以诗咏画之风更盛，咏画诗在许多诗人的作品中占了很大的分量。好问幼承家学，在书法、金石等方面颇有造诣，其画论亦识见独到，居金元文坛耆硕。他的题画诗多达一百八十馀首，占全部诗篇的十分之一以上，其中以山水居多。这首诗纯为白描，直写画中的景物，构成了一幅空寂、幽静的画面，颇具禅意。

山空秋草寒，露暗光已夕。
悠悠松门月，静照禅客入。
遥知夜堂深，疏钟动幽寂。

新解

山空秋草寒，露暗光已夕——诗中描写了空山古寺、秋高气爽的景色：山中空旷寂静，秋草枯黄摇落。一个“空”字，表现了山中的寥落清冷和寂寞萧瑟，颇像王维《鹿柴》中“空山不见人”的意境，但是在“空山不见人”之中尚有“但闻人语响”来打破寂静，为诗的冷寂色调涂上了一抹暖意，一线生机。而此诗却是一味的“冷”，一味的“寒”。下句“露暗光已夕”，更将这万籁俱寂的环境晕染得黯淡无光。露水在暗夜中失去了早晨清新晶莹的光泽，而星光微明，又不足以照彻整座山林。这些寒冷的意象构成了画面冷寂空濛的色调。

悠悠松门月，静照禅客入——为了加深幽寂的气氛，诗人又将一轮淡淡的月亮挂在松柏掩映的寺门之上，月光悠悠，仿佛千年不动，静静地照着深夜里禅客的归来。这里虽有禅客的活动，但却迅速地融入了山、寺的寂静之中。短暂的动，不但没有为环境增添一点活跃和生气，反而更加突出了笼罩画面的永恒的“静”。

遥知夜堂深，疏钟动幽寂——最后两句作者又在画面加上了自己的主观感受，用“夜”深来表现人“静”。夜深了，一切都已经沉入梦乡，周围的空气更加寂静，只有远远传来的稀疏的钟声打破了山中的沉寂，使得这“静”不再是一片静默死寂。然而，这破“寂”之声，也恰是以暂时的、局部的“声响”反衬出全局的、长久的空寂。空谷传音，愈见空山之寂。钟声过后，空山复归万籁俱寂。

新评

整首诗设色冷淡，意境荒寒，乍看无甚惊人之句，好像一池深秋的潭水，泠然而清，幽然而静，但却具有一种荒凉之美。

静美和壮美，本是大自然千姿百态美的两种表现形式，无轩轾之分。但静而近于空无，幽而略带冷寂，多少表现了作者消极出世之念。然作者有着敏锐的艺术观察力和娴熟的表现力，将画面传达的信息表露无遗，颇有王维、韦庄和柳宗元诗的神韵。

南　溪

题解

南溪，发源于河南省登封市少室山南麓，流入颍水，是颍水的上源之一。作这首七言古诗时作者正家居登封，“暂来闲处避红尘”（《溪上》），从事《杜诗学》的写作。本诗描写在南溪赏梅的情景，幽美清新，表现了诗人此时闲淡的心情。

南溪酒熟清而醇，北溪梅花发兴新。
前年去年花下醉，今年冷落花应嗔。
梅花娟娟如静女，寂寞甘与荒山邻。
诗人爱花山亦好，幽林穹谷生阳春。
风鬟峨峨一尺云，芳香幽卧如相亲。
山堂夜半北风恶，一点相思愁杀人。

新解

南溪酒熟清而醇，北溪梅花发兴新。前年去年花下醉，今年冷落花应嗔——南溪的酒酿好了，清冽而甘醇；北溪的梅花也开得生机勃勃；前年和去年都曾在花下喝得酩酊大醉，如果今年冷落了梅花，她也会生气的。发兴新：指花开得生机勃勃。

梅花娟娟如静女，寂寞甘与荒山邻。诗人爱花山亦好，幽林穹谷生阳春——梅花如同姿容秀丽的淑女，她甘奈寂寞地愿与荒山为邻；诗人喜爱梅花，就连她生长的荒山也觉得十分美好，虽然身处在幽窈的树林中，在深僻的山沟里，却感觉好像温暖的春天来到了。娟娟：美好的样子。苏洵《张益州画像记》："有女娟娟，闺闼闲闲。"静女：悠闲贞静的女子。《诗经·邶风·静女》："静女其姝。"荒山：韩琥《梅下》诗："独占荒山对古松。"幽林穹谷：班固《西都赋》："其阳则崇山隐天，幽林穹谷。"穹谷：深峭的山沟。阳春：温暖的春天。李白《春夜宴从弟桃李园序》："况阳春召我以烟景。"这四句表面上是写梅花，实际上描述了诗人此时的境况。

风鬟峨峨一尺云，芳香幽卧如相亲——茂密的梅花好像娴雅女子头上绾着的高耸的云鬟，我在她的芳香中静静地躺着，就如同跟她亲近一样。风鬟：女子被风吹乱了的鬟髻。峨峨：高耸的样子。曹植《洛神赋》："云髻峨峨，修眉联娟。"一尺云：古代女子好绾高髻。古谚语："城中好高髻，四方高一尺。"云，指女子的发髻浓密，卷曲如云。诗中暗指茂密的梅花。

山堂夜半北风恶，一点相思愁杀人——山间夜来北风肆虐，不禁深深思念起荒山之中的梅花，为她而担忧。山堂：建在山间的堂舍。作者所居之地。愁杀：愁到了极点。这两句语意一转，对美好事物被摧残而感到担忧。

新评

梅本是无情之草木，然而，荒山白云，幽林穹谷，梅花那娟静、孤傲的形象，却使得诗人逸兴遄飞，如遇知音，亲之、爱之、惜之，一往情深。诗的结尾两句，可以理解为诗人对摧残美好事物的恶势力的憎恨。

西园

兴定庚辰八月中作

题解

这是一首七言古诗。兴定四年(1220)秋，元好问赴汴京应试落第，又恰逢金朝向蒙古求和，蒙古主不允。在这多事之秋，诗人为排遣忧愁，往游西园。然而，西园内的草木亭台，却使诗人见而生愁，更引起诗人无限的感慨。他追忆起宋徽宗荒淫昏乱，以致国亡身殒的往事，联想到如今正大敌当前，日益削弱的国势，感到金朝有可能重蹈北宋的覆辙，九十三年前的帝王悲剧可能会重演，心中很是感伤，故作此诗。诗中总结了宋徽宗园成而国亡的深刻教训，对金国统治者走上北宋老路表示了无限的痛惜。

西园，在北宋旧都汴京附近，是当时的名园。遗山诗多有咏西园者，如《汴梁除夜》诗："数日西园看车马。"《探花词》："不见西园风露秋。"《郑先觉幽禽照水扇头》诗："风流一枕西园梦。"皆指汴京之西园。宋徽宗曾花费了大量的人力物力，建"寿山艮岳"，把江南地区的名花奇石，运往汴京，装点园林，故京都百里之内，名园遍布。

西园老树摇清秋，画船载酒芳华游。
登山临水祛烦忧，物色无端生暮愁。
百年此地旃车发，易水迢迢雁行没。
梁门回望绣成堆，满面黄沙哭燕月。
荧荧一炬殊可怜，膏血再变为灰烟。
富贵已经春梦后，典刑犹见靖康前。
当时三山初奏功，三山宫阙云锦重。
璧月琼枝春色里，画栏桂树雨声中。
秋山秋水今犹昔，漠漠荒烟送斜日。
铜人携出露盘来，人生无情泪沾臆。
丽川亭上看年芳，更为清歌尽此觞。
千古是非同一笑，不须作赋拟阿房。

新解

西园老树摇清秋，画船载酒芳华游——西园的老树枝叶婆娑，在清爽的秋风中轻轻摇动着，画船上载了美酒，我乘船在花间纵意游赏。老树：遗山诗中好用"老树"之语，如"老树遗台秋更悲"（《出都》）、"老树婆娑三百尺"（《初挈家还读书山杂诗》）、"试就遗台老树看"（《龙兴寺阁》）等，多有乔木故国之感。

登山临水祛烦忧，物色无端生暮愁——登上高山，走近流水，本是想驱除重重的烦忧，但映入眼帘的美景，却无端让人生起日暮之愁了。登山临水：宋玉《九辩》："登山临水兮送将归。"写清秋时凄凉的心境。祛：驱除。

前四句写往游西园，触景生愁，引起下边的感慨。

百年此地旃车发，易水迢迢雁行没——百年以前，曾有北行的毡车被迫从这儿起程，渡过易水北去，南飞的大雁隐没在天边。旃车：古代西北少数民族以毛作车帷，因称“旃车”。旃车发：指宋徽宗赵佶被金人俘虏，解往北方。百年：宋徽宗在靖康二年(1127)被掳，至诗人写此诗时恰近百年。易水：河名。源于太行山东麓，经今河北省易县，注入南拒马河。

梁门回望绣成堆，满面黄沙哭燕月——黯然回望汴京的城郭，只见城中园林台榭，宛如一堆锦绣。可叹那被俘的皇帝，空剩得满面黄沙，在燕地的月下痛哭流涕。梁门：汴京在战国时称为大梁。梁门，指汴京城门。遗山《姨母陇西君讳日作》诗：“遥望梁门哭断肠。”此句用杜牧《过华清宫绝句》诗意：“长安回望绣成堆。”燕：古国名，地在今河北北部和辽宁西端。

荧荧一炬殊可怜，膏血再变为灰烟——一把大火熊熊燃烧，将名园付之一炬，实在是太可惜了；那些搜刮来的民膏民血灰飞烟灭了。荧荧：火光闪烁的样子。一炬：指北宋灭亡后，汴京不少名园被焚毁。“膏血再变为灰烟”谓民脂民膏变为园林，再变成灰烟。语意深刻，讽刺辛辣。

富贵已经春梦后，典刑犹见靖康前——昔日北宋的富贵已如春梦般烟消云散了，唯有从西园的遗迹中，还可以想见靖康前的风貌。“富贵”句：赵德麟《侯鲭录》载：苏轼贬昌化(今海南昌江黎族自治县东南)，负大瓢，行歌田间，有老妇年七十，谓坡(苏轼)云：“内翰昔日富贵，一场春梦。”春梦比喻世事无常，繁华易逝。靖康：宋钦宗赵桓的年号(1126—1127)。典刑：同“典型”，这里指在汴京园林中具有典型特色的西园。

当时三山初奏功，三山宫阙云锦重。璧月琼枝春色里，画栏桂树雨声中——当年，西园初建成时，就像三山仙境，宫殿嵯峨，锦云环绕；圆月如璧，玉树闪烁，春色盎然意正浓，华丽的画栏边桂树挺秀，在春风中发出像沙沙细雨似的声音。三山：指蓬莱、方丈、瀛洲三神山。奏功：本指事情办完后奏乐庆祝，后来泛指事情完成。云锦：彩霞。璧月琼枝：陈叔宝《春江花月夜》诗：“璧月夜夜满，琼树朝朝新。”画栏桂树：李贺《金铜仙人辞汉歌》：“画栏桂树悬秋香。”此四句写靖康之前汴京宫苑的盛况。

秋山秋水今犹昔，漠漠荒烟送斜日。铜人携出露盘来，人生无情泪沾臆——秋山秋水，今天还似往昔，在漠漠的荒烟里，凄凉地目送西斜的残阳。正如长安铜人被搬出建章宫，承露盘也被迁移。人生即便是无情的，此时也禁不住要泪沾胸襟了。铜人：汉武帝刘彻听信方士之言，认为饮服和着玉屑的露水能长生不老，因在建章宫造神明台，上有金铜铸造的仙人，手捧承露盘，承接空中的露水。魏主曹丕代汉后，把铜人承露盘迁至魏都邺城。传说拆卸承露盘时，铜人竟然潸然泪下。前人多咏此事以寄兴亡盛衰之慨。这句在此借喻北宋王朝一如强盛的汉王朝，到后来是铜盘人去，江山改姓。“人生”句：杜甫《哀江头》：“人生有情泪沾臆，江水江花岂终极！”遗山在此改“有情”为“无情”。欲哭无泪，更觉意味深长。

丽川亭上看年芳，更为清歌尽此觞。千古是非同一笑，不须作赋拟阿房——我超然地站在丽川上，观赏着美好的芳菲，更要为了清歌一曲而痛快地饮尽此杯；且不管千古的是是非非，都把它同归一笑，又何须模仿《阿房宫赋》，再来作一篇感慨的文章呢？丽川亭：在汴京。年芳：合时的花。韦应物《春思》诗：“野花如雪绕江城，坐见年芳忆帝京。”遗山此时亦有相同的感触。阿房：指杜牧的《阿房宫赋》，对秦朝兴亡抒发了深刻的感慨。作者说“不须”，实际上是愤激反语，本意是要学杜牧，总结秦朝灭亡教训，警示后人，使腐败的金朝重振帝业。

末四句故作旷达之语，其实正表现了诗人心中怆凉已极。蒙古重兵压境，金朝国势江河日下，诗人已预感到它的将亡，这样的情绪在诗中含蓄地表现出来，自有感人的力量。

新评

诗的前四句先略写西园之游，而以“生暮愁”三字提起下文，转入宋徽宗被俘的往事；从“秋山秋水今犹昔”，又自然转到暗淡的现实；结尾四句，复照应西园之游。诗中虽然用了“看年芳”、“尽此觞”、“同一笑”之类貌似欢快的词语，里面却隐藏着诗人一颗痛苦的心。

这首诗每四句转一韵，平仄交错，气壮神驰，婉转摇曳，格调独高。

西　窗

题解

从诗意来看，这首五言古诗大约作于元好问中晚年家居读书之时。在那相对闲适的日子里，诗人在窗前掩书独坐，欣赏着绿树的清荫，倾听着鸟儿的鸣啭，似是惬意恬然。然而，诗人胸中却涌起了无穷的心事。他黯然回首，追忆那在风雨中，在烽烟里，在青山背后失落的少年欢乐和青春年华。

西窗鸟声千种好，树影离离动微风。
青山满前掩书坐，欲话怀抱无人同。
花枝不笑绿鬓改，尊酒自与黄金空。
少年乐事总消歇，落日澹澹天无穷。

新解

西窗鸟声千种好，树影离离动微风——西窗外传来千百种鸟声，声声都那么美好动听，婆娑的树影繁盛茂密，在微微的晚风中轻轻摇动。离离：枝叶繁茂浓密的样子。《诗经·王风·黍离》："彼黍离离，彼稷之苗。"

青山满前掩书坐，欲话怀抱无人同——连绵的青山横亘在眼前，我掩书独坐思绪重重，想要倾诉那平生的怀抱，却又恨无人与我交谈。这两句写诗人的心情，那是饱经忧患的人常有的孤独感。

花枝不笑绿鬓改，尊酒自与黄金空——俏丽的花枝虽然不笑我黑发已斑白，杯里的清酒却已和黄金同时耗尽。绿鬓：黑色的鬓发。"尊酒"句写生活困顿。

少年乐事总消歇，落日澹澹天无穷——少年的乐事都已消逝，如今，只见到落日悠悠，长天无穷。消歇：消失，休止。澹澹：恬静悠然的样子。

新评

遗山的诗，情真意真，景真事真。读之，感到诗中细腻生动地表现了饱经忧患的人常有的孤独感和惆怅感，写来"情韵翩然"（方东树《昭昧詹言》引姚鼐评语）。末句"落日澹澹天无穷"意境深远，颇似杜牧《登乐游原》"长空澹澹孤鸟没，万古销沉向此中"之意。

邓州城楼

题解

邓州，今河南邓州市，位于中原南北交通孔道，是防守荆襄的外围重地，南宋和金双方在此曾激烈争战。金哀宗正大七年(1230)，蒙古军在陕西攻战频繁，元好问在邓州守帅移剌瑗幕中。暮春，诗人登上邓州城楼远眺，禁不住感慨万千。想到国难当头，而满朝将帅，竟无人能够收拾破碎的山河，心中很是悲苦，于是写下了这首诗抒发自己忧虑国事和难酬壮志的心情。诗歌写来苍凉悲怆，一腔忧国忧民之情溢于言表。

邓州城下湍水流，邓州城隅多古丘。
隆中布衣不复见，浮云西北空悠悠。
长鲸驾空海波立，老鹤叫月苍烟愁。
自古江山感游子，今人谁解赋登楼？

新解

邓州城下湍水流，邓州城隅多古丘。隆中布衣不复见，浮云西北空悠悠——开头两句写在邓州城下，湍水急速地奔流，城边有许多古时的坟丘。湍水：发源于河南内乡县西北县界的伏牛山中，流经内乡、邓州，至新野县汇入白河。头两句连用了两个“邓州城”，并不嫌重复，音节流转明快，极其优美。古丘：李白诗《登金陵凤凰台》：“晋代衣冠成古丘。”此处之“古丘”，引出诗人的无限感慨：有多少风流人物已进入坟墓，他们能在历史上留下什么有价值的东西呢？三、四句就“古丘”这一层意思进一步发挥。隆中：山名，在湖北省襄阳市西。东汉末年，诸葛亮曾隐居于此，向刘备提出有名的《隆中对》。隆中布衣，即指诸葛亮，早年曾在邓州、南阳一带活动。隆中距邓州仅百里，故见古丘而联想起这位名垂史册的古人。诗人《丰山怀古》亦云：“卧龙起隆中，落落出奇策。”诗人十分希望金朝也能多出几位既有文韬又有武略的英才，重振业已衰败的金朝。浮云西北：《古诗》：“西北有高楼，上与浮云齐。”古人常以浮云喻朝中的小人。本诗中当以喻西北边境的蒙古军。金哀宗正大元年，下令“更不南伐”，停止侵宋，全力抗御蒙古。这两句的意思是说：当年隆中那位布衣之士，如今已不可复见了，只有任那阴密的浮云，在西北飘悠。

长鲸驾空海波立，老鹤叫月苍烟愁。自古江山感游子，今人谁解赋登楼——长鲸：古人认为鲸是凶猛的大鱼，这里用来比喻肆行杀戮的蒙古军。在诗中，诗人用“长鲸驾空”比喻蒙古军的横冲直撞，气势猖獗；用“海波立”，比喻形势险恶，国家动荡不安。两句是说：庞大的鲸鱼腾驾长空，怒海的波涛山涌壁立；老鹤凄惶地长唳月下，青烟中似包含着无限忧愁。“老鹤”句中，一个“老”字，用得非常贴切，老鹤既是一种无可奈何的自比；又可比喻面对国家丧乱无能为力的金朝官兵；还隐指已走向衰败、几近沦丧的金朝。老鹤、冷月、苍烟，怎能不愁，怎能不叹？最后两句意思是，自古以来，江山形势总是触动着游子的爱国情怀；可如今的人，有谁懂得像王粲那样作登楼之赋呢？东汉末年著名的文学家王粲，因战乱避难荆州，依刘表，登当阳城楼，作《登楼赋》，抒发怀乡之情和壮志难酬的怆痛。作者在此感慨：历朝历代有多少英雄名士，为了抵御外患，捍卫领土而舍生取义，而如今金朝已“危在旦夕”，为什么没有慷慨激昂之士出来重振朝纲？

新评

遗山诗吸取苏轼诗“翕张开阖，千变万态”的特色，特别是他的七言古诗，神来气来，恣意挥斥，其老健之处甚至在苏轼之上。中年以后，身遭国难，深感于宗社丘墟，生灵涂炭，进而师法杜甫，慷慨苍凉，沉郁顿挫。前人誉其诗“神似杜公，千载以来不可再得”（陈沚斋先生评）。

这首七言古诗，刚健质朴、沉郁悲慨。家国大祸已临于眉睫，诗人多希望自己有能力重振朝纲，但却只能枉自凄然叹息。“老鹤叫月苍烟愁”，一个“叫”字，把“老鹤”对月哀鸣的无奈与凄惶表现得淋漓尽致。此时的愁不是为美人迟暮而叹息，不是少年之愁的无病呻吟，只有当国破家亡，而自己又无能为力时，才有这种无以言说的悲壮的痛苦。

游黄华山

题解

此诗是诗人晚岁之作，黄华山以瀑布奇观闻名于世，元好问访此山约在蒙古太宗九年(1237)。这首诗是作者长篇山水诗的代表作，在对壮丽山河的描绘中，流露出诗人对故国的深深眷念，显示出作者阔大的胸襟和高妙的想象，气势磅礴，摹写惟妙惟肖，韵味深长。

黄华水帘天下绝，我初闻之雪溪翁。
丹霞翠壁高欢宫，银河下濯青芙蓉。
昨朝一游亦偶尔，更觉摹写难为功。
是时气节已三月，山木赤立无春容。
湍声汹汹转绝壑，雪气凛凛随阴风。
悬流千丈忽当眼，芥蒂一洗平生胸。
雷公怒击散飞雹，日脚倒射垂长虹。
骊珠百斛供一泻，海藏翻倒愁龙公。
轻明圆转不相碍，变见融结谁为雄？
归来心魄为动荡，晓梦月落春山空。
手中仙人九节杖，每恨胜景不得穷。
携壶重来岩下宿，道人已约山樱红。

新解

黄华水帘天下绝，我初闻之雪溪翁——起句总领全篇，概写黄华山之秀，点出黄华山天下一绝的胜景乃是瀑布，但是它的妙处，作者最初只是从雪溪翁那里耳闻。黄华：黄华山，即隆虑山，又名林虑山。在今河南林州市西北二十五里。刘祁《游林虑西山记》称之为“太行之秀”，“皆绝壑颓涧，树木蓊郁，水声潺潺，使人耳目翛然。”雪溪翁即王庭筠，号黄华山主，诗文画并称卓绝。

丹霞翠壁高欢宫，银河下濯青芙蓉——听说山上的岩石色彩鲜艳，如同红色的彩霞；而峭壁之上则长满了青翠茂盛的草木，红霞映衬翠壁，着实令人着迷。最奇的还要数那飞流直下的瀑布，如同天上银河倾倒，将下界的青山翠谷洗濯得清新动人，就像一朵朵盛开的芙蓉。诗人想象奇特，比喻精妙，从远距离俯视的角度对黄华山做了整体的描绘，雄伟壮观，气势宏大。北齐高祖高欢曾在黄华山上建避暑宫。

昨朝一游亦偶尔，更觉摹写难为功——接着表达作者目睹了黄华山壮观景色后的感受。虽无具体描写，但“摹写难为功”一句，却是“此时无声胜有声”的效果，把黄华山难以形容的美传达得十分巧妙。

是时气节已三月，山木赤立无春容——一年四季山与水会呈现出不同的姿态和迥异的风格，诗人在此点出了游山的时节是春气萌发的三月。但是山上还未着春色，树枝仍旧光秃秃的，尚未绽出新芽。此句借用韩愈《谒衡岳庙》诗的句式：“我来正逢秋雨节，阴气晦昧无清风”，但无生硬模仿之痕，与全诗自然流畅地融合一体。

湍声汹汹转绝壑，雪气凛凛随阴风——此时的瀑布是什么样子呢？悬垂的瀑布不可阻挡，飞身扑下深壑，发出震耳欲聋的声响；尚未融化的冰雪寒气逼人，冷风飕飕。将瀑布不可阻挡的气势和扑面而来的森森阴气描摹得生动传神。

悬流千丈忽当眼，芥蒂一洗平生胸——用极度的夸张表现了瀑布之高之奇，动感十足。“悬”字用得极妙，既写出山崖之陡峭，又见水流之湍急，使得高山瀑布的形象雄奇瑰丽，给人以无穷的想象空间。在这样雄浑伟大的自然面前，胸中还有什么郁闷不能消散，还有什么块垒不足以扫荡呢？芥蒂，是指细微的梗阻之物，常用以比喻郁积在胸中的怨恨。苏轼《送路都曹》诗：“恨无乖崖老，一洗芥蒂胸。”刘祁《游林虑西山记》谓此飞瀑“可以醒醉魂，可以洗尘纷，可以平宿愤。”作者如同传统的中国文人一样，在残酷现实面前碰壁之后，总能在奇山胜水之间找到人生的真谛，荡涤胸中抑郁不平之气。

雷公怒击散飞雹，日脚倒射垂长虹——诗人又将视角逼近瀑布，近距离地观察，瀑布的飞泻气势磅礴，如同雷公发怒，横劈飞溅的水珠。夕阳折射在飞散的水沫上，幻化出彩虹般旖旎的色彩。

骊珠百斛供一泻，海藏翻倒愁龙公——最美丽的还是那道飞流散碎的水珠，就像成千上万的珠玉一般，从上倾泻而下，绵绵不绝，如同打开了海底龙宫的宝库。骊珠：一种非常名贵的珠子，传说出自骊龙的颔下。《庄子·列御寇》：“夫千金之珠，必在九重之渊，而骊龙颔下。”百斛：古以十斗为一斛。百斛即千斗。海藏(zàng)：海神储存珍宝之府；龙公：海龙王。两句皆用以形容瀑布如喷珠溅玉之状。在这里，诗人用了大量神奇的比喻，将瀑布的气势情状描摹得真切可感。其写气势，有“飞流直下三千尺，疑是银河落九天”之壮观；其写情状，有“远近高低各不同”之变化，使人读之如身临其境。

轻明圆转不相碍，变见融结谁为雄——诗人将视觉转化为一种触觉，瀑布飞溅起来的水花像珍珠一样，仿佛伸手便可以触摸到这珍珠的温润和光滑，但它们随即又融为一体，化作飞流倾注而下。诗人运用通感手法，更为传神地写出了瀑布飞漱的质感。

归来心魄为动荡，晓梦月落春山空——黄华山的瀑布奇观是如此令人难忘，诗人归来后还沉浸在动人心魄的瀑布奇观中，回味无穷，就连早上从梦中醒来，仍旧会忆起那西坠的月亮下空灵寂静的春山。“月落春山空”一句非常传神，在聆听了声势浩大、铿锵有力的瀑布声之后，忽然间安静下来，真有“曲终收拨当心画，四弦一声如裂帛。东船西舫悄无言，唯见江心秋月白”（白居易《琵琶行》）之效果，给读者留下了涵咏回味的广阔空间。

手中仙人九节杖，每恨胜景不得穷——天下的美景真是太多了，以至于诗人遗憾没有仙人所赐给的九节杖，瞬间便可跨越千山万水。一个“恨”，道出了诗人的多少感慨，流露出他对故国山水的深切怀念和“别时容易见时难”的苦衷。

携壶重来岩下宿，道人已约山樱红——诗的最后两句，写了诗人游兴未尽，意欲携酒重来，于是山中的道人便和他约好等山樱开花时再见。他在同时期写的《水帘记异》中的诗句“黄华绝境探未穷，道人曾约山樱红”，也表达了这种旷达乐观的精神。

新评

这首诗写于诗人晚年，思想上趋于深沉成熟，诗歌艺术也渐达炉火纯青。诗从不同的角度，以不同的手法，由远及近，从视觉到触觉，浓墨重彩，渲染烘托，生动地描绘出黄华山瀑布的壮观景象。

诗的境界幽深阔大，想象奇特；节奏也非常明快，有张有弛；再加上奇妙的比喻，苍老遒劲的语言，颇有韩愈诗的风格。诗的内涵非常丰富，乍读之下，好像只是在描写赞美瀑布流泉，玩味山水风光，稍加玩味，则可感觉其中蕴涵激情、胸怀壮志，显示出诗人开阔的胸襟、雄健的气度和满怀的豪情。

写瀑布的诗历来很多，比如写庐山瀑布的就有张九龄的《湖口望庐山瀑布水》：“万丈红泉落，迢迢半紫氛。奔流下杂树，洒落出重云。日照虹霓似，天清风雨闻。灵山多秀色，空水共氤氲。”虽然意境开阔，但偏于灵秀，不似遗山诗苍劲有力；有中唐诗人徐凝的《庐山瀑布》：“虚空落泉千仞直，雷奔入江不暂息。今古长如白练飞，一条界破青山色。”也有气魄，但显得太实，视角不加转换，内容全在瀑布，故有狭窄呆板之嫌。还有李白著名的《望庐山瀑布》，则是挥洒自如，想落天外，热情奔放之中蕴涵灵秀之气，有着雄奇瑰丽的想象和高昂振奋的格调。相比之下，遗山诗多了些成熟后的沉静和旷达。

巨然松吟万壑图

题解

此诗乃是遗山为僧人巨然《松吟万壑图》所作的画论。巨然，南唐时金陵(今江苏南京市)人。早年在本地出家，南唐后主李煜降宋，随之开封，以山水画名重一时。北宋时的山水画派分为南北两大流派，北方画派的创立者是荆浩、关仝，江南画派的创立者是董源。巨然和尚是董源的主要继承人，在我国的绘画史上占有相当的地位，其画"多写江南真山"。巨然的作品仅存数件，有《松吟万壑图》、《秋山问道图》等。好问此诗乃赞其《松吟万壑图》气势的宏大和笔力的苍劲。

胸中刺鲠无九泽，画里风烟才一沤。
阿师定有维摩手，断取江山著笔头。
石林苍苍崖寺古，银河浩浩松声秋。
方外赏音谁具眼，莫将轻比李营丘。

新解

胸中刺鲠无九泽，画里风烟才一沤——此诗论僧人之画，故其中多做佛语。"胸中刺鲠无九泽"，是说江山湖泊如同身外之物，都已不在画家胸中，而画中弥漫的猎猎风烟皆如水中泡沫，转瞬成空。沤：水泡，佛教用以比喻生命之空幻。《楞严经·指掌疏六》："空生大觉中，如海一沤发。"巨然经历了南唐覆灭的亡国之痛，又经过了颠沛流离之苦，再加上佛家四大皆空的淡定，便使得画家下笔苍劲空灵、潇洒出尘。

阿师定有维摩手，断取江山著笔头——表达了作者对画家技法的由衷赞叹。把巨然大师神奇的画笔比作佛法深厚的维摩诘之手，择取江山的一部分诉诸笔端，惟妙惟肖，栩栩如生。陆游曾有"峰顶夕阳烟际水，分明六幅巨然山"的诗句，把江南的烟山雾水比作了巨然的画卷，足见其手笔之大，画技之妙。

石林苍苍崖寺古，银河浩浩松声秋——此联对仗工整，"石林"、"崖寺"、"银河"、"松声"，光是这些单独的意象已经初露阔大的端倪，又加之"苍苍"和"浩浩"，更显出天地的广阔无涯。这两句既有强烈的画面感，又表现了整体的气势：山石遒劲，林海苍茫，悬崖陡峭，古刹庄严，大水悬垂，松涛浩荡……好一派雄浑壮观的气象！非有囊括宇宙、包揽四海的胸襟怀抱，不能营造出这样的意境。

方外赏音谁具眼，莫将轻比李营丘——如此令人叹为观止的画技，有谁能独具慧眼，领略到神奇的韵味并体察到其中细微的精妙呢？一般人都会将他和唐末画家李营丘相提并论。《宣和画谱》载李成“所画山林薮泽，平远险易，萦带曲折，飞流危栈，断桥绝涧，水石风雨，晦明、烟云、雪雾之状，一皆吐其胸中而写之笔下”。由此可知李营丘之画意境笔法与巨然颇为相近，都是水汽氤氲、烟岚弥漫的江南景致。然而诗人却体味到了巨然的画境，自有一番李画所无法比拟的荒寒冷峻和潇洒出尘。

新评

古代文人墨客，为了阐发画意，寄托感慨，往往于画上题诗，收到诗情画意相得益彰的效果。遗山题画诗与杜甫相比，长篇大论者少，多寥寥数笔，然神韵逼真。如同作画，诗人长于点染，善于造境。此诗便是用大写意的手法，将画中意境描摹得酣畅淋漓，境界皆出。遗山作诗主张刚健豪放、胸怀壮阔，故他在论画时也喜欢选取格调高远、气魄宏大的画卷。由于诗人和画家都有着国破家亡的隐痛，故遗山对画中意境的熔铸和情感的流动理解得透彻入微。

松上幽人图

宋宗妇曹夫人仲婉所画，上有曹道冲题诗

题解

金元之际，北曲初兴，作诗用韵已宽，似这种句句押韵之柏梁体，在元遗山诗作中是较为少见的一首。此诗虽句句押韵，力避律句，但却极流畅和谐，吟诵时别有情调。曹夫人，北宋女画家。《宣和画谱》记载她“雅善丹青，所画花鸟等，皆非优柔软媚取悦儿女子者”。曹道冲，北宋诗人。

秋风谡谡松树枝，仙人骨轻云一丝。
不饮不食玉雪姿，竹宫月夕频望祠。
竟不下视斋房芝，人间女手乃得之。
眼中扰扰昨暮儿，画图独在羲皇时，
予怀渺兮幽林思。

新解

秋风谡谡松树枝，仙人骨轻云一丝。不饮不食玉雪姿，竹宫月夕频望祠——这四句意思是：秋风吹着坚挺的松枝，有位道骨轻盈的仙人，头上披拂着如云的白发；他不饮不食，容姿如玉如雪，在竹宫中，在月夕时，天子也频频向他拜礼。此四句描写栩栩如生、笔法细致流畅，引经据典，极言画中人之仙风道骨，如冰如雪，至清至纯，为下文引出画者做铺垫。谡谡：劲挺有力的样子。《世说新语·赏誉》："世目李元礼：'谡谡如劲松下风。'"诗中以劲松映衬隐者的高尚。骨轻：传说仙人得道，脱胎换骨，则体轻能高翥。王建《题东华观》诗："白发道心熟，黄衣仙骨轻。""不饮"句，《庄子·逍遥游》："藐姑射之山，有神人居焉，肌肤若冰雪，绰约若处子，不食五谷，吸风饮露。"竹宫：《汉书·礼乐志》："正月上辛，用事甘泉圜丘……夜常有神光如流星，止集于祠坛，天子自竹宫望拜。"月夕：拜月。夕，指拜月之礼。《史记·封禅书》："天子始郊拜太一，朝朝日，夕夕月。"朝、夕，第一字为名词，第二字为动词。望祠：犹言"望拜"、"望祀"。祠，祭祀。《汉书·礼乐志》："昏祠至明，夜常有神光如流星，止集于祠坛，天子自竹宫而望拜。"

竟不下视斋房芝，人间女手乃得之——这两句是说：他是何等地冰清玉洁，何等高贵，竟不愿委屈自己，下去看视天子斋房里的灵芝，而有位人间的女子，她的手法如此巧夺天工，竟能够画出仙人的容貌来。斋房：汉甘泉宫中有斋房。《史记·封禅书》："于是甘泉更置前殿，始广诸宫室，夏有芝生殿房内中。"《汉书·礼乐志》："《齐房》十三：元封二年，芝生甘泉齐房作。"齐房，斋房。语意一转，借松上隐者之高贵，以衬出曹夫人画法之精纯。

眼中扰扰昨暮儿，画图独在羲皇时，予怀渺兮幽林思——前几句只是陪笔，结尾三句，才是正意所在，写得主次分明，抑扬顿挫，错落有致。这三句转入主题，意思是：在我们眼前纷纷扰扰的是那些鄙俗的人们，而这幅图画却写出了羲皇时淳朴真实的情调，这就引起我心中对幽林悠长的思念。昨暮儿：《隋书·苏威传》载：在议乐事时，何妥与苏威之子苏夔意见不合，百官有司多附同苏氏父子。何妥发怒说："吾席间函丈四十馀年，反为昨暮儿之所屈也。"此语含鄙视之意。羲皇时：伏羲氏时，人们思想淳朴，无诈伪之心。予怀渺兮：苏轼《赤壁赋》："渺渺兮予怀，望美人兮天一方。"结尾暗道出诗人清雅不俗的品格与"出污泥而不染"的情怀。

新评

这首七言古诗，章法错综，以诗写画意，评画论画，诗画结合，富有浓郁的诗情画意，具有独特的美学价值。诗中描写人物比照分明，如仙人与曹夫人，昨暮儿与曹夫人，昨暮儿与诗人自己。前者为宾，是绿叶，后者为主，是红花。绿叶扶红花，烘托映衬，红花显得更为突出而鲜明。更显出诗人与曹夫人等"非优柔软媚取悦儿女子者"的高贵与脱俗。

读书山雪中

题解

读书山，即系舟山，赵秉文称之为“元子读书山”。蒙古太宗十一年(1239)夏天，元好问经济源(在今河南)，越过太行山，回到了故乡忻州，闲居于读书山中，在饱经丧乱颠沛流离之后，重得生还，生活总算安定下来。诗人在凄凉忧郁之馀，也不免深感庆幸和意外的喜悦。时诗人五十岁。是年冬天，他写下此诗，表达了喜出望外的心情，也融进了对于未来生活的美好愿望。

前年望归归不得，去年中途脚无力。
残生何意有今年，突兀家山堕眼前。
东家西家百壶酒，主人捧觞客长寿。
先生醉袖挽春回，万落千村满花柳。
山灵为渠也放颠，世界幻入兜罗绵。
似嫌衣锦太寒乞，别作玉屑妆山川。
人言少微照乡井，准备黄云三万顷。
何人办作陈莹中？来与先生共炊饼。

新解

前年望归归不得，去年中途脚无力。残生何意有今年，突兀家山堕眼前——开头四句用叙事的笔法向读者讲述：前年便盼着返回家园，却一直回不成；去年回家已走到半路，却因脚病不能再前行；我哪里能想到，在这饱经丧乱的馀生，还会有这样的时候——那高耸的家乡的山，突然出现在自己的眼前。“前年”句，太宗九年，诗人居冠氏县，在做返回故乡的准备工作。“去年”句，太宗十年秋，诗人举家西行，途经济源，难以再前行，只好留居过冬。前四句寥寥几笔将“前年”、“去年”、“今年”诗人饱经战乱、颠沛流离的生活情况交代清楚，也为后文极言安定下来后的喜悦埋下伏笔。“突兀”：一为忽然之意，一为高耸之貌，诗中兼有两意。在此与“堕”字呼应，生动地将诗人多年漂泊，艰苦备尝，想回故乡而不可能，如今终于能够在有生之年回到故乡之后的庆幸之情表现出来。

东家西家百壶酒，主人捧觞客长寿。先生醉袖挽春回，万落千村满花柳——喜悦的洪流一下子冲开了郁积已久的情感闸门，喷薄而出，涛翻浪涌。“主人”句套用李贺《致酒行》诗原句。满花柳：形容喝醉后，眼花缭乱所见的幻景。此四句讲，故乡的东邻西里，带来了百壶美酒；主人高举酒杯，祝福归来的游子健康长寿。在盛情之下，本就心情激动的诗人醉了，他乘着醉意在雪中舞袖翩翩，像是要把春天挽回一样，仿佛可见家乡的千村万落满是花红柳绿。

山灵为渠也放颠，世界幻入兜罗绵。似嫌衣锦太寒乞，别作玉屑妆山川——山灵：山神。庾信《哀江南赋》："水神遭箭，山灵见鞭。"渠：指诗人自己。兜罗绵：即木棉，诗中用以比喻雪。衣锦：作动词，穿锦衣。这四句写雪景，不作细致点染，更觉淡而有味。意思是：山神也为他尽情放纵，把整个世界都幻化进白蒙蒙的兜罗绵中，好像嫌它穿着锦绣还太过寒素，特地以美玉的碎屑，用心去装点迷人的山川。

人言少微照乡井，准备黄云三万顷。何人办作陈莹中？来与先生共炊饼——"瑞雪兆丰年"，乡亲们纷纷传言说：少微星正照着乡里，天公准备着来年黄熟的菽麦大丰收。谁人拟作陈莹中先生，就像他所预言的一样来跟遗山先生一起吃大炊饼吧！少微：古星名，又名处士星。《晋书·天文志》："少微四星，在太微西。"处士，指有才德而隐居不仕的人。传说少微星照临之地有处士隐居。诗中以处士自喻。乡井：乡里，家乡，古制八家为井，引申为乡里之意。办：张相《诗词曲语辞汇释》："办，有办到义；有准备义；有具备义。"陈莹中，陈瓘，字莹中，号了斋，北宋学者，因与章惇、蔡京不和，被放还乡里，著有《了翁易说》、《尊尧集》等。共炊饼：遗山自注："陈先生贬官后，与京师人书云：'南州有何事？今年好雪，明年炊饼大耳。'"末四句写诗人希望大雪后，明年能获得好收成，百姓早日过上丰衣足食的好日子。

新评

晚年重归故里的喜悦、瑞雪兆丰年的希冀，通过"酒醉"、"盼春"、"瑞雪"为读者刻画出来，诗人觉得生活那么美好，他希望天公帮助饱经战火蹂躏的百姓过上富足安康的生活。在这首七言古诗中，诗人用浪漫的笔调表现了恢宏的胸襟和高奇的想象。诗作构思奇特，气势开阔，且描绘生动，意味醇厚，耐人寻味，显示了"老更成"的特色。

题商孟卿家明皇合曲图

题解

自唐代白居易作《长恨歌》，陈鸿作《长恨歌传》后，唐玄宗后宫的故事，就成为诗人吟咏的题材。诗人们对他们纵情声色、祸国殃民的行为进行了揭露和批判，但对二人的爱情悲剧也表示同情。元好问此诗则借"明皇合曲"的承平故事，表达出深婉精微的讽刺之意。明皇：唐玄宗李隆基，他晚年重用奸邪，荒淫奢侈，从而引发了安史之乱。商孟卿：名挺，金末进士。合曲：据《杨太真外传》载：唐玄宗与梨园子弟一起合奏作乐，"於清元小殿，宁王吹玉笛，上（指唐玄宗）羯鼓，妃（指杨贵妃）

琵琶，马仙期方响，李龟年筚篥，张野狐箜篌，贺怀智拍。自旦至午，欢洽异常时。”

海棠一株春一国，燕燕莺莺作寒食，
千古万古开元日。三郎搦管仰面吹，
天公大笑嗔不得。宁王天人玉不如，
番绰乐句不可无。宫腰不按羽衣谱，
疾舞底用牧猪奴？风声水声谧清都，
梦中令人羡华胥。何时却傍宫墙听，
恨不将身作李谟。

新解

海棠一株春一国，燕燕莺莺作寒食，千古万古开元日——海棠花一株，就能使春满一国，再加上燕子呀，黄莺呀，在寒食时节热闹起来，这就是千秋万代人们所罕见的开元全盛啊！海棠：诗中暗喻杨贵妃。《冷斋夜话》引《太真外传》：上皇登沉香亭，诏太真妃子，妃子时卯醉未醒，命高力士从侍儿扶掖而至，妃子醉颜残妆，鬓乱钗横不能再拜。皇上笑曰：“岂是妃子醉，真海棠睡未足耳。”燕燕莺莺：暗喻歌舞伎人。开元：唐玄宗初年年号(713—741)。时国家承平日久。后代史学家称之“开元之治”。诗人以花鸟喻人，并以每逢时节热闹无比的自然景观暗喻宫廷纵情享乐，醉生梦死，隐含着讥讽之意。

三郎搦管仰面吹，天公大笑嗔不得——三郎手拿玉笛，仰面而吹，开怀大笑，怒气全消。三郎：指唐玄宗。搦：手握，拿着。嗔：发怒。这两句逼真形象，只截取了唐玄宗手持玉笛，开怀而吹的场面，却深切地写出了整个上层社会弥漫着一股浓厚的纵欲之风，典型化的手法在这里运用得非常成功。《杨太真外传》有“上因调玉笛以倚曲”的描写。

宁王天人玉不如，番绰乐句不可无——宁王李宪才华出众，这位“天人”比美玉还出众。当然，黄番绰的歌声也是不可缺少的。宁王：唐玄宗之兄李宪。唐玄宗发动政变，杀死韦后之后，宁王表示不当太子，让给玄宗，后被封为“让皇帝”。玉人：才能出众之人，常用以指皇亲国戚。番绰：指唐明皇时著名音乐家黄番绰。这两句写的是合奏作乐时济济一堂的情景。

宫腰不按羽衣谱，疾舞底用牧猪奴——这时，杨贵妃轻曼的腰肢也不舞霓裳羽衣曲了，哪还用得上安禄山去作疾如旋风的胡旋舞呢？羽衣谱：唐代舞曲《霓裳羽衣曲》本为西域《婆罗门曲》，后经玄宗润色改定。牧猪奴：指安禄山。据《杨太真外传》安禄山醉后曾化为一猪。这两句进一步渲染乐会场面人才济济，高手众多。

风声水声谧清都，梦中令人羡华胥——乐会奏出的曲子悠扬美妙，那清扬激越的风声、水声使天宫更静谧，令君王在梦中也向往这华胥之国。谧：清静幽深。清都：天宫名。《列子·周穆王》："王实以为清都、紫微、钧天、广乐，帝之所居。"故诗中谓《霓裳羽衣曲》是天宫之曲。风声、水声：《西域记》载：龟兹国王和国中音乐家在大山间闻风水声，均节成音。后传入中国。元好问此诗谓玄宗作《霓裳羽衣曲》如同龟兹作乐之听风听水。华胥：传说中的国名。《列子·黄帝》载：黄帝昼寝而梦，游于华胥氏之国。华胥氏之国在弇州之西，台州之北，不知斯齐国几千万里。这两句写的是乐声美妙动听，人听后有天上人间之感。用笔传神，馀韵无穷。

何时却傍宫墙听，恨不将身作李谟——什么时候才能依傍在宫墙边上倾听这美妙动人的乐曲？真恨不得把自己也变作李谟了。傍：挨着。李谟：唐玄宗时民间音乐家，擅长吹笛。元稹《连昌宫词》有"李谟擫笛傍宫墙，偷得新翻数般曲"之句。这两句进一步渲染乐声的动听。上两句从正面写，这两句从侧面衬托。

新评

这首诗情思内蕴，意脉贯通，用典精巧，体式上有散文化倾向。开头并没有拘泥于画上的人事，而是以一枝海棠斗艳、众多燕莺闹春，写出了江山美人、歌舞升平的盛世浮华。接着别开生面，以细腻、传神的笔法写出了唐玄宗与众多梨园子弟合奏作乐的情态、场景和气氛。其后又宕开一笔，转而描述奏乐发出的美妙声音，作者连用两个典故，不仅写出了乐曲的来由，还暗示出乐曲如风声水声之清美。末联以实写虚，用笔高妙，言尽而意存，使此诗宛如一曲动听的乐曲，馀音绕梁，三日不绝。

全诗笔法"翕张开阖，千变万化"（刘克庄《后村诗话》），神气俱来，恣意挥斥，与苏轼古诗颇为相近。但其老健清劲显然又在苏轼之上。全诗在深婉的抒写中隐含着精微的讥讽之意，可谓绵里藏针。

王右丞雪霁捕鱼图

题解

王右丞，即唐代著名诗人和画家王维，河东蒲州（今山西永济市）人，官至尚书右丞。他善写山水诗，苏轼说："味摩诘（王维字）之诗，诗中有画；观摩诘之画，画中有诗。"《宣和画谱》中提到他的诗句，如"落花寂寂啼山鸟，杨柳青青渡水人"，"行到水穷处，坐看云起时"，"白云回望合，青霭入看无"等，认为"皆所画也。"

元好问所咏《雪霁捕鱼图》，即王维《江山雪霁图》，此画"纸广不充幅，长丈许。水波渺弥，洲渚隐隐见其背，岸木葭菼向摇落，草萋然始黄，天惨惨，云而风，人物衣裘有寒意，盖画江南初冬欲雪时也”（晁无咎《鸡肋集》）。

这首诗作于金正大六年(1229)，这一年，四十岁的元遗山得子元抚，闲居在秋林(内乡县北)。在这首诗中，元好问用细腻生动的笔触，表现了王维画中萧疏闲澹的山林逸趣，同时也抒发了自己在乱离之际渴慕闲散生活的心情。

江云滉滉阴晴半，沙雪离离点江岸。
画中不信有天机，细向树林枯处看。
渔浦移家愧未能，扁舟萧散亦何曾。
白头岁月黄尘底，笑杀高人王右丞。

新解

江云滉滉阴晴半，沙雪离离点江岸——这两句描绘画图的背景。江上的轻云弥漫，无际无涯，雪后的天空半阴半晴，河滩上积雪零乱地点缀着寂静的江岸。“滉滉”，写出江云浩渺无涯，“离离”状写沙雪簇集错落，两组叠字的使用，使得画面境界开阔，情趣顿生。寥廓江天，云淡日明；蜿蜒江岸，沙雪相映。一派静谧幽远、萧散恬淡景象。这是远景。

画中不信有天机，细向树林枯处看——本句写画面近景。先以“画中不信有天机”过渡。“不信”实际是说确信。如果不信画中有奥妙的话，那就“细向树林枯处看”吧。“天机”，自然的奥妙，此处指王维画中所蕴含的清静无为的禅理。此句手法极妙。首先以“不信”句过渡，接着又以“树林枯处”从远拉近，同时又用“细向”句为推向近景创造了条件。在江云和沙雪点缀的江岸背景上，长有一片树林，这树林既有“枯处”，当然也有“未枯”的。这“枯处”的设计巧妙地表现了画家的匠心，也表现了诗人的情韵。

渔浦移家愧未能，扁舟萧散亦何曾——萧散，闲散，洒脱，无拘无束。谢朓《始出尚书省》诗：“因此得萧散，垂竿深涧底。”本句从侧面写景，构思精巧，景义双关。从字面看，诗人似在检讨自己，但是诗人为什么会想到“愧未能”、“亦何曾”的问题呢？这是因为他透过了“枯处”看了画中江边草屋几间，江上扁舟一叶，舟上渔人安然垂钓的景象。

至此，诗人基本上完成了对《雪霁捕鱼图》的画面描述，同时也逐渐披露了“渔浦移家”、“扁舟萧散”的襟怀，即诗中真意。从句中可看出诗人对这种恬适清静生活的向往与欣羡。

白头岁月黄尘底，笑杀高人王右丞——后两句紧承“愧未能”、“亦何曾”，直抒诗人胸臆。杜甫《解闷十二首》：“不见高人王右丞，蓝田丘壑漫寒藤。”诗人羡慕归隐生活，而又难于像王维那样超然洒脱。奔波忙碌，岁月流逝，不觉已是满头白发，竟还在世间奔忙，岂不是要笑煞超俗的高士王维吗？诗人像杜甫那样，以"高人王右丞"来反衬自己混迹尘世的无奈；而又以对自己"白头岁月黄尘底"的否定，表达了追求高洁、崇尚隐逸的情怀。

新评

元好问晚年不仕异朝，卜邻青山，与鱼鸟为伴，常作山人之想。山水画轴最能撩起他的这种情怀，所以在题山水画时，自然也寄寓着这种意念，充溢于这首题画诗中。

这首七言古诗，既是题画，也在抒情。题画则手法灵活，错落有致，画中景况如在眼前。抒情则寓情于画，借画映情，甘老林泉的隐逸志趣尽寓画中。诗情画意，优美隽永。

泛舟大明湖

待杜子不至

题解

大明湖在今山东省济南市北，为小清河上源，周围九里，湖水清澈，有汇泉寺、历下亭、南丰祠、小沧浪亭等名胜，风景绝佳。杜子，指杜仁杰，散曲家，山东长清县人。此诗为蒙古太宗七年(1235)作者东游济南时所作，格调高昂，气势豪迈。

长白山前绣江水，展放荷花三十里。
看山水底山更佳，一堆苍烟收不起。
山从阳丘西来青一湾，天公掷下半玉环。
大明湖上一杯酒，昨日绣江眉睫间。
晚凉一棹东城渡，水暗荷深若无路。
江妃不惜水芝香，狼藉秋风与秋露，
兰襟郁郁散芳泽，罗袜盈盈见微步。
晚晴一赋画不成，枉著风标夸白鹭。
我时骖鸾追散仙，但见金支翠蕤相后先。
眼花耳热不称意，高唱吴歌叩两舷。
唤取樊川摇醉笔，风流聊与付他年。

长白山前绣江水，展放荷花三十里——长白山：在山东邹平市南，因山中云气常白而得名。绣江：小清河的上游。作者有《济南行记》曰：“泛大明湖者再，遂东入水栅，栅之水名绣江，发源长白山下，周围三四十里。”此处是远景大写意，绵延三十里的绣江之水，一眼望去，是无边无际盛开着的荷花，微风行处，碧叶颤动，粉荷飘香。诗人大笔如椽，轻轻一下，便点染出了一幅水天无涯的绣江荷花图。

看山水底山更佳，一堆苍烟收不起——遗山善于侧写，此处欲写山景，却写水中的倒影。韩愈《奉酬卢给事云夫四兄曲江荷花行见寄并呈上钱七兄阁老张十八助教》云：“太白山高三百里，负雪崔嵬插花里。”写法近似。诗人泛舟湖上，看远山的影子倒映水中，缥缥缈缈、朦朦胧胧，比真实的山色更加迷人。诗人看看水中的绰约的山影，又望望远处若隐若现的山峰，发现那片常年缭绕在山中的云气聚聚散散，如同弥漫着的烟气一般挥之不去。诗人可谓是写景圣手，将水光山色描绘得如此美妙动人，并为它涂上了一层神秘的色彩。

山从阳丘西来青一湾，天公掷下半玉环——阳丘：今山东章丘东南十五里。玉环：是古代一种圆形而中间有孔的玉器。蜿蜒弯曲的绣江之水，仿佛是天公掷下的半只玉环，温润光滑、青翠欲滴。诗人用了一个神奇的比喻，将绣江的形象和特点描画出来，进一步渲染了大明湖之美。

大明湖上一杯酒，昨日绣江眉睫间——诗人在碧波荡漾的水面上流连着，突然想起昨日和朋友相约湖上、举杯畅饮之事，就好像刚刚发生过，一切都历历在目、无比亲切，辽远的湖水顿时不再空旷寂寞，而充满了浓浓的温情。在这里，诗人以今日之游引出昨日之游，亦隐含着诗人对景色迷人的绣江深切的留恋。

晚凉一棹东城渡，水暗荷深若无路——傍晚，天气凉爽，诗人仍兴致勃勃地驾着一棹扁舟滑行水面。此时，水色变得幽暗，无涯的荷花又是那么地密密匝匝，无路可循，诗人的小船仿佛在其中迷失了方向。此处用语极其平淡，却引人联想：夜色朦胧，水天一色，荷花如林，轻舟荡漾……境界澄澈如画，令人心旷神怡。诗人在《济南行记》中有云：“漾舟荷花中十馀里。”诗意颇似王安石诗“似隔芙蓉无路通”。

江妃不惜水芝香，狼藉秋风与秋露，兰襟郁郁散芳泽，罗袜盈盈见微步——江妃：指江中的神女。兰襟：香襟，美女衣襟。班婕妤《捣素赋》：“侈长袖于妍袂，缀半月于兰襟。”郁郁：香气盛貌。刘峻《广绝交书》：“言郁郁于兰茝。”兰、茝均为香草。遗山是个富有浪漫情怀的诗人，在这里，他把读者引入了一个浪漫的神话境界，描写了美丽曼妙的江水女神。她飘飞的衣袂散发着兰草高贵的芳香，她挥动着翩翩的广袖，将淡淡的芬芳随风带来，她的身影轻盈地掠过水面，宛如曹植笔下凌波而行的洛水女神。诗人选用了这样美丽飘逸的女神来形容湖中的荷花，不仅描绘出了它们娇妍的姿容，且赋予了它们灵秀的神韵和风姿。如果说诗人前面几句用淡墨勾勒出了一幅清淡简远的水墨画，而这美丽浪漫的神话则为画面涂上了最明丽的色彩，使之熠熠生辉，故而方东树评此四句曰：“兰襟四句，情韵翩然。”

晚晴一赋画不成，枉著风标夸白鹭——唐代诗人杜牧作《晚晴赋》曰：“复引舟于深湾，忽八九之红芰，姹然如妇，敛然如女，堕蕊黦颜，似见放弃。白鹭潜来兮，邈风标之公子；窥此美人兮，如慕悦其容媚。”杜牧之意重在描写白鹭之翩翩风采，却将荷花描写成残荷败蕊，故此遗山讽弹其赋不能描画荷花之真容，却白白浪费笔墨夸赞白鹭之神韵标举。“画不成”不仅指杜牧之赋难以描画荷花之美，而诗人自己也无法言尽荷花端丽而又潇洒的风韵。

我时骖鸾追散仙，但见金支翠蕤相后先——古代驾在车前两侧的马为骖。骖鸾，谓以凤驾车，古代神话中常谓仙人“骖鸾驾鹤”。散仙：指未经玉皇授职的仙人。金支：金枝，乐器上饰以流苏羽葆等物的金制支柱。翠蕤：指用翠羽制成的垂下来的装饰物。“金支翠蕤”，指仙人鸾驾上多彩的装饰。诗人久久沉浸在美丽浪漫的神话氛围里，恍惚之间，诗人乘坐的小舟仿佛飞了起来，追随着骖鸾驾鹤的仙人，在想象的世界中漫游；金支翠蕤幻化出霓虹一般美丽奇妙的色彩，宛如云霞在空气中荡漾。全诗的浪漫气氛在此达到高潮，诗人飞扬的神思和丰富的想象，使整首诗笼罩在艳丽和谐的光华之中。

眼花耳热不称意，高唱吴歌叩两舷——眼花耳热：指酒后的醉态，李白《侠客行》有：“眼花耳热后，意气素霓生。”叩两舷：《晋书·夏统传》载：夏统“时在船中……以足叩船，引声喉啭，清激慷慨，大风应至，含水漱天，云雨响集，雷电昼冥，沙尘烟起”。在这里，遗山借此生动地写出了自己醉态可掬的形象。诗人从仙境返回人间，梦幻般的浪漫温馨被冰冷残酷的现实点破，暂时陶醉在明媚如画自然山水中的诗人，对时局的忧虑和对身世的飘零耿耿于怀，才下眉头，又上心头。一想到国破家亡，一种难堪的耻辱就汗湿了诗人的衣裳。然而，诗人回天无力，只有借酒浇愁，在船舷上叩击着节拍，长歌当哭。遗山在此诗中，或用神话，或用典故，或借用前人诗句，在有限的内容中包含着更广阔更丰富的内涵，增加了诗的张力。

唤取樊川摇醉笔，风流聊与付他年——唐诗人杜牧有《樊川文集》。诗中指杜仁杰，古人在酬唱应答的诗作中常用同姓的古人喻指对方。此时，诗人心中有无限的感慨，多想和朋友一起，把酒共醉，泛舟赋诗。把眼前美景与友情流传于后世。

新评

移居山东冠氏之后，诗人把满腔激愤倾注到吟咏山川风物的诗歌中去。济南山水之富、风景之美令诗人大为陶醉，暂时消散了胸中的郁气。这首《泛舟大明湖》写得清丽飘洒、神韵飞逸，所谓“巧缛而不见斧凿，新丽而绝去浮靡”。诗人之所以能将大自然描绘得如此动人，在于他对自然景物不是冷漠地观赏，而是热情地赞美，借以抒发自己的理想与感受，寄情山水，放浪形骸。

遗山性格沉潜，温柔敦厚，但也不乏昂扬的浪漫主义激情，通过天马行空、想落天外的驰骋想象，诗人创造出了博大浩森、神奇瑰丽的艺术境界，真有李白“落笔摇五岳，笑傲凌沧海”的气魄和风采。

写景最忌讳呆滞平板，缺少变化，此诗最大的艺术特色正在于布局奇特，富于变化，将动与静、明与暗、写意与工笔、远景与细处、幽深与开阔、写实与虚幻、简笔勾勒与浓彩重墨相结合，描绘出了这样一幅变幻莫测、绚丽多姿的山水画卷。诗人还善于化用前人典故和诗句，以期丰富诗的内涵。

九月七日梦中作诗续以末后一句

题解

这首诗作于金亡之后，作者痛定思痛，深感世事的反复无常，故诗中充满潇洒出世的放达，颇具李白豪放清雄的风格特色。

桃花红深李花白，昨日成团今日折。
歌声满耳何处来，杨柳青旗洛阳陌。
拊君背，握君手，朝钟暮鼓无了期，
世事于人竟何有。青青镜中发，忽忽成白首。
六国印，何如负郭二顷田，
千载名，不及即时一杯酒。

新解

桃花红深李花白，昨日成团今日折——粉红的桃花，雪白的李花，昨日还是花团锦簇，今日就被风吹雨打摧残殆尽。这就如同难料的世事，翻手为云，覆手为雨。

歌声满耳何处来，杨柳青旗洛阳陌——然而人们照旧沉湎于歌舞声箫、欢宴应酬的享乐之中，正所谓“商女不知亡国恨，隔江犹唱后庭花”。作者在这里用象征的手法来喻示自然界与社会现象的惊人契合，流露出作者无限的感伤。

拊君背，握君手，朝钟暮鼓无了期，世事于人竟何有——时间会冲淡一切不幸和耻辱，生活在继续，人们照样相互拍打着肩背，频频握手致意，这样的日子如同寺庙的晨钟暮鼓一般雷打不动，人们并不因为春秋的代序以及朝代的更迭而改变生活的样式。

青青镜中发，忽忽成白首——作者在黯然伤怀之馀，突然发现镜中的自己已是白发如霜。“青青镜中发，忽忽成白首”乃是化用李白的“君不见高堂明镜悲白发，朝如青丝暮成雪”的诗句，但没有李诗的极度的夸张和宏大的气魄，有的只是平淡之下掩饰不住的悲哀和无奈。悲叹人生的短暂，不直言老大，却以镜中白发说事，一种顾影自怜、徒唤奈何的情态宛如画出。

六国印，何如负郭二顷田，千载名，不及即时一杯酒——既然自己的力量如此渺小，人生又如此短暂，那么，又何必苦苦执著于建功立业？即使如苏秦一样威风凛凛地挂六国相印，也避免不了一抔黄土掩风流的结局，那么，何不置地两顷，自耕自种，过着悠闲自在的生活。诗人在对仕途的失望之馀，由衷地感到功名如同过眼云烟，何必苦苦追求？就算是能够流芳千古，那也会在时光的流逝中消失殆尽，还不如痛饮一杯浊酒，尚可慰怀一时。作者如同所有中国文人一样，毕生行走在“修身、齐家、治国、平天下”的儒家车辙之中，一旦失路，便用陶翁式的隐逸生活自我安慰，或种豆南山，采菊东篱，不问政事，遁入田园诗酒；或及时行乐，对酒当歌，“人生达命岂暇愁，且饮美酒登高楼”（《梁园吟》），在放浪形骸中追求人生的密度。

新评

诗以“桃花红深李花白，昨日成团今日折”起兴，用自然的花开花谢来比喻人事沧桑，从而引出了诗人对人生的种种感悟。遗山一生坎坷，饱经忧患，有着诗人特有的敏感和深刻，并始终保持清醒的头脑，在桃李花开得灿烂娇艳之时就意识到会有“今日折”这样萧条冷落的必然结局；从满耳的歌声和“拊君背，握君手”的热闹繁华的表象下看清了“世事与人竟何有”的真相。而人生又是如此短暂，不如借手中酒杯，浇自己块垒，如《晋书·张翰传》中所言：“使我身后有名，不如即时一杯酒。”李白《将进酒》也有“将进酒，杯莫停”、“但愿长醉不愿醒”之句。酒，已经成了古代文人抗争命运的武器和抵御伤害的城堡，在它的掩护之下，诗人可以用豪迈的气势指点江山、笑傲江湖，可以用潇洒的态度登山临水、隐逸山林。

诗有了李白的清放和潇洒，但无李诗挟天海雨般的气势和想落天外的想象力，于平实中见真挚，亦能准确传达作者对人生的感慨和旷达的姿态。

癸卯岁杏花

题解

此诗写于蒙古太宗皇后乃马真后二年(1243)。此时诗人饱经磨难，回到故乡忻州。信步山中，见春气萌动，杏花娇媚，于是作了这首想象奇特、趣味盎然的小诗。

南州景气暖，杏花见红梅。
读书山前二月尾，向阳杏花全未开。
待开竟不开，怕寒贪睡嗔人催。
爱花被花恼不彻，一日绕树空千回。
牙牙娇语山樱破，稠闹成团稀作颗。
小蕾从教绛蜡封，繁枝未要晴云裹。
两月不举酒，半岁不作诗。
更教古铜瓶子无一枝，绿荫青子长相思。
今年闰年好寒节，花开不妨迟一月。

新解

南州景气暖，杏花见红梅——开头就点出时节和地点，描写了一个奇特的南州景象，乍暖还寒、春气萌动的二月，深红色的梅花仍然疏疏地挂在枝头，尚未全部凋谢，而早春的杏花却已经含苞欲放，隐隐透露出了春的消息。诗人善于炼字，“暖”字看似平淡，却能包蕴春天的重要特征，点染出一个温暖明亮的春天气象，引起人们的丰富联想。

读书山前二月尾，向阳杏花全未开——读书山即忻州系舟山。诗人信步来到了杏林，希望能看到粉嫩的杏花在阳光下灿烂地绽放的美丽景象。“全”字流露了诗人心中的失望，这么漫山遍野的杏林，竟然一朵花也未开？

待开竟不开，怕寒贪睡嗔人催——那似开未开的花蕾，竟如同贪睡的孩童一般不愿意让人惊醒他们舒适温暖的酣眠。“怕寒贪睡嗔人催”一句，以拟人的手法生动有趣地写出了杏花欲开未开的情状。

爱花被花恼不彻，一日绕树空千回——作者采用了独特的视角，不直接写花不绽放，却曲写诗人的爱花和盼花，如天真性急的孩子，到了“一日绕树空千回”的地步，不断地前去查看杏花是否开放，并对花的迟迟不发感到气恼。由于诗人的身影在杏树下的频繁出现，使得这首诗具有了不同寻常的灵性和张力。诗中所吟咏的对象也不再是单纯的自然景物，而成了可与诗人平等交流、亲切往来的朋友和邻居。

牙牙娇语山樱破，稠闹成团稀作颗——为了表现诗人等待杏花开放的心情，诗中还特意提到了早开的樱花，仍旧是用拟人的手法，将浪漫樱花比作牙牙学语的儿童，“破”字的运用看似寻常，但用来形容花的突然绽放是再妙也不过的了，突出了客观景物的特征，增强了形象的鲜明性，实堪称道。接着，作者用细腻的工笔手法描绘花朵，开放的花朵稠密地簇拥成一团，和一粒一粒未开的花蕾形成疏密相间之势。

小蕾从教绛蜡封，繁枝未要晴云裹——一颗颗小小的花蕾紧紧包裹着自己，如同被绛紫色的蜡严密封锁着，没有一点开花的意思，更衬出了作者焦急的心情。下面两句欲写花开之后如被白云般的花朵覆盖，却写未开之时的空枝。作者非常注重炼字，这里的“团”、“颗”、“裹”等词的运用也很贴切生动。

两月不举酒，半岁不作诗——诗人从不同的角度将盼花的情绪如同画中着色一般层层渲染着。春天是赏花的季节，对花小酌，即景赋诗，乃是文人的一大雅事，可是现在既无杏花可赏，哪来的心绪饮酒？哪来的闲情吟诗？“两月”、“半岁”是极度的夸张，借此表现诗人急切的心情。

更叫古铜瓶子无一枝，绿荫青子长相思——承接上句，终于将诗人的情绪推向了极致。诗人喜爱的杏花不开，用来插枝的古铜花瓶只好空着；而浓密的树阴和青涩的杏子也成为遥远的相思期待。这里无一“待”字，却将诗人对杏花浓浓的“相思”融进了花瓶待插枝、绿荫盼结子的意象中，情感含蓄，饶有情致。

今年闰年好寒节，花开不妨迟一月——为什么今年杏花迟迟不发？诗人像一个顽皮的悬念大师，将读者引入他所设置情境中，待蓄势已毕，突然揭出了谜底：今年是闰二月。春天姗姗来迟，所以才使得杏花如此这般地“犹抱琵琶半遮面”“千呼万唤始出来”。

新评

就章法而言，此诗看似平淡，信笔写来，而针线极其绵密，从春天赏花的寻常小事写起，一层层将诗人盼花的心情表现得细腻鲜活，富有童真的情趣。描写杏花时，用了尖新的比喻和奇妙的拟人法，使得诗中流淌着一种温馨和谐的暖意和亲切生动的气息，作者将人和自然融为一体，彼此沟通，突破了传统写景诗的单调和板滞，从而具有了清新灵动的韵味。这是遗山诗风的又一个侧面，除了李白、辛弃疾的豪迈奔放，杜甫诗的沉郁悲凉，还有陶诗的自然恬淡、清新明丽。

湘夫人咏

题解

湘夫人，相传是远古时尧帝的两个女儿娥皇和女英，嫁于虞舜为妃。舜南巡，病卒于湖南，葬于苍梧山(又名九嶷山)。二妃追从舜帝，自投于湘水之中，成为湘水之神，被称为湘夫人。

木兰芙蓉满芳洲，白云飞来北渚游。
千秋万岁帝乡远，云来云去空悠悠。
秋风秋月沅江渡，波上寒烟引轻素。
九嶷山高猿夜啼，竹枝无声堕残露。

新解

木兰芙蓉满芳洲，白云飞来北渚游——这两句是说：木兰飘香，芙蓉烂漫，北渚洲芳香无比；湘夫人乘着洁白的云彩飞来，在北渚洲上任意遨游。木兰：一种芳草。《离骚》："朝饮木兰之坠露兮，夕餐秋菊之落英。"芙蓉：即荷花。《九歌·湘君》中有"搴芙蓉兮木末"。洲：水中的小块陆地。芳洲：长满芳草的沙洲。北渚：渚，水边。屈原《九歌·湘夫人》中有"帝子降兮北渚，目眇眇兮愁予。"《湘君》："夕弭节兮北渚。"北渚，当为湘君与湘夫人相会之地。帝子，湘夫人乃帝尧之女，故称为帝子。

千秋万岁帝乡远，云来云去空悠悠——舜帝已故去，帝都已隔得那么遥远了。是啊，没有人能够千秋万岁的，只有白云，它徒然地飘来飘去，诉说着千古之情。千秋万岁：言舜死于苍梧。古人讳言帝王之死，对帝王之死称为"千秋万岁之后。"帝乡：指京城。帝乡远，意谓舜再也不能回到帝都了。

秋风秋月沅江渡，波上寒烟引轻素——这两句意为：秋风瑟瑟，秋月溶溶，轻轻地笼罩着沅江的野渡；江波上飘着清寒的烟云，仿佛是牵曳着一道轻盈的素练。沅江在湖南省西部，流入洞庭湖。寒烟：寒天的烟云。素：洁白的生绢，诗中用以形容寒烟之状。"引"字用得极为形象生动，轻烟舒展弥漫之状，如在目前，空灵而新巧。

九嶷山高猿夜啼，竹枝无声堕残露——巍巍九嶷山高耸入云，猿猴在夜色中哀啼；湘妃竹枝上的残露，好像斑斑泪痕，悄无声息地落下来。九嶷山即苍梧山，在湖南省宁远县南。因其有九峰，形状皆相似，故得名。相传虞舜葬于此地。猿夜啼：猿猴的啼声悲哀，《楚辞》中亦常咏及之。如《九歌·山鬼》："雷填填兮雨冥冥，猨啾啾兮狖夜鸣。""猨"同"猿"。"竹枝"句：传说舜死后，娥皇、女英泪下不已，溅到竹上化为斑纹，这便是后世所称的斑竹，又称湘妃竹，这里暗用了这一典故。据《竹谱详录》卷六记载："泪竹生全湘九嶷山中……《述异记》云：'舜南巡，葬于苍梧，尧二女娥皇、女英泪下沾竹，文悉为之斑。'"

新评

自屈原《九歌》之后，历代诗人咏湘夫人者不绝。元遗山的这首乐府，在吟咏这一古老题材时，融入了自己的一往情深，读来意境幽渺，感人颇深，是为此类题材中的佳作。

西楼曲

题解

此为乐府诗题目，是一首离乱时代的爱情悲歌。全诗十六句，每四句一个层次。诗中写一个美丽的女子随着情人，双双骑马进入繁华的关中。然而不久战乱发生，残暴的蒙古军攻占了潼关，烧杀掠抢，男子不幸遇难，女子伤心独返。诗歌娓娓道来，缠绵悱恻，哀婉动人。

游丝落絮春漫漫，西楼晓晴花做团。
楼中少妇弄瑶瑟，一曲未终坐长叹。
去年与郎西入关，春风浩荡随金鞍。
今年匹马妾东还，零落芙蓉秋水寒。
并刀不剪东流水，湘竹年年露痕紫。
海枯石烂两鸳鸯，只合双飞便双死。
重城车马红尘起，干鹊无端为谁喜?
镜中独语人不知，欲插花枝泪如洗。

新解

游丝落絮春漫漫，西楼晓晴花做团——诗的前两句以春天的明媚反衬女主人公满腹的惆怅和幽怨。当春时节，万物萌生，游丝以及杨花、柳絮在春天的空气中轻轻飘荡着，弥漫着无边的春意。游丝：指蜘蛛及昆虫所吐的丝，因其飘荡在空中，故称游丝。庾信《春赋》有“一丛香草足碍人，数尺游丝即横路”的诗句。西楼之上眺望，晴空明彻，春阳灿烂，花团锦簇。诗人在这里先营造了一个春色如画的美好意境，为主人公的出现做了铺垫。

楼中少妇弄瑶瑟，一曲未终坐长叹——楼中的女主人轻轻拨弄着饰有美玉的琴瑟，一曲尚未弹完，便被深长的叹息所代替。瑶瑟：饰有美玉的瑟，古人常以弹瑟寄托心中的哀怨，比如鲍照的《拟古诗》：“明镜尘匣中，瑶瑟生罗网。”贾至的《长门怨》：“深情托瑶瑟，弦断不成章。”在诗中，瑶瑟成了闺怨的象征。

去年与郎西入关，春风浩荡随金鞍——接下来女主人公回忆起去年与丈夫一起西入潼关，那时也正是春风浩荡，两人并驾齐驱，是何等的欢乐？潼关是古代秦国与中原地区交通的重要关口。李白有《古风》一诗，其中提到潼关：“郑客西入关，行行未能已。”

今年匹马妾东还，零落芙蓉秋水寒——这两句与欢乐景象形成鲜明对比：春与秋，双与单，热闹与伤悼。那时的明媚春色变成了萧瑟的秋天；那时和心上人比翼双飞，今年却孤雁单飞，独自一人返回故里。因此，在女主人公眼中，无论多么美丽的景象都如同秋天一样清冷凄切。“零落芙蓉秋水寒”一句正是她失去亲人的凄苦心情的写照，芙蓉花凋零了，秋江之水也寒冷如冰，怎能不让人痛断肝肠？一春一秋的对比恰似《诗经》中《小雅·采薇》的句子：“昔我往矣，杨柳依依。今我来思，雨雪霏霏。”

并刀不剪东流水，湘竹年年露痕紫——剪刀再锋利也无法剪断她如同江水一般绵绵不绝的愁情，湘竹上年年有她洒下的伤悼的眼泪。并刀：指古代并州出的剪刀，以锋利著称。杜甫《戏题画山水图歌》诗云：“焉得并州快剪刀，剪取吴淞半江水。”亦言其锋利。古人常用流水喻愁，最著名的是李煜的：“问君能有几多愁，恰似一江春水向东流。”湘竹：即湘妃竹，又名泪竹，外皮有紫色斑纹。在此暗示男子已死，少妇的泪雨年年为他而滴落。

海枯石烂两鸳鸯，只合双飞便双死——用比喻表明女主人公对爱人的坚贞和思念：即使海水枯竭，山石风化，也要和爱人做同生共死的鸳鸯。

重城车马红尘起，干鹊无端为谁喜——最后几句又回到冰冷的现实世界。城内的街市上车马依然熙来攘往；枝头的喜鹊也还在无缘无故地高声鸣叫，仿佛为谁报着喜讯。生活在继续，世界上的万事万物，都在按照原来的规律运行着，没有因为她的悲伤而发生一丝一毫的改变。喜鹊性喜晴，故名干鹊。《西京杂记》：“干鹊噪而行人至。”以鹊叫为报喜。

镜中独语人不知，欲插花枝泪如洗——没有人知道她失去亲人的哀痛，唯有她自己独对妆镜，默默伤怀。拿起一朵珠花想要插在鬓间，而泪水已经如泉水一般流下。

新评

遗山诗兼有豪迈粗犷和婉约细腻的特点，这首诗便体现了元诗清新质朴、缠绵悱恻的一面。虽为怨诗，但又不同于一般深闺女子的春恨秋怨和缭乱闲愁，而是在战乱不休的大背景下描写了一段生死别离的爱情故事，遂突破了个人的恩怨情仇，而具有了动荡时代的气息，境界随之开阔。再加上诗人娴熟的艺术手法，融情于景，比喻贴切，对比鲜明，将人物内心的情感展示得淋漓尽致、感人至深。

望归吟

题解

金朝于1180年规定：戍边攻战的征人年至五十五岁以上，才允许其子或同居弟侄承替。金宋、蒙金之间，长期鏖战，在这漫无边际的战争之中，征人们挨饿受冻，含辛茹苦，刀光剑影，出生入死，没有一线光明，只能战死沙场。正像汉乐府民歌中唱到的“十五从军征，八十始得归”（《十五从军征》）。在这首诗中，作者饱蘸感情，以同情的笔触揭示了征人“古来征战几人回”的惨痛。

寒云一抹平如截，塞草离离卧榆叶。
长城窟深战骨寒，万古牛羊饮冤血。
少年锦带佩吴钩，独骑匹马觅封侯。
去时只道从军乐，不道关山空白头。
北风吹沙杂飞雪，弓弦有声冻欲折。
寒衣昨夜洛阳来，肠断空闺捣秋月。
年年岁岁望还家，此日归期转未涯。
谁与南州问消息，几时重拜李轻车。

新解

此诗分为四部分，每四句为一小节。

塞云一抹平如截，塞草离离卧榆叶——开首两句全景式地描写了塞外世界的天高云旷。远处，在广漠的苍穹尽头，一抹淡云如同刀劈斧削；近处，荒草凄迷，地上落满了深秋的树叶。诗人摇动着镜头由远及近，晕染出一派苍茫荒寒的大漠气象。

长城窟深战骨寒，万古牛羊饮冤血——这两句引出战事，泉水深而且冰凉，使站立在冰窟中饮水的战马感到彻骨的寒冷。《水经》有言：“余至长城，其下往往有泉窟可饮马，古诗《饮马长城窟行》，信不虚也。”“建安七子”之一陈琳在《饮马长城窟行》中写道，“饮马长城窟，水寒伤马骨”，便是假托秦代筑长城一事，描写频繁的战事和徭役给百姓带来的无穷痛苦和灾难。“万古牛羊饮冤血”一句透露了作者对战士的同情和惋惜，一场激战之后，总会有无辜将士血染沙场，他们宝贵的生命就这样在一场接一场的战事中无声无息地消逝，冤死者的鲜血流泻在沟渠和河水中，成了牛羊的腹中之物。

少年锦带佩吴钩，独骑匹马觅封侯——此句化用鲍照《代结客少年场行》中的“骢马金络头，锦带佩吴钩”，表现征人出发前的意气风发和满怀豪情。年轻气盛的少年佩带着宝剑，骑着战马，有着“男儿何不带吴钩，收取关山五十州”的豪情壮志。吴钩：吴国所制弯刀，以锋利著名。

去时只道从军乐，不道关山空白头——他们满腔建功立业的热情，很快就在严酷的现实面前碰了壁，年复一年，空自白头。去时少年人的乐观和白发不得归的对比鲜明而强烈，让人的心灵于平静的叙述中感到一种惊心动魄的悲哀。

北风吹沙杂飞雪，弓弦有声冻欲折——这两句夸张地写出了边塞气候的恶劣和军旅生活的艰苦。“北风吹沙杂飞雪”，实写呼啸的北风和迎面扑来的漫漫黄沙中混合着的飞扬的雪粒。而“弓弦有声冻欲折”则用通感的手法写出弓弦拉动的声音在寒冷的空气中如同冰块般的脆弱，给抽象的“寒冷”赋予了可感可触的形象。这几句诗很容易让人想起唐代诗人岑参的《白雪歌送武判官归京》中的“北风卷地白草折”的大漠景象，但却苍凉沉郁，不同于岑诗中昂扬的斗志和豪迈乐观的精神风貌。

寒衣昨夜洛阳来，断肠空闺捣秋月——作者的笔触忽然一转，如同长焦距镜头，一下子从遥远的大漠拉回到了思妇的身上。她们手中千针万线赶制而成的寒衣，从洛阳寄到边塞，寄托着多少牵肠挂肚的思念和长年独守空闺的幽怨啊！远处传来的捣砧声，在空旷漫长的秋夜里，显得格外悠长寂寥，闻之令人断肠。诗人们常常选用“捣砧声”作为思妇怀远、终夜不寐的象征，如张若虚《春江花月夜》中即有“玉户帘中卷不去，捣衣砧上拂还来”的诗句，用以形容思妇满怀的愁绪和无尽的思念。李煜也有“深院静，小庭空，断续寒砧断续风”（〔捣练子令〕）的句子，以捣练之声表现自己愁思难平的不安心情。

年年岁岁望还家，此日归期转未涯——年复一年，日复一日，远在边塞的征人和独守空闺的思妇都在殷殷期盼着，然而归家的日子却是遥遥无期，没有尽头。诗人用了最平淡的语气，传达出最深沉的悲哀。亲人的相见变成一种奢望，幸福也就化为一场春梦，他们的一生，都在永无休止的战争中浪费了。

谁与南州问消息，几时重拜李轻车——诗人模拟征人的口吻，在无奈中发出疑问：有谁到首都打探消息，问问到底什么时候重拜李轻车为帅，一举得胜，结束战争呢？李轻车，即李蔡，汉朝名将李广的从弟，因抗击匈奴有功，被封为“轻车将军”。这里借指名将。如此无涯的归期，如此深长的期盼，令人感慨万端，由此深化了主题：连年的战争，给百姓带来的只有分离和死亡的痛苦，以及这痛苦不知何时才能结束的忧虑。

新评

古代反映战争的诗自《诗经》始就连绵不绝。遗山诗别具特色，描写大漠风光，境界阔大；描写战争场面，则慷慨悲凉；刻画征人思妇，又缠绵悱恻。通过镜头的不断切换和对比，从不同的角度写出了战争给人民带来的痛苦，既有杜甫的沉郁顿挫，亦有作者以"气"为胜的豪壮慷慨的审美特征。遗山还善于用典和化用前人诗句，使诗获得了深厚的内涵，充满了张力。

梁园春五首(选二)

车驾迁汴京后作

题解

贞祐元年(1213)秋，蒙古军分三路大举南下，围攻金朝中都燕京(今北京)。刚刚即位的金宣宗被迫遣使求和，接受了蒙古提出的极其苛刻的条件，送出大量的奴隶和财物。蒙古退兵后，宣宗便决定南逃。贞祐二年五月，宣宗放弃中都，南迁汴京。蒙古军于次年五月便攻陷中都。金国从此一蹶不振，走上灭亡之路。

元好问极感迁都的失计，却又无能为力。在无可奈何之中，他写下了《梁园春》五首。这组乐府诗描写南渡后汴京富贵繁华的皇都气象。而"几处春风揭绣帘"、"朱门不解藏春色"，则蕴含着诗人委婉的讽刺：在蒙古势力日渐南下的多事之秋，皇都却依然是"春色浓于酒"，那些达官贵人仍然身处绣幕朱帘之内，沉醉于轻歌曼舞之中！

梁园，一名兔园，楼池相连，绵亘数十里，西汉梁孝王刘武所建，遗址在今河南省开封东南。这里借指汴京。车驾，皇帝的代称，这里指金宣宗。

其　四

楼观沉沉细雨中，出墙花木乱青红。
朱门不解藏春色，燕宿莺喧处处通。

其　五

双凤箫声隔彩霞，宫莺催赏玉溪花。
谁怜丽泽门边柳，瘦倚东风望翠华。
(自注：龙德宫有玉溪馆。丽泽，燕都西门名。)

新解

楼观沉沉细雨中，出墙花木乱青红——前两句写景。密密的细雨中，高大的楼观显得越发古老而深沉，伸出墙头的各色花木红绿相掩，色彩缤纷。楼观：高大的建筑。观，古代宫门前的建筑，登其上，可以远观，故名为观(《古今注》)。沉沉：深邃的样子。"沉沉细雨"暗指金朝正面临着蒙古军的侵略。就在这样的淫雨霏霏、国难当头的时候，那些掌权的达官贵人在干什么呢？

朱门不解藏春色，燕宿莺喧处处通——厚厚的朱门掩藏不住满园的春色，到处都有莺在歌唱，燕在飞舞。面对蒙古军的侵略，面对沦陷的江山，这些达官贵人仍在庭院里尽情地吃喝玩乐！朱门：红门，指豪贵之家。解：知，这里是"能"的意思。

双凤箫声隔彩霞，宫莺催赏玉溪花——双凤：苏颋《侍宴安乐公主山庄应制》："箫鼓宸游陪宴日，和鸣双凤喜来仪。"玉溪：馆名，在汴京龙德宫中。一开始，诗人用"双凤"、"彩霞"、"宫莺"、"花"这些代表喜庆的事物，来形容梁园的春景之美。这两句是说：凤凰在片片绚丽的彩霞中，随着箫声飞来，远处传来宫中莺鸟的声声歌唱，像催促着人们去观赏玉溪馆的春花。诗中暗用了"弄玉吹箫"的典故。

谁怜丽泽门边柳，瘦倚东风望翠华——后两句转为抒情：在这一派春光中，有谁去怜惜那燕都丽泽门边轻摇的杨柳啊！它形容憔悴地斜倚着东风，向西翘望天子仪仗队的旌旗。丽泽门：作者自注："丽泽，燕都西门名。"翠华：天子仪仗中的一种旌旗，上饰以翡翠之羽，因以代表天子的行踪所在。杜甫《韦讽录事宅观曹将军画马图》中有"忆昔巡幸新丰宫，翠华拂天来向东"之句。此时，金宣宗已迁都汴京。汴京在燕京之南偏西，故写西门。"柳"、"望翠华"，以拟人手法暗指希望天子的队伍收复失地，重振朝纲。末两句语意深刻沉痛，表现了诗人对中都的无限怀念。

新评

诗人表面是极力铺陈今日汴京的美景，内心深处却满含着对于中都，尤其是中都所代表的金国鼎盛时代的深切怀念，并含蓄地抨击了金朝统治者的耽于逸乐，曲折地表现了恢复旧业的愿望。胡应麟《诗薮》称其"差有唐味"，当指其言近旨远而言。

春风来

题解

此诗以一个"春色恼人眠不得"的花月良宵做背景，描写了一个幽闭闺中的女子邈远深长的相思情绪，运思深婉，刻画入微。

春风来时瑶草芳，绿池珠树宿鸳鸯。
春风去后瑶草歇，来鸿去燕遥相望。
鸳鸯不得双，燕鸿天一方。娟娟愁眉色，静与遥山长。
锦衾复罗荐，梦语相思怨。月明乌夜啼，空闺泪如霰。

新解

春风来时瑶草芳，绿池珠树宿鸳鸯——起句点明了时间，即春暖花开时节。在这样的季节，芳草萋萋，万物复苏，也该是人们春心萌动的时候，就连碧水池边的绿树浓荫之中，也有双宿双飞的鸳鸯栖息。

春风去后瑶草歇，来鸿去燕遥相望——然而，好景总是不长，春天很快消失，芳草枯萎，鸿雁南飞，甚至鸳鸯也失去了伴侣，一切都显得凄凉，一切都变得无奈。强烈对比，为的是引出诗中的女主人公，气氛的一再渲染，使得人物的内心世界得到了充分的展现：春来的欣喜，春去的惆怅。

鸳鸯不得双，燕鸿天一方——恩爱的鸳鸯少了一只，剩下的一只黯然神伤，从此不会再在水中快乐地嬉戏；燕鸿天各一方，失去了往日的欢乐和缠绵。鸳鸯无双，鸿雁分飞，暗示男主人公远游他乡。

娟娟愁眉色，静与遥山长——闺中少妇表面上仍旧温和委婉，但是有谁能知，她心中有着无限的幽怨和苦恼，对远方游子的思念竟同远山一般的蜿蜒绵长！“静与遥山长”一句比喻贴切形象，真可与李煜的“离恨恰如春草，更行更远还生”(〔清平乐〕)媲美。

锦衾复罗荐，梦语相思怨——无法排遣的离愁别恨使得夜格外的漫长，在这深长的思念中女主人公彻夜难眠。好不容易进入梦乡，却还在睡梦中发出喃喃的埋怨。

月明乌夜啼，空闺泪如霰——明月、乌鸦、暗夜，都是一些极富象征意义的意象，为了衬托思妇的寂寞冷清，诗人用这些意象安排了一个令人断肠的画面：明月当空，一只夜飞的乌鸦发出凄怆的啼叫，女主人公在黑暗中醒来，望着窗外的明月，听着乌鸦的叫声，禁不住泪如雨下。

新评

遗山诗多境界阔大、气势雄浑，但也有缠绵悱恻、情感细腻的诗篇，这首诗较有代表性。全诗一层一层地渲染气氛：春来的喜悦——春去的惆怅——离别的忧愁——相思的哀怨，最后自然而然达到高潮。诗中只是选取了几个生活片段，便将一个多情温柔的女子形象描绘得栩栩如生，呼之欲出。

为了增强画面的效果，深化诗篇的意境，诗人还采用了重叠渲染、反复勾勒的手法，既描画了女主人公白天在人前装得若无其事，背地暗锁眉头的苦涩；又写了月明之夜的她辗转反侧、难以入眠的空寂伤感。

从色彩的点染上看，诗从春天花红草绿、莺歌燕舞的明丽写到落红遍地、燕去春归的萧瑟，笔触细腻，对比鲜明，设色富有层次感，使自然环境与人物心理交融一体。又以象征的手法，用明月和乌啼晕染了一个情景交融的画面，将主人公内心的寂寞和忧伤形象地表现出来，使诗更深曲委婉，味外有味。

老 树

题解

此诗作于金宣宗贞祐四年(1216)，遗山时年二十七岁，为避蒙古兵而移居于河南宜阳三乡镇。当年十月，蒙古兵破潼关，侵入河南，元好问避兵女几山。本诗为是年秋末在客途中所作。

老树高留叶，寒藤细作花。沙平时泊雁，野迥已攒鸦。
旅食秋看尽，行吟日又斜。干戈正飘忽，不用苦思家。

新解

前四句写北国的秋景，不同于遗山其他的山水诗，这首诗淡远细致，流露出一丝淡淡的忧伤。

老树高留叶，寒藤细作花——秋已经很深了，旷野上秋风阵阵掠过，一棵孤独伫立的老树，已经被秋风吹落大半的叶子，只有高高的树梢还残存着几片淡黄色的树叶，在萧瑟的风中飘忽着，随时都会凋零。在深秋的凉意中渐渐枯萎的野藤，紧紧缠绕着老树粗大的身躯，努力向上攀援。令人惊讶的是，在那黄瘦的细藤上，竟然开出了红色、紫色的小花，在这冷清寂寥的秋色中惨淡经营出一抹微弱的亮光。

沙平时泊雁，野迥已攒鸦——河水退去的沙滩，平坦而开阔，时而有南飞的大雁在此停留；杂草丛生的旷野上，聚集着躁动的乌鸦，不时地起落着，更增添了荒寒凄凉的气氛。诗人用淡墨晕染出了一派“野旷天低树”的景致和氛围，为下文的抒情酝酿着情绪。

旅食秋看尽，行吟日又斜——旅食是指寄居他乡的生活。杜甫《奉赠韦左丞丈二十二韵》诗中有句：“骑驴十三载，旅食京华春。”行吟则是古代诗人的一种生存状态，他们常边行边唱，以抒发诗情。《楚辞·渔夫》中写道：“屈原既放，游于江潭，行吟泽畔。”诗人旅居他乡，四处漂泊，备尝长途跋涉的艰辛。正逢深秋季节，秋风萧瑟，万物凋零，这样的景色已经黯淡无光，偏偏又是日薄西山，更增添了诗人心中的愁绪。此情此景，怎一个“愁”字了得？

干戈正飘忽，不用苦思家——最后两句，对全篇起了“点睛”的作用。诗人身逢乱世，流离失所，在生死难料的避难途中，放眼望去，又是这样深秋落日的悲凉景象，诗人心中怎能不涌起无限的忧伤和惆怅？诗人只好自我宽怀：就这样继续漂泊吧，不要再去苦苦思念着家乡。诗人思乡的情绪和忧国的焦虑看似得到了解脱，实则更加深沉。烽火迭起，干戈不休，何时才能回到故乡？以否定表示肯定之意，更强调了作者渴望战乱平息、平安归家的迫切愿望。

新评

这是一首写景的山水诗，更是一首政治抒情诗。他所描绘的山水不是自然的山水，而是笼罩着诗人兴亡之感的伤心之色。

这首诗的构思布局精巧玲珑。全诗起承转合，井然有序。前六句写景，由近处工笔细描到远景泼墨写意，画面变幻多姿，层次分明，错落有致，晕染出一个秋意浓郁的环境，为最后的抒情做充分的铺垫。

遗山作诗，善于选取富有象征意味的意象：行将枯萎的“老树”、纤细的“寒藤”，还有平沙漠漠的烟渚和乌鸦攒动的旷野，无一不渗透着诗人忧国伤时的情绪和回天无力的伤感，从而营造出了一个深秋落日的凄凉氛围，最后将诗人的情感熔铸其中，达到情景交融的境界。

这首即景抒情、看似平淡的小诗中，包蕴着深沉的感慨和无奈的喟叹，寂寥悲凉，深沉迷茫，情在景中，兴在象外，意绪不尽，令人沉思。它的意境荒寒，用色浅淡，描写细腻，比之遗山气势宏大的山水诗，更具不动声色的内在震撼力。

少室南原

题解

本诗是作者游嵩山时所作。嵩山，与泰山、华山、恒山、衡山并称五岳，在今河南省登封市北。东峰为太室山，中峰为峻极山，西峰为少室山。此诗写景精美，是诗人技巧圆熟之作。

地僻人烟断，山深鸟语哗。清溪鸣石齿，暖日长藤芽。
绿映高低树，红迷远近花。林间见鸡犬，直拟是仙家。

新解

地僻人烟断，山深鸟语哗——这是一个令人向往的世外桃源：山林偏远，人烟稀少；宁静的深山里，无人打扰的鸟儿自由自在地跳跃着，飞翔着，歌唱着，发出喧闹的声响。“哗”字，是通过动来突出静，巧妙地衬托出了山林的宁静幽深和人迹罕至，与“蝉噪林逾静，鸟鸣山更幽”（王籍《入若耶溪》）、“空山不见人，但闻人语响”（王维《鹿柴》）、“伐木丁丁山更幽”（杜甫《题张氏隐居》）等句有异曲同工之妙。

清溪鸣石齿，暖日长藤芽——诗人走进了山林深处，欣喜地看到清澈的溪水哗哗地淌过高低不平、错落参差的石块，欢快地流向远方。这时，太阳渐渐升起来了，温暖地照着林中茂盛的植物，四处延伸的藤蔓上，绽出了可爱的嫩芽。在这里，万物是主人，他们自由地呼吸，自由地生长，不受任何外界的侵扰。“鸣”字运用了拟人的手法，给流动的溪水和生长的藤芽赋予了活泼的生命。

绿映高低树，红迷远近花——山中美丽的景致迷住了对美的事物十分敏感的诗人，他且走且停，不断有着新的发现：枝叶婆娑的绿树掩映在峰回路转之处，而那漫山遍野的花朵，则如同一团团朦胧的红雾，忽远忽近，扑朔迷离。在这样美不胜收的景色中，诗人陶醉了。

林间见鸡犬，直拟是仙家——几只鸡犬忽然神奇地出现，打破了山中的静谧和沉寂。诗人简直不能相信自己的眼睛，在这样幽深的山中，竟然会有人家的存在？因此诗人迷惑了：这难道是仙人居住的地方吗？“直拟”一词如神来之笔，给画面涂上了一抹神奇幻想的浪漫色彩。

新评

山水诗是遗山诗的一大组成部分，大多沉郁忧伤，充满了故国之思和物是人非的感慨，少有清丽明亮之作。但这首诗却洋溢着作者亲近自然的欢愉之情和安详静谧的意味，读之宛如欣赏一幅山深林茂、鸟语花香、山花明艳的图画。画面开阔，色彩明朗和谐，既有静景，又有动态，充满着生机和活力。可以想见，诗人是在意兴清幽、心灵澄净的状态下与山林、清溪悠然契合的，表现了诗人积极入世思想之外的另一面，颇有陶诗的神韵。

八月并州雁

题解

并州，治今山西太原。诗人借回忆故乡的雁群，表达怀念家乡的情感。

八月并州雁，清汾照旅群。一声惊晚笛，数点入秋云。
灭没楼中见，哀劳枕畔闻。南来还北去，无计得随君！

新解

八月并州雁，清汾照旅群——八月的天气已有了秋天的凉意，又是大雁飞往南方过冬的日子了，诗人看到成群的大雁，猜想它们一定是从家乡飞来的吧。于是诗人遥想着：此时汾河的水一定是清澈凛冽，镜子一般波澜不兴，能够映出天空中列队飞翔的雁群吧？这是一首思乡的曲子，诗人选用了大雁作为思乡的象征，又用秋天来烘托气氛，起句就营造出了一个北雁南飞的冷落清秋之境。

一声惊晚笛，数点入秋云——雁群在夕阳秋风下，暂时栖息在枯萎衰败的河滩，这已然是一片伤心之色，偏偏又有一声竹笛，为这黯淡的画面又添了一丝凄凉；受惊的雁群呼啦啦拍打着翅膀，飞上天空，越飞越远，转眼间消失在秋云之中。这两句对仗工匀，意境幽深，可谓经典之作，寥寥几笔，一幅清淡辽远的秋雁图毕现眼前。“一声”和“数点”起点睛作用，看似点破了画面的“静”，实则愈显其“静”，表现了诗人黯然神伤的思乡情绪。

灭没楼中见，哀劳枕畔闻——诗人的目光紧紧追随着雁群，它们的身影掠过楼阁屋檐间；而大雁那哀怨的叫声，更是日夜萦绕，拂去还来。诗人在此用旅雁的身影和叫声来暗喻自己思乡的情绪，强烈而执著。

南来还北去，无计得随君——大雁冬季离开家乡，到温暖的南方躲避寒冷的侵袭，但是到了春暖花开的时节，又可以飞回家乡。这引起了诗人的深深羡慕和乡愁郁怀：有什么办法可以跟随它们一起踏上回故乡之路呢？

新评

有关“思乡”主题的诗，可以开列几张长长的清单，从屈子的“思旧故以想象兮，长太息而掩涕”、陶渊明的“羁鸟恋旧林，池鱼思故渊”、薛道衡“人归落雁后，思发在花前”、王维的“目尽南飞雁，何由寄一言”，到杜甫的“万里衡阳雁，今年又北归”……无不令人感慨伤怀，此诗亦笼罩着一层忧郁哀怨的轻纱。虽然诗人胸中思乡的情绪浓重强烈，但仍旧选择了“哀而不伤”的表达方式，用秋雁、晚笛、秋云等黯淡的意象，渲染出一派冷淡清寒的秋色，而诗人的思绪便在这秋色中如水一般轻轻流淌，濡湿了诗人的乡情，也濡湿了读者的眼眶。

诗人借充满客愁的旅雁，婉转地表露了宦游他乡的羁旅之思，构思新颖，笔法空灵，抒情婉转，意蕴深厚。语言平淡素朴，意象空疏，然而却晕染出了韵味深长的意境。古诗中常有这种质朴平淡却诗味浓郁的作品，此所谓寓巧于朴。

乙卯十一月往镇州

题解

这首五言律诗写于蒙古宪宗五年(1255)镇州(今河北省正定),描写了一幅略带萧条的秋景,是遗山艺术功力日趋娴熟之作。

村静鸟声乐,山低雁影遥。野阴时滉朗,冷雨只飘萧。
涉远心先倦,冲寒酒易消。红尘忘南北,渺渺见长桥。

新解

村静鸟声乐,山低雁影遥——首联写山中秋景,颇有王维诗空灵的意境,但却没有王诗的清新和洒脱,充满着低回的幽怨,色彩也没有那般的轻盈和明亮,多少有些黯淡,这和诗人的心境有关。寂静的村落人影稀少,高飞的鸟儿却兀自唱着欢乐的歌;远处是低矮的小山,时而掠过的大雁在天空中越飞越远。

野阴时滉朗,冷雨只飘萧——原野开阔,长满了茂盛的野草,溪水蜿蜒地从草丛中流过,时隐时现。滉:水深而广貌。天空有云彩飘过,在地上投下了巨大的阴影;缠绵的秋雨和着冷风飘洒下来。诗中村的"静"和鸟的"乐"相互映衬,静中有动,打破了画面的沉寂,从而显出了一线生机,但无法彻底改变这里郁闷静止的气氛:低矮的小山、遥远的雁影,低平的旷野、飘洒的冷雨,为表现人物的心理营造了一个整体的寥落的境界。

涉远心先倦,冲寒酒易消——颈联出现了诗人的形象。想要借出游来消散心中的郁气,然而未走多远,诗人就已经感到一丝疲倦,昔日壮游的豪兴早已不再,剩下的只是寂寥无奈的孤独和难以排遣的惆怅。"涉远心先倦",形象地刻画出诗人少情无绪的心理状态。诗人冒寒赶路,饮酒带来的暖意也被消释了。

红尘忘南北,渺渺见长桥——无奈之中,诗人只有披衣出门,在无边的秋色中徘徊,暮色正在弥漫,遮住了诗人远眺的目光,就像滚滚的红尘,让诗人迷失在了时空的隧道。在无限的伤心和迷茫之中,诗人朦朦胧胧地望见远处的一座长桥,但是沿着它,是否能够找到回归故乡之路?诗人的心头又浮起了隐约而迷茫的希望。

新评

这是一首诗、画、音乐完美结合的五律。首联和颔联写景,描绘了山水田园的深秋暮色;颈联和尾联写人,刻画了诗人疲惫孤独的形象。风光人物,交替行文,形成物我一体、情景交融的艺术境界,抒写了诗人的萧瑟冷落的内心感受。

这首诗除了情景交融，借景物表现人物复杂心境的特点之外，还善于描写人物微妙的情感变化。景色和人物的变化均被描写得层次分明：从“村静鸟声乐”到“冷雨只飘萧”，是从安详从容到凄清悲苦；从“涉远”到“心先倦”，从冲寒到酒温“易消”，是从希望到失望，从积极到消沉；而从“红尘忘南北”到“渺渺见长桥”则是从深沉的绝望到淡淡的希望。诗人随意写来，不加雕琢，真切生动，含蓄隽永，不见斧凿痕迹，却又有精巧蕴藉之妙，正如沈德潜所说：“写人情物性，每在有意无意间。”

秋　怀

题解

金宣宗兴定二年(1218)，元好问二十九岁，从三乡移居河南登封，并在昆阳买屋置地，过上比较安定的生活。然而，战争的形势却日趋险恶。当年九月，蒙古军的主帅木华黎集结大军，从今大同南下，占领了山西全境。诗人面对破碎的山河，怀念沦陷的故乡，心中抑郁难平。在这首诗中，诗人以候虫和寒鹊自喻，抒发了流落他乡的凄凉苦闷和对于家乡的殷切怀念。诗名“秋怀”，写的是诗人秋天的感怀。

凉叶萧萧散雨声，虚堂淅淅掩霜清。
黄华自与西风约，白发先从远客生！
吟似候虫秋更苦，梦和寒鹊夜频惊。
何时石岭关头路，一望家山眼暂明！

新解

凉叶萧萧散雨声，虚堂淅淅掩霜清——凉叶：韦应物《秋夜》诗：“暗窗凉叶动。”谢庄诗：“秋风散兮凉叶稀。”萧萧：落叶声。《九歌·山鬼》：“风飒飒兮木萧萧。”雨声。谓萧萧落叶声就像雨声一样。释无可《秋寄从兄岛》诗：“听雨寒更尽，开门落叶深。”淅淅：风声。杜甫《秋风》诗：“秋风淅淅吹我衣。”开头两句，写秋风中诗人独坐空堂所感受到的秋声秋意。诗一开始，就用“凉叶”、“萧萧”、“淅淅”、“雨声”、“霜清”等诸多词语，渲染出一种凄凉气氛：一片片寒叶轻轻地飘洒，就像是传来沙沙的雨声；虚寂的厅堂秋风淅淅，到处一片露冷霜清。“虚堂”的“虚”字，在凄冷之上更平添了一层孤寂。这两句明里写景，暗中已在传情。

黄华自与西风约，白发先从远客生——屋外黄菊，好像早已跟西风约好，依期开放；而白发，却从远离家乡的游子头上生出来了。这两句直扣秋怀之题，抒发了诗人悲秋的感伤。黄华：即黄花。指菊。《礼·月令》：“鞠有黄华。”“黄华”、“西风”，点明时节，菊花迎秋而开，西风当秋而兴，“秋”字已暗寓句中。“白发”、“远客”，交代感怀之由。客居他乡的万千愁绪使得“早生华发”。一个“先”字，写尽了诗人客居他乡、思念故土的刻骨深情。

吟似候虫秋更苦，梦和寒鹊夜频惊——“候虫”，这里指随季节而生发出鸣声的昆虫。“寒鹊”，暗用刘沧《秋日夜怀》“绕枝寒鹊客情伤”之意。在此，诗人以候虫、寒鹊自喻，表现心境凄凉、惊魂不定——客居他乡，颠沛流离，何时才能归乡？面对秋风秋雨的凄清景象，本已心境索然的诗人，独坐寒窗下，萦怀故乡，愈感苦不堪言，思乡愁绪无法排解；无奈，还是吹灯入梦吧！在梦中，可以暂时地逃避现实，也可以神游魂牵梦系的故乡；然而怀乡入梦后，就像孤栖寒枝的鹊儿一样，一夜屡屡被惊醒。这两句用比喻兼层递手法把诗人难以释怀的思乡情怀表现得形象可感、绵绵无尽。

何时石岭关头路，一望家山眼暂明——结尾两句点题直抒胸臆，表达诗人希望站在石岭关头，亲眼望望沦陷的故乡的殷切期盼。石岭关，太原和忻州间的关名，在太原盆地北端，当时形势险要，是诗人从登封回乡的必经之路。“眼暂明”，谓心情骤喜，眼睛发亮。诗人客居他乡，思乡情浓，愁绪绵绵，刚入中年便华发早生。什么时候，才能让因思念故乡而终日迷蒙的泪眼放出幸福的神采？“何时”二字，流露出诗人既急盼回归，又担心难以实现心愿的忧虑之情。

新评

全诗层次井然，感情真切。第一联写时间和环境：在风雨潇潇的秋夜，身居深山穷谷，诗人秋情满怀。第二联抒发了作者“一年容易又秋风”的感伤：岁月如流，他乡流落，白发催人。第三联写自己萦怀故土，时时发为吟咏，梦寐难忘。第四联直抒胸臆，希望站在石岭关头，亲眼望望沦陷的故乡。

诗人笔下的“秋”，一片凄冷萧条；诗人笔下的“怀”，满腔无以言说的惆怅。诗中用一连串的词语：“凉叶”、“萧萧”、“淅淅”、“雨声”、“霜清”、“西风”、“白发”、“候虫”、“秋更苦”、“寒鹊”、“夜频惊”等，表现了诗人在蒙古军南下、背井离乡的情况下秋风秋雨愁煞人的心境及对故乡的无限思念之情，读来不胜凄寒。

横波亭
为青口帅赋

题解

青口，在今江苏赣榆区东南。“青口帅”，指金国驻防此地的将领移剌瑗。据刘祁《归潜志》称：他“为将镇静，守边不扰，军民便之。”曾几次打败北进的宋军。其实遗山从未到过彭城，只是移剌粘合在兴定筑营少室山时尝与之交。横波亭，在赣榆区南的河边，靠近黄海。

这首酬赠诗,作于金哀宗正大二年(1225)诗人三十六岁时。诗人登上横波亭,放眼河山,追念古人,禁不住万千感慨。遥望西北,故土正沦陷在蒙古军的铁蹄之下,长空雁鸣,仿佛是难民们悲哀的呼号,此时此刻,把酒临江,长歌一曲,志在抒发收复失地的豪情。

这首诗借歌咏横波亭,赞颂了坐镇于此的这位金朝杰出将领守土安民的功绩,以深邃的洞察力指出谁是当前最主要的敌人,并表达了希望金国将领们为国效力,收复被蒙古军侵占的西北国土的愿望。

孤亭突兀插飞流,气压元龙百尺楼。
万里风涛接瀛海,千年豪杰壮山丘。
疏星澹月鱼龙夜,老木清霜鸿雁秋。
倚剑长歌一杯酒,浮云西北是神州。

新解

孤亭突兀插飞流,气压元龙百尺楼——头两句扣正题,从横波亭的雄峻落笔,描绘亭的高耸和非凡气势。“插飞流”,突显横波亭凌空横出的雄姿。元龙即陈登,东汉末年人。刘备曾称其“文武胆志”。百尺楼:《三国志·魏书·陈登传》载,许汜曾在刘备面前批评陈登不懂待人接客的礼貌,说他去探访陈登时,陈不仅很久都不跟他说一句话,而且睡觉时自己睡大床,让客人睡下床。刘备回答说:“你一向都有国士的名声,如今天下大乱,人们都希望你忧国忘家,救治天下,而你却只知道买田买屋,说的话没有什么可供采纳的,难怪陈登不想跟你说话了。要是碰上我的话,我会睡在百尺高的楼上,而让你睡在地下呢!”诗人借此典故与横波亭比较,进一步衬托了亭的高峻,而且赋予了其志向旷远、超凡脱俗的内涵。这句是说:登亭远眺,豪气满怀,壮志高过陈登、刘备。“插”、“压”两字用得巧妙,“插”字在拟态中显其奇崛,“压”字在比照中显其气势。

万里风涛接瀛海,千年豪杰壮山丘——大江汹涌,波涛万里,一直流入东海;数千年来,豪杰辈出,英名长存,激励着后人。此二句写横波亭之壮美。瀛海,大海。千年豪杰:指青口帅移剌瑗。“万里风涛接瀛海”承“孤亭”句,从空间的角度着笔,实写亭凭高临远;“千年豪杰壮山丘”接“气压”句,从时间角度着笔,虚写周围山丘之壮美。亭东边连接着万里风波的大海,千年不遇的豪杰镇守在这儿,真是气壮河山。此二句从大处着笔,虚实结合,把地理胜概与人文精神糅合在“万里”“千年”的时空结构中,营造一种气势壮阔、豪气激烈的雄浑意境。这两句白描式的抒情,境界开阔,意气高扬,足见青年诗人的豪情壮志。

疏星澹月鱼龙夜,老木清霜鸿雁秋——鱼龙:杜甫《秦州杂诗》:“水落鱼龙夜,山空鸟鼠秋。”鱼龙，本指水的上游鱼龙川。后人常以指凶猛的水中生物。遗山此诗之“鱼龙”兼有两意，一以指溪河，一以指潜藏的危险。犹杜甫《秋兴八首》“鱼龙寂寞秋江冷”之意。“鸿雁秋”，从视觉和听觉的角度，写出北雁南飞，哀声阵阵的情景。诗人选取了三种典型意象，构成凄清高旷的意境，它既由鸿雁南来的凄厉哀鸣引发出如今黄河以北大半河山惨遭蒙古铁蹄蹂躏的联想，又以凄清高旷的情境为后两句的登高望西北铺开了广阔的视野。

倚剑长歌一杯酒，浮云西北是神州——站在高耸的横波亭上，把酒临江，长歌当哭；遥望西北沦陷的河山，禁不住胸怀激荡，豪气万千。浮云西北：《古诗》：“西北有高楼，上与浮云齐。”神州：指中国。手拄宝剑，引吭高歌，望天举起了一杯清酒——浮云遮蔽的西北远空下，正是我们沦陷的国土。这两句体现了诗的主旨。诗人想象在这种背景下，移剌瑗及其幕僚们登上横波亭，怅望浮云低压的西北方向，杯酒慷慨，倚剑长歌的情态，对他们寄予了同仇敌忾、收复失地的深切希望。

新评

陈沚斋先生评：“遗山的七律，沉挚苍凉，自成一体。此后八百年中，几无嗣响。”甚是。

1224年，元好问赴汴京应试宏词科，试卷优异，大受赞赏，被授予国史馆编修官职，留汴京任职，1225年写此诗。从这篇三十六岁所写的作品中，我们可以看到诗人雄阔的胸襟和豪迈的气概。此诗明写横波亭，暗喻移剌瑗。以横波亭的高峻特立来赞誉移剌瑗的功高望重，并对将士们收复失地寄予热切希冀。全诗意境开阔，意气高扬，意象雄浑，激越苍凉，在浑然天成之中含有一种洒脱自如的神韵。

野菊座主闲闲公命作

题解

这是一首咏物诗，表现出隐者的志趣与理想。刘祁《归潜志》载：“正大初，赵闲闲长翰苑，同陈正叔、潘仲明、雷希颜、元裕之诸人作诗会，尝赋野菊。”金宣宗兴定五年(1221)，元好问在汴京进士及第，座主为赵秉文。金哀宗正大元年(1224)，应宏词科，赵又为监试官。后来，元好问授国史馆编修官，居汴京，此时赵主持诗会，元好问也参与其中，所以称赵为座主。赵秉文激赏元好问，谓其诗“少陵以来无此作也”。赵秉文号闲闲居士。

柴桑人去已千年，细菊斑斑也自圆。
共爱鲜明照秋色，争教狼藉卧疏烟。

荒畦断垅新霜后，瘦蝶寒螀晚景前。
只恐春丛笑迟暮，题诗端为发幽妍。

新解

柴桑人去已千年，细菊斑斑也自圆——爱菊的柴桑隐士陶渊明离开人间已有千年了，而斑斑驳驳的野菊每到秋天，依旧圆圆地应时而开。此句以东晋大诗人陶渊明起笔，在一种天地悠悠的岁月感中注入了古今爱菊的归隐者传承不息的精神意绪。同时，显示出今日归隐者高洁的志趣与理想。柴桑：古县名，在今江西省九江市西南，是东晋诗人陶渊明的家乡，故诗中以柴桑人代称陶渊明。

共爱鲜明照秋色，争教狼藉卧疏烟——菊花开放，犹如黄花铺地，鲜明夺目，更能映照出秋色的浓郁。归隐之人既然如此爱菊，怎么忍叫它零落地僵卧于孤寂幽清的袅袅炊烟之中呢？此句在一声感叹中点出了古今归隐士人的共同志趣。上句“鲜明”、“照”等暖色调的词语与下句“疏烟”、“狼藉”等冷色调的词语对比强烈，在貌似矛盾的感情色彩中，隐含的却是古今爱菊之人共同的人生志趣。

荒畦断垅新霜后，瘦蝶寒螀晚景前——爱惜菊花的高士们，不必感叹，且看：经历了一场新霜之后，在一片荒畦断垅中，伴着瘦蝶的飞舞和寒蝉的鸣叫，在夕阳馀晖中，正是菊花开得最美的时候。这一句将上一句抒发的感慨进一步引申开来，菊花开放是在“荒畦断垅”的环境里，在西风落叶的“新霜后”，夕阳馀晖的“晚景前”，且有“瘦蝶寒螀”相伴。写景设色，处处突出一个“野”。这样不仅显示出菊花暗香幽发的野性美，而且借此表达出爱菊的归隐者孤傲脱俗的志趣与超然世外的风范。螀：蝉的一种。

只恐春丛笑迟暮，题诗端为发幽妍——只怕春日里开放的花丛讥笑菊花开得迟，故而题此诗记取它的幽深之美。此句以拟人化手法点明了诗作意旨。菊花不是在鸟语花香、暖意融融的春天盛开；而是在寒蝉凄切、万物凋谢的秋日开放；也不是在丽苑名园里被人护养，而是在荒野僻壤中自在地成长，这种幽深傲岸、孤芳自赏的品格极其符合归隐者的志趣。同处乱世，东晋陶渊明在“采菊东篱下”的咏菊志趣中追求的是一种平淡自然、超然物外的人生境界，而元好问在此诗中却是借咏野菊表达一种虽身处乱世但依然保全名节的人格操守。端为：真正要为。幽妍：幽深之美。

新评

这是一首咏物诗，笔法精工典丽、深细绵密，造境幽微婉曲、古朴朦胧，颇有李商隐咏物诗的情致。首联以爱菊的高士陶渊明写起，由人及物，柴桑人去，菊花依旧应时而发，紧扣题目。二联紧承一联，又由物及人，在吟咏古今爱菊高士共同情趣的同时，注入诗人细腻深婉的情感。三联笔法一转，从正面描述菊花开放的环境——荒畦断垅；菊花开放的时节——深秋新霜，瘦蝶寒蝉，处处突出一个“野”字，从而在其中寄寓着归隐士人的品行节操。末联点明写作缘由，将上面开放的意绪收了回来，从而在这一放一收中，再次表达出归隐者的志趣。

全诗构思精妙，气脉贯通，笔法柔婉，颇能代表元好问咏物诗的艺术风格。

昆阳二首(选一)

题解

昆阳，今河南叶县，因在昆水之北而得名。金宣宗元光二年(1223)，元好问在这里买田置地，隐居读书。但他终难以忘却沦陷的家乡，也无法漠视蔓延的战火。想到饱受蒙古军铁蹄践踏的国土，他怎么也摆脱不了心头的重压，终于拿起滞重的笔杆，写下了这首诗，来抒发自己满腔的忧伤沉痛。

古木荒烟集暮鸦，高城落日隐悲笳。
并州倦客初投迹，楚泽寒梅又过花。
满眼旌旗惊世路，闭门风雪羡山家。
忘忧只有清樽在，暂为红尘拂鬓华。

新解

古木荒烟集暮鸦，高城落日隐悲笳——暮鸦：傍晚时群集的乌鸦。笳：即胡笳，我国古代北方民族的一种管乐器，声音悲壮激烈。诗一开头，诗人便用古木、荒烟、暮鸦、落日等一连串代表苍凉凄清的景物为全诗奠定了一个伤感忧愁的调子。“悲”是诗人的主观感受，古木、荒烟、暮鸦、落日、高城、笳声，是视觉上和听觉上的客观景物，这些客观景物在作者情绪的影响下，都被赋予了一种悲怆的色彩。这两句意思是：苍老的古树笼罩在荒野的烟雾中，树上栖集着一群群晚归的乌鸦；高城隐没在落日的暝色中，伴随着声声悲壮凄厉的胡笳。

并州倦客初投迹，楚泽寒梅又过花——并州倦客：遗山自指。诗人的家乡山西忻州古属并州。投迹：意为留居下来。楚泽：昆阳在战国后期属楚国。泽，水草交错的地方。寒梅：据陈沚斋先生注：“据现代物候学考证，宋金时期，地球天气转冷，河南、安徽以北，不长梅树。诗人南来，始见梅花，故特为表出之。”《昆阳》次首亦云“南来忽复见寒梅”。过花：到了开花之时。这两句是说：我这并州来的疲倦的客子，刚刚来这儿驻足安家；楚地的腊梅不畏风雪，劲俏的枝头又缀满繁花。一个“初”字，一个“又”字，写出了诗人多少的无奈——花开花落，几易寒暑，我却流离失所，辗转南北。倦了，倦了，国何在？家何在？何处是归途？

满眼旌旗惊世路，闭门风雪羡山家——旌旗：军中旗帜，这里代指战乱。杜甫《北征》："旌旗晚明灭。"山家：山居的人家。这两句是说：满眼旌旗狂卷，战尘滚滚，我已惊骇于人世多蹇，苦难无涯；羡煞山中闲适的人家，我只愿闭门自乐，一任风雪飘飘。诗人遥想世外人家，深叹战祸无情，这是全诗伴随着忧国忧民主题思想而交织起伏的个人感慨。在国家危难、人民伤亡的时刻，他无能为力，只能辗转避祸，这对于爱国、爱民的诗人，是多么痛苦啊，他多么希望国家和平安泰，百姓安居乐业呀。因而在看到楚地的腊梅傲放枝头、想到山中世外闲适人家时，他便生出了无穷感慨。

忘忧只有清樽在，暂为红尘拂鬓华——无奈的诗人在结尾感叹道：只有对着那清樽美酒，才能暂时排遣我那满腹的忧愁；且把花白的双鬓上沾满的尘土都拂去，暂时获取一些精神的安宁吧。"红尘"与"世路"呼应，点明诗人颠沛流离的生涯。鬓华：花白的头发。

新评

此诗语言自然流转，苍劲有力。写景、叙事与诗人的忧思关合很紧。用古木、荒烟、暮鸦、高城、落日、悲笳等凄寂景物，构成一种悲怆意境，抒发了诗人对于国家战乱不已的形势和自己颠沛流离的生涯的深沉感慨。

颍　亭

题解

金哀宗正大二年(1225)，遗山来颍亭(在今河南省登封市)游览时作此诗。

在这首诗中，诗人抒发了自己置身于颍亭美景时悠然自得的心情。但在这战乱年代，诗人深知眼前的平静和恬适只是暂时的现象，因而更加怀想过去的太平日子，更加留恋眼前的如画境界，不由得发出了"胜概消沉几今昔"的深痛感慨。全诗写景优美，抒情真切。

颍上风烟天地回，颍亭孤赏亦悠哉。
春风碧水双鸥静，落日青山万马来。
胜概消沉几今昔，中年登览足悲哀。
远游拟续骚人赋，所惜匆匆无酒杯。

新解

颍上风烟天地回，颍亭孤赏亦悠哉——颍亭：在今河南省登封市，是颍水上游的一座名亭。金哀宗正大二年(1225)，元遗山辞去国史院编修的职务，返回登封，来到颍亭游览。这两句是讲：清冷的颍水上风烟弥漫，在寥廓的天地间回转；我独自来到颍亭观赏，顿感悠然自得。

春风碧水双鸥静，落日青山万马来——春风吹拂，碧水上的双鸥更觉闲静；在落日的馀晖里，起伏的青山像万马奔来。"万马来"，古人好以马群喻群山。这两句写景极妙，上句写水，色彩碧绿，是春风所染；下句写山，色彩苍青，因为有落日斜晖。两种景物一小一大，一优美一雄壮，交相辉映。"双鸥静"是实写，所谓"静"是相对而言的，是悠闲自若的样子，是"动"的一种形态；"万马来"是比喻，是虚写，是群山峻岭给诗人意识中造成的印象，有万马奔腾的气势，实则是事物的静态。以静写动，以动写静，造成一种强烈的反差。

胜概消沉几今昔，中年登览足悲哀——胜概：指美丽的景色，亦指美好的生活。今昔：表示时间的流逝。遗山《高平道中望陵川》诗亦云："一片青山几今昔。"这两句是说：那些胜景胜事的消亡，经过了多少岁月变化？中年时的登临游览，更足以令人生悲。金兴定五年(1221)，三十二岁的元好问在汴京登进士第，但心情并不好。因为一是蒙古进逼，日甚一日，国家局势十分危殆；二是兴定五年的春试，他的应制诗犯了"重用韵"的毛病，虽仍被录取，但却引起轩然大波，"知贡举"的赵秉文因此被迫辞职，他自己也受到牵连，诬枉和气愤使他没有接受官职，拂袖而去，这对遗山是个很大的打击。三年后(1225)，他三十六岁时又中宏词科，才正式就选。经过这些波折，诗人强烈地感到"胜概消沉几今昔，中年登览足悲哀。"害怕一切美好的事物会随时间而消逝。

远游拟续骚人赋，所惜匆匆无酒杯——"远游"，指诗人为避蒙古兵祸，从秀容移家登封，亦暗引屈原的《远游赋》。骚人：屈原作《离骚》，因称诗人为骚人。饮酒赋诗，是古代诗人的习惯，"无酒杯"，意谓写不出《远游赋》来。这两句诗是对时遭离乱的感叹，有很深的社会内容。意思是说：远游他乡的我，有心续写骚人的辞赋，可惜的是匆匆而来，没有准备好美酒清樽。

新评

元遗山在诗中运用对比手法，把一般的修辞格转化为创造诗歌形象的艺术表现方法，从而描绘出一种意境，获得很强的艺术感染力。尤其是全诗第三、四句，以静写动，以动写静，造成强烈的反差，有很强的艺术效果。

诗人另有一首《颍亭留别》，写的也是颍亭，其中“寒波淡淡起，白鸟悠悠下”一联，状写自然，甚为传神，为后人所传诵称赏。

楚汉战处

同钦叔赋

题解

楚汉战处，即汉、霸二王城，在今河南省郑州市西北，有东、西两城隔涧相峙，相距约二百步，西为汉，东为楚。秦末，汉王刘邦与楚王项羽在此对垒，相持日久，几经周折，终于在荥阳一带以劣势兵力大败楚军，并最终夺得天下。金宣宗元光元年(1222)前后，元好问的友人李钦叔登览荥阳古城，作诗《荥阳古城登览寄裕之》寄赠遗山，遗山写下这首诗答赠。诗人凭眺古战场遗迹，联想到当前人民因战乱而流离失所的苦况，不由得百感交集，吊古伤时，感慨国事，希望有刘邦那样的英雄出来打败蒙古军，挽救祖国。诗境苍凉悲慨、耐人寻味。

虎掷龙拿不两存，当年曾此赌乾坤。
一时豪杰皆行阵，万古河山自壁门。
原野犹应厌膏血，风云长遣动心魂。
成名竖子知谁谓，拟唤狂生与细论。

新解

虎掷龙拿不两存，当年曾此赌乾坤——诗人登临楚汉战处，自然想起当年之楚汉争战。一开始，就入手擒题，描写了残酷的争战局面。虎掷龙拿：即龙争虎斗。赌乾坤：为争夺天下而战。韩愈在平蔡州归途曾作《过鸿沟》诗：“谁劝君王回马首，真成一掷赌乾坤。”乾坤，天地，这里指代国家。鸿沟，在荥阳东南二十里，曾为楚、汉的分界。这两句诗意思是：楚汉双方，像猛虎在腾掷，像神龙相搏持，残酷战斗，势不两存，当年就在这里把天下作赌注比输赢。两句诗就把楚汉争战的全局表现出来。“虎掷龙拿”，写争战之激烈；“不两存”，写争战之残酷；“赌乾坤”则透露他们争战的目的，是在为自己争夺天下，一个“赌”字，可见诗人对争战的批判：双方竟为了争夺天下而不顾人民死活，国家、人民的命运怎能当成赌注？

一时豪杰皆行阵，万古河山自壁门——此两句继续写楚汉战争两军对峙，壁垒森严的阵势：一时天下豪杰分别归入这两个营垒，互相厮杀。壁门：营门。《史记·周勃世家》：“亚夫乃传言开壁门。”指江山形势险要，可以固守之处，诗中谓荥阳。这两句讲：当年此地曾燃起漫天战火，楚汉双方争抢乾坤，一世的英雄豪杰尽卷入战争中，万古永存的荥阳山河，就像是坚固的门户啊。

原野犹应厌膏血，风云长遣动心魂——这辽阔的原野啊，想来已经吸足了将士们的膏血，这场战争距金代虽已一千四百多年，但凭眺当年战场遗迹，那战争的风云，令后人长久地震撼心魂！遣：使。此两句由陈述史实转为议论，诗人愤怒地抒发了对战争的不满与厌恶之情。“原野犹应厌膏血”，广阔的原野都无法再承受那无数士卒流淌的鲜血了，这就是战争——何等凄惨，何等惊心动魄！

成名竖子知谁谓，拟唤狂生与细论——结尾诗人引用晋代阮籍的话，并提出疑问，显示了诗人对战争和“一将功成万骨枯”的英雄们的鄙夷之情。在这里，曾有人感慨“竖子成名”，不知他说的何人？我真想唤起那狂生，把这事和他好好地辩论一番。成名竖子：《晋书·阮籍传》说，阮籍登广武观楚汉战处，叹曰：“时无英雄，使竖子成名。”对阮籍说的“竖子”（那小子），有人说是指刘邦，作者想唤起狂生阮籍问个究竟。因为他们“不两存”地“赌乾坤”，才造成“原野”“厌膏血”，那么这些成名的“英雄”，又有何功德值得炫耀？狂生：指阮籍。阮籍本有济世之志，但在司马氏的黑暗统治下，只得纵酒佯狂，故被称为“狂生”。遗山身处末世，心境与阮籍相似，故常以阮籍自比。诗人在此说“拟唤狂生与细论”、“知谁谓”，实际诗人心中对谁是“成名竖子”已有了明确的答案，就是包括为私利残害生灵的一切野心家，包括当时的蒙古贵族。

新评

这首诗，前四句写了楚汉争战的史实，后两句由叙而议，表达了诗人对不义战争的否定，对建立在膏血盈野的基础上的成名英雄的讥讽之情。全诗把叙事、抒情、议论熔于一炉，雄浑苍凉，耐人咀嚼。

被檄夜赴邓州幕府

题解

金哀宗正大七年（1230），元好问因服母丧而闲居河南内乡白鹿原。接到邓州（今河南邓州市）守将移剌瑗的征召文书，聘用他为幕僚。当时正在对蒙古军作战，因此军中征召迅速，诗人也不得不星夜起程。途中，他写下此诗。遗山一生在出仕和归隐问题上困扰不堪，始终处于难以两全的境地。故诗中表现出了一些并不强烈的矛盾，抒发了为国事奔忙义不容辞的责任感和对于田园闲适生活的留恋之情。被檄，接到征召的羽檄。幕府，古时军队出征，使用帐幕，故把军政大吏的府署称为幕府。邓州是中原南北交通要冲，南宋和金曾在此激战。

幕府文书鸟羽轻，敝裘羸马月三更。
未能免俗私自笑，岂不怀归官有程！
十里陂塘春鸭闹，一川桑柘晚烟平。
此生只合田间老，谁遣春官识姓名？

新解

幕府文书鸟羽轻，敝裘羸马月三更——头两句写夜赴邓州的情景。鸟羽轻：古时征召的文书，上插鸟羽，表示紧急，必须迅速传送，故称为“羽书”、“羽檄”。轻，诗中有双关之义，既指鸟羽之轻，亦指传送之捷。当时正在抗击蒙古军，征召迅速，遗山不得不急赴。羸：瘦弱。这两句是说：从幕府中急送来的征召文书，好似飞鸟般迅速传来，我顾不上收拾，穿了破裘，骑着瘦马，急匆匆地趁着三更月色赶路。

未能免俗私自笑，岂不怀归官有程——两句写途中感想。“未能免俗”是个典故，据《世说新语·任诞》说，古时的习俗，在七月七日晒衣，富人都在庭院中晒满了绫罗绸缎。阮咸家里贫穷，没有什么衣物可晒，便用竹竿把粗布短裤挂在院中，并自称是因为“未能免俗”。元好问在诗中用这一熟语，大概是指他向以归隐为超脱，而今虽在丁忧，一旦接到官府文书，仍同普通人一样，急急赴命，不禁自觉好笑，有自我嘲讽之意。“岂不怀归”语出《诗经·小雅·出车》：“岂不怀归，畏此简书。”怀归，想回家。简书，书信，书简。诗人用此典来表示自己留恋家园，却又迫于羽书之命的心情，非常贴切自然。这两句意思是：我也未能免俗，不禁自觉好笑，怎能不想回家呢，只不过是官府有期限，唯恐耽误罢了。

十里陂塘春鸭闹，一川桑柘晚烟平——这两句转写次日白天路上所见之景。陂塘：池塘。桑柘：桑树和柘树。柘，黄桑，叶可饲蚕。一路上，十里池塘涟漪泛起，春鸭嬉戏；满川原桑柘林连成片，袅袅晚烟无风自平。前句侧重于对点的描绘，后句则是面的概括，二句构成一幅春光明媚的乡野图，表现出对闲适生活的怀恋。

此生只合田间老，谁遣春官识姓名——诗人见景生情，抒发了自己的感慨：认为自己向往的正是这种恬淡闲适的生活，此生只应在田野中安然老去，可是谁叫春官知道了我的姓名呢？春官：古代以春、夏、秋、冬四季设官。据叙述古代官制的《周礼》一书所说，春官是掌管国家典礼的，因此后世把春官作为礼部的通称。遗山三十二岁时中进士，曾得礼部尚书赵秉文的鼎力推荐。如今应召，不得归隐田园，全怪当年误入仕途，被礼部记名在册。诗人不愿被名所累，却又身不由己。

新评

诗歌的艺术风格清丽平淡。三、四句化用“未能免俗”、“岂不怀归”二熟语而自出新意，是散文化的笔法，受到黄庭坚的影响，同时也表现了诗人深厚的艺术功底。

张主簿草堂赋大雨

题解

这首诗作于金哀宗正大五年(1228)。诗人任河南内乡县令时，曾在该县张姓主簿家中偶遇暴雨。兴之所至，挥洒成诗。在诗中，诗人带着奔腾的燕赵豪气，把自然界中常见的平凡景色描绘得异常奇伟：青蛙的鸣噪，疾飞的雨箭，遮天蔽地的水幕，腾涌万里的风云，还有瑰丽的长虹，雨后的斜日，这一切，构成了一幅气魄宏劲的美景。诗人着力去发掘自然的奥秘，把他那雄奇旷荡的胸怀尽情地表现在诗中，使我们感到他就是真正的“自然之子”。此诗堪称古代咏雨诗中的杰作。

淅树蛙鸣告雨期，忽惊银箭四山飞。
长江大浪欲横溃，厚地高天如合围。
万里风云开伟观，百年毛发凛馀威。
长虹一出林光动，寂历村墟空落晖。

新解

淅树蛙鸣告雨期，忽惊银箭四山飞——淅树：被风吹得叶子沙沙作响的树。淅，状风声。杜甫诗《雨》中有“朔风鸣淅淅，寒雨下霏霏”句。蛙鸣：天将下雨时，青蛙常叫得特别起劲，人们可据此预知下雨。“淅树”句，写风声、蛙鸣都在预告着大雨将至，人们本该有心理准备了。“忽惊”句，一个“忽惊”将雨来势之猛，让人措手不及之状表现得淋漓尽致。“箭”的速度可想而知，而雨似“银箭”“四山飞”，可见雨势之猛之大。这两句是说：树叶沙沙，青蛙噪鸣，预告着大雨临期，我忽然惊见大雨像银箭般向四面山岭中急泻疾飞。“淅树蛙鸣”是听觉的感受，“银箭四山飞”是视觉所见，所听所见，让人“惊”，是心理感受。将叙述、描写、抒情融为一体，有声有色地展示出大雨将至和大雨初来时的势态和诗人自己的主观感受。

长江大浪欲横溃，厚地高天如合围——这两句紧承上联，继续写雨水之大。长江：指淅江。合围，指从不同方向包围起来。诗人放眼望去，绵长的江岸千山万壑，百川汇聚，江水汹涌澎湃，好似要冲决堤坝，四处泛滥一样。厚重的大地、高远的天空，像是把世界紧紧包围。两句中所涉及的景物，如“江”、“浪”、“地”、“天”，分别用“长”、“大”、“厚”、“高”来形容，读来倍感壮观阔大，更将雨势之强、雨水之大及诗人的惊惧之情渲染出来。诗人用“移情于物”的笔法，以“欲横溃”、“如合围”来展示“长江大浪”、“厚地高天”的意象，表现出大自然奇伟的形象和无比的威力。

万里风云开伟观，百年毛发凛馀威——五、六句再承前意，掀起更为浩瀚汹涌的波澜。百年：指人生。亦是诗人自指。毛发凛馀威，极写大雨的气势和威力。遗山《滍水》诗："生气凛毛发。"亦为此意。"万里"与"百年"，对仗工整，在杜甫诗中常用。如《登高》："万里悲秋常作客，百年多病独登台。"这两句意思是：腾涌万里的风云呵，向人展示了宏伟的景象，使我这个饱经忧患的人，连毛发也在它的馀威中战栗。"万里"与"百年"，一指空间，一指时间；前者写实，后者写虚。"凛馀威"照应了"忽惊"二字，使前后意脉贯通，这种以情衬景的笔法，把大雨的威力表现得更为真切。

长虹一出林光动，寂历村墟空落晖——后两句亦转亦合，写雨过天晴的景象。天空中一道彩虹出现，被雨水冲刷过的树林，在落日的照耀下，光华晃动。经过一阵撼天动地的霹雳，平静的村庄沐浴在柔和的落晖中。"长虹"、"林光动"、"村墟"、"空落晖"，这阔大淡远的景象既是此时此地此境的真实写照，也是诗人经过惊心动魄的惊惧之后，心灵舒缓宁静的投影，是诗人内心受到外界景物触动而产生的心理感受的展现。这种融情入景的表现手法，把全诗的意境升华到一个深远的高度，达到了情景浑成的妙境。

新评

这首七律诗中，诗人用豪迈的笔触将大自然神奇的威力表现得形神兼具，有声有色，诗人那雄奇旷荡的胸怀，尽含其中。在布局上，一、四联用递进句，二、三联用并列句，有起有落，转承自然，足见诗人功底之深。篇终接混茫，有不尽之意。

春日半山亭游眺

题解

诗人的大多数登临诗都是以描写景物来抒发情志。遗山一生坎坷蹭蹬，为躲避战乱，长期浪迹天涯，寄情山水，常常借大自然的景致来荡涤自己胸中的块垒。

日照春山花满烟，独携尊酒此江边。
江流滚滚望不极，世事悠悠私自怜。
小草不妨怀远志，芳兰谁为发幽妍。
千年石壁留诗在，会有骚人一慨然。

新解

日照春山花满烟，独携尊酒此江边——起句如同长焦镜头，在观众面前展现了一个阔大深远的背景：春山开阔，阳光明媚，山花灿烂，如烟如织。然而，在这样美丽的日子，诗人的心情却不轻松愉快，而是壅塞着难以排遣的忧愁。诗人用反衬的手法，用春日的明朗将诗人的苦闷对比得更加强烈。这一鲜明的对照，把诗人的忧伤、哀怨、思念、向往等痛苦复杂的心情表现得含蓄委婉而又深切感人，诗人仿佛无法忍受这浓郁的春的气息，于是独自携酒一樽，来到了江边。

江流滚滚望不极，世事悠悠私自怜——诗人忧郁地将目光投向江水，江水滚滚不息，一往无前地奔涌着，流向一眼望不到边际的地方。这一景象，又给诗人平添了一段惆怅。世事的难以预料、乡愁的苦恼、前途未卜的迷茫……千愁万绪竟如同江水一般地滔滔不绝。

小草不妨怀远志，芳兰谁为发幽妍——诗人试图从痛苦中自我解脱，于是托物言志，将自己比作微不足道的小草，即中药远志的苗。《博物志》有云："苗曰小草，根曰远志。"晋郝隆讥讽谢安曰："处则为远志，出则为小草。"典故的运用，为诗增添了些许亮色和沉稳之感，也使诗人的心情稍稍开朗。这里反用其义：虽然身为草芥一般的小人物，但也可以胸怀大志，不要在平庸中消磨了意志，浪费了生命。如果说遗山将自己比作小草是自谦，那么下一句，他将自己比作芳兰，则是诗人对自我的很高期许。他像屈原一样，认为自己的品质和才能如同高洁的兰花，散发着浓郁的幽香。然而却生不逢时，一腔抱负，满腹才华，都在碌碌无为中浪费掉了……这才是千古文人最为深切的悲哀。

千年石壁留诗在，会有骚人一慨然——在邈远辽阔的大自然面前，诗人深深体会到了岁月易逝、人生短暂的悲哀。只有刻在石壁之上诗句，借石壁亘古长存的形式而延长了生命，在诗人的心灵上击打出慷慨的激情。古往今来的诗人，常常为生命无常这个哲学命题而困扰，古诗十九首和魏晋诗歌中有大量的诗句来表现诗人们的解决方法：秉烛而游、及时行乐、服食丹药、修炼道术……貌似潇洒，但都无法掩饰潜藏着的惶恐不安。诗人在这里，也流露出了对国事的忧虑和自身命运无法预测的苦恼和困惑。

新评

这首诗用了形象生动的比喻来渲染气氛。诗人们常用江水喻愁，江水绵绵不绝的特性使"愁"这个抽象的字眼具有了可触可摸的内涵，这个意象也就成为了诗人们的恩宠，其中的典范就是南唐后主李煜的名句："问君能有几多愁，恰似一江春水向东流。"诗中的"江流滚滚"，既是写景，又具象征意义，无论是"春山"，还是"江流"，都染上了诗人伤感的情绪，也就不再单单是景物的描写，而洋溢着诗人独特的感情色彩。正如王国维《人间词话》中所说："一切景语皆情语也。"

这首诗内在的怨伤情绪是很浓重的，但在表现方式上，却采用了和缓的口气，英豪之气和慷慨之意始终受抑，颇有"温柔敦厚"、"哀而不伤"的意味，读来令人喟然生慨。

别程女

题解

此诗写于正大二年(1225),时遗山已辞去史院之职,归于登封,在此时送女儿出嫁。程女即遗山的长女元真,十八岁时嫁与程思温。此诗便是诗人为女儿出嫁而作。郝经《遗山先生墓铭》:"女五人,长曰真,适进士东胜程思温。"东胜即今山西大同市。

芸斋淅淅掩霜寒,别酒青灯语夜阑。
生女便知聊寄托,中年尤觉感悲欢。
松间小草栽培稳,掌上明珠弃掷难。
明日缑山东畔路,野夫怀抱若为宽?

新解

芸斋淅淅掩霜寒,别酒青灯语夜阑——全诗用力在一个"别"字上,所以诗的一开头,就营造了一种深秋时节伤感冷落的气氛,为离别造势:书斋的窗外,秋雨淅沥,敲打着凋零的树叶,即使在屋里燃起淡淡的芸香,也难以驱散秋天的凉意。一盏青灯下,诗人斟上薄酒一杯,和即将出嫁的女儿做着彻夜的长谈。诗人的《秋怀》中亦有"虚堂淅淅掩霜清"之句,与第一句的意境相近;"语夜阑"一句虽淡淡写来,却能使人深切地感受到诗人情感的跳跃与起伏,多少叮咛,多少嘱咐,都难以表达诗人对女儿的殷殷牵挂,正如柳永《雨霖铃》中所言:"多情自古伤离别,更那堪、冷落清秋节。"

生女便知聊寄托,中年尤觉感悲欢——诗人在这无眠之夜,感慨万千,虽知儿女亲情终当割舍,但诗人此时已届不惑,对人生有了深度的感悟,深知亲情和友情重于一切。《世说新语·言语》中亦有此类意思:"谢太傅(谢安)语王右军(王羲之)曰:中年伤于哀乐,与亲友别,辄作数日恶。"诗人的情感经过岁月风霜的浸泡,变得易于感伤,喜聚悲离。任何的别离都能引起诗人心头的剧烈波动,何况这次是诗人与掌上明珠般百般疼爱呵护的女儿,这就更让诗人柔情百结了。古人常把儿女比作掌中珠,如江淹《伤爱子赋》:"痛掌珠之爱子。"

松间小草栽培稳,掌上明珠弃掷难——诗人对女儿的疼爱,是通过具体的形象来表现的:他如同一棵枝繁叶茂的大松树,细心地呵护着脚下柔嫩的小草,为它遮风挡雨,给它培土稳苗。看上去是一幅平淡疏远的画面,但和诗人的情感渗透在一起，便拥有了情韵深长的意味。

明日缑山东畔路，野夫怀抱若为宽——舐犊之情表现最强烈的应属这最后一联。一个问句道出了诗人对女儿今后生活的牵挂和忧虑。在父母的身边，双亲可以用自己温暖的羽翼遮蔽雏鸟，然而当他们飞出巢后，是否还能幸福平安？这是每一个做父母的共同顾虑。因此诗人忧心忡忡：心爱的女儿明天出嫁，将从登封市东北面的缑山脚下远去，我这个山野之人的心情怎能放宽呢？无一字“思”，无一字“忧”，然依依不舍的深情和忐忑不安的忧虑跃然纸端。

新评

遗山是个感情细腻的诗人，女儿的出嫁使得诗人的心情非常复杂：一方面为女儿的终身有托感到欣慰，一方面又为女儿将来是否幸福而深深地忧虑着。

就章法来讲，此诗平实，似平铺直叙，顺笔写来，而针线极其绵密。写景为了表情，情又完美地融入景中。而诗人的情感始终深藏于景中，看似不动声色，却涌动着起伏跌宕的情感暗流。

出　山

题解

遗山于正大三年(1226)为镇平县令，此诗约作于从登封赴任之前。像中国传统文人一样，遗山也曾充满了建功立业的豪情壮志和解民倒悬之苦的理想，然而连年的战乱、政权的更迭以及官场的倾轧，使他一颗沸腾的心渐渐地平静下来，更多地萦绕着他的是独善其身的念头。这首诗就反映了他这种心情。

松门石路静无关，布袜青鞋几往还。
少日漫思为世用，中年直欲伴僧闲。
尘埃长路仍回首，升斗微官亦强颜。
休道西山不留客，数峰如画暮云间。

新解

松门石路静无关，布袜青鞋几往还——此联写了诗人的隐逸之趣，如同大写意，简练几笔，便勾勒出了一幅清雅的水墨画：层峦叠嶂的山谷，苍绿的松林，寂静的石板小径，穿着布袜青鞋的诗人，沿着小径踽踽独行。这幅画面清淡平和，远离了喧嚣的尘世烟火，虽然诗人的身影有点寂寞，内心却淡泊宁静。

少日漫思为世用，中年直欲伴僧闲——表达了诗人在出山与隐逸二者间取舍不定的矛盾心情。诗人年轻时也曾充满了儒家治国平天下的政治热情，但是他已敏锐地意识到了金末阶级矛盾的尖锐化，对时政感到深深的失望，所以诗人并不热心成为欺压百姓、为虎作伥的官员中的一个。他向往着陶渊明那样的隐逸生涯。因此诗人明确表示“直欲伴僧闲”，山林幽静，向佛论禅才是诗人的所爱。

尘埃长路仍回首，升斗微官亦强颜——诗人对漫长而难以预料的仕途并不乐观，他把通往官场的路比为“尘埃长路”。诗人并不是不关心政治，他曾多次就豪绅、恶霸、污吏们对人民的危害做过调查，并在诗中做过揭露。但是诗人也深深知道，一个小小的县令常常身不由己，对上强颜奉承，对下代表官府欺压百姓，这恰好违背了诗人“救民于水火”理想。因此诗人无奈地道出自己“升斗微官亦强颜”的矛盾痛苦心情。历代有良知的文人，虽然都以天下为己任，但又难免陷入厌倦官场倾轧、欺下瞒上的矛盾之中。明代“公安派”代表人物袁宏道在给家人信中也曾写道：“遇上官则奴，候过客则妓，治钱谷则仓老人，谕百姓则保山婆。一日之间，百寒百暖，乍阴乍阳，人间恶趣，令一身尝尽矣。苦哉，毒哉！”淋漓尽致地表达了违心做官的苦楚。

休道西山不留客，数峰如画暮云间——末联含蓄地表达了诗人不愿出山的心情，写出了诗人对静谧安详的西山生活的深切留恋。诗人站在苍茫的暮色中，最后打量着朝夕相对了许多时日的景色：夕阳落山，暮云漫卷，数峰无语，山色如画。面对如此美景，诗人心头涌起阵阵依依不舍的柔情。不是山不留客，而是客欲离去。用拟人的手法造成一种情理相悖的情势，产生了强烈的艺术效果。“数峰如画”，以写景来表情。不直接抒发诗人恋恋不舍的心情，却写景色如画般迷人，让人留恋。

新评

诗的布局以“松门石路”开始，“数峰如画”结尾，描画了一幅寂静安详的图画。中间写诗人“隐逸”还是“出山”这一对矛盾的心路历程。景色愈美，诗人的心情愈沉重，造成一种极大的反差，给读者留下深刻的印象。

此诗表面平淡，内蕴含蓄深沉，写景物有情思，有寄托，重在兴会标举，传神写意；景中之情虽然沉潜，但不隐晦，实笔写出对出山为官的顾虑和不情愿，使诗不落入纯粹写景的单薄，虚实相生，情韵深长。

石门

题解

此诗写位于河南南阳的石门山。此山清幽宁静，景色秀丽。这首诗写诗人登临之后的激动心情，构思精美，语言精练，素朴秀美，是一首山水佳篇。

两崖悬绝倚山垠，草径低迷劣可分。
潭影乍从明处见，竹香偏向静中闻。
石林万古不知暑，茅屋四邻唯有云。
曳杖行歌羡樵叟，此生何计得随君？

新解

两崖悬绝倚山垠，草径低迷劣可分——此联以写意的手法，勾勒出石门山的远景。描写山势的陡峭峻秀、气势巍峨，“悬绝”二字表现了悬崖峭壁的险要和不可攀登；“低迷”写出山中的野草四处蔓延，几乎掩埋蜿蜒曲折的小径，让人难以辨认的状况。区区两句，一座雄伟的高山便在邈远的天际淡淡化出。

潭影乍从明处见，竹香偏向静中闻——是写近处的景象。这两句对仗工整，完美地营造了一个安详静谧的意境。“潭影”对“竹香”、“乍从”对“偏向”、“明处见”对“静中闻”。诗人在山林中徘徊着，不断有着新的发现：枝柯交织的树阴下生长着一簇碧绿的竹子，宁静的空气中散发着竹子特有的清香；而在茂盛的草丛中出现的明亮一点，竟然是一泓明镜般清亮的潭水。“乍”字写出了诗人突然发现美景时的欣喜，而“偏”字则表现了诗人对自然造化神奇巧妙的由衷赞叹。

石林万古不知暑，茅屋四邻唯有云——进一步表现了山林的古老幽静和远离尘嚣。山中的岩石和树林都已年深日久，不知寒来，亦不管暑往，一味自由自在地生长着；几间茅屋散落山中，与尘世相隔，唯有缭绕在山间的云彩做伴。多么散淡，多么自由，这正是诗人向往的一种人生境界！

曳杖行歌羡樵叟，此生何计得随君——诗人在最后终于忍不住发出了希望自己能潇洒世外的感慨。他盼望自己也能像负薪山中的樵夫和散发江渚的渔翁，且行且歌，逍遥自在。可是诗人从未放下过经世济民的责任感，时势也不允许他做真正的隐士，因此诗人只得惆怅地问着自己：“此生何计得随君？”怎么样才能够摆脱一切，飘然出尘，在这如画的山中终老呢？

新评

这首诗打破了律诗的起、承、转、合的格式。前六句虽然层次分明，却都是写景，到第七句突然一转，第八句立刻以发问的句法收住，前面写景均为“此生何计得随君”的题旨蓄势。这首诗写景既有气势阔大的阳刚之美，又有幽深婉约的阴柔之美，自然浑成，显现了诗人深厚的艺术功底。

渡湍水

题解

此诗写于作者躲避战乱的旅途中，意境空明忧郁。湍水源出河南内乡，流经邓州、新野，入白河。

悠悠人事眼中新，悄悄孤怀百虑纷。
伎俩本宜闲处著，姓名谁遣世间闻。
秋江滃沱如素练，沙浦空明行暮云。
早晚扁舟载烟雨，移家来就野鸥群。

新解

悠悠人事眼中新，悄悄孤怀百虑纷——诗的开头两句就点出了作者离乱途中的忧伤和愁绪，“悠悠人事眼中新”是指世道变乱纷呈，令人应接不暇。诗人流寓他乡，不知战乱何时才能结束，不知何日才能回到家乡……千愁万绪涌上心头，不禁独自悲怀，黯然神伤。“悠悠”和“悄悄”是用叠字，渲染了诗的气氛，强化了人的感受。

伎俩本宜闲处著，姓名谁谴世间闻——长年的战乱和漂泊，使诗人产生了强烈的厌倦情绪。他本是一介书生，全部的人生价值应该在和平年代充分体现。逍遥自在的诗酒生涯，以及几千年传统文人视若生命的建功立业的梦想，都在诗人对和平的无望中化为一抹淡淡的轻烟，随风逝去。“闲处”道出了诗人的人生理想，更衬托出纷扰战乱给诗人带来的痛苦和迷茫。

秋江滃沱如素练，沙浦空明行暮云——这两句既是景语，又是情语，营造了一个内涵丰富、情景交融的意境。秋天的江水，澄碧如镜，远远望去，如同一条白色的缎带，静静地蜿蜒伸展着。滃沱：波浪起伏或流水迂回状。平整的沙滩空旷洁净，天水相接，一派空灵。然而，和谐宁静的大自然，却无法消除诗人对时事的忧虑。诗人看着这澄澈宁静的秋色，心头泛起比江水更加委曲邈远的感慨。自然的“滃沱”、“空明”，更加反衬了人世的纷扰，使读者感同身受，体味到了诗人深沉的无奈和悲哀。

早晚扁舟载烟雨，移家来就野鸥群——诗人希望能够飘然出世，寻找到这样一片净土，可以弄一叶轻捷的扁舟，载一船迷离的烟雨，散一腔淤积的愁闷，逐一滩安详的鸥鹭……就像李白那样：“人生在世不称意，明朝散发弄扁舟。”然而，现实却因为梦的美丽而更显其残酷。诗人在此无一字愁，无一笔恨，却为读者留下了缠绵缭绕的伤感情绪和挥之不去的重重遗恨。

新评

多用叠字，是遗山诗的特点之一。如："悠悠"出现的频率最高，描写世态的多变；"郁郁"描写忧伤思愁，用了二十多次；"纷纷"，表现时间的变化，出现过二十次；"区区"、"萧萧"各为十几次，描写兵荒马乱以及痛苦无奈的心情。叠字的运用，一是状声，二是形容时、地、景物，三是表现心理变化。这首诗由于叠字的特殊作用，获得了情味深长的艺术感染力。这首七律自不经意写来，初似缓散，中幅之后，忽入佳境，有愁思之意，而无危苦之辞。曲终婉转，情思绵绵，韵味顿出，正是"不求深远，自足雅音"（《唐诗别裁》），是遗山诗中精品。

十日登丰山

题解

这首诗作于正大三年(1226)，作者从商帅完颜鼎至南阳。此诗颇有陶渊明田园诗的韵味。遗山常常寻幽探胜、登山临水，在大自然的怀抱中暂时忘却对时事的忧虑，因此写出了不少清丽隽永的诗篇。

十日登高发兴新，丰山孤秀出尘氛。
村墟带晚鸦噪合，林壑得霜烟景分。
芳臭百年随变灭，短长千古只纷纭。
诗成一叹无人会，白水悠悠入暮云。

新解

十日登高发兴新，丰山孤秀出尘氛——首联提挈全篇，"十日登高"是全诗写景抒情的出发点。当此万方多难之时，流离他乡的诗人愁思百结，登上此山，眼前阔大悠远的景色顿时让诗人的心胸豁然开朗。丰山挺拔，一峰独秀，仿佛从纷扰的尘世脱颖而出，进入了一个令人澄怀静虑的境界。诗人向来注重字的斟酌和锤炼，"孤"字既突出了丰山的峻拔，又暗含着诗人独自登临的寂寞；"出"字看似平常，却充满了动感和力度。

村墟带晚鸦噪合，林壑得霜烟景分——颔联描述诗人登临所见。"村墟带晚鸦噪合"化用陶渊明"暧暧远人村，依依墟里烟"的诗句，但却没有陶诗的从容恬淡，略带荒凉冷落。远处的小村在斜阳中安详静谧，炊烟依依升起；村边的大树上，寒鸦数点，偶尔发出几声聒噪，但很快湮没在不断合拢的暮色之中，这景色让诗人的心中涌起一股股温暖的柔情。诗人缓缓地把目光收回，俯视着山下。此时有迷离的林雾淡淡弥漫，把色彩明丽的秋林朦胧成一片层次分明的烟景。诗人在如此绚烂的山景中流连忘返，浮想联翩。遗山善于在工稳的对仗中营造情景交融的意境，“村墟”和“林壑”，意象一小一大；“晚”和“霜”，点出了时间和季节；而“鸦噪”和“烟景”则是一动一静。就在这些由零散意象构成的境界中，诗人表露着自己对自然的独特视角和美的敏锐感受。

芳臭百年随变灭，短长千古只纷纭——前两联写空间的辽阔，颈联则抒发对时间绵长、人世变幻莫测的感慨：时间如同流水，无论是非，不管对错，都将在时光的流逝中化为过眼烟云，婉转地流露出诗人生不逢时的抑郁不平之气，大有陈子昂“前不见古人，后不见来者，念天地之悠悠，独怆然而涕下”的苍凉和悲慨。

诗成一叹无人会，白水悠悠入暮云——尾联亦是抒怀，“诗成一叹无人会”是诗人知音难遇的孤独寂寞和壮志难酬的不平之气。遗山的中老年时代，是一个政治文化全面萧条冷落的时代，没有了唐诗宋词如花似锦的繁荣，没有了李白、杜甫那样相互欣赏钦慕的目光，亦没有辅弼天下的通途和机会，诗人在无法建功立业的寂寞中消磨着时日，浪费着生命，这叹息便显得格外地沉重和悲哀！然而这叹息也无人听懂，诗人只好自我宽怀，“白水悠悠入暮云”，且将心事放下，看那邈远的河水悠悠地流向远方吧，语似淡然，情感却十分沉郁。

新评

这首七律格律严谨，语言极富表现力，情感顿挫沉郁，寄慨遥深，融自然景色、个人情思、人生沧桑为一体，有馀意不尽之感。王夫之《姜斋诗话》说：“情景虽有在心在物之分，而景生情，情生景……互藏其宅。”意即情景互藏互见。遗山此诗，便是一个范例。

岐阳三首

题解

金正大八年(1231)二月，蒙古军攻陷岐阳，四月，元好问赴南阳任县令，听到岐阳陷落的消息，心情沉痛，写下了这一组诗。诗歌感情悲慨凝重，文辞凄切质直，是元好问丧乱诗的代表之作。赵翼在《题遗山诗》中说“国家不幸诗家幸，赋到沧桑句便工”，指的就是这类诗作。岐阳：今陕西凤翔，又称岐州，隋文帝开皇元年(581)曾在此建岐阳宫，故名。

一

突骑连营鸟不飞，北风浩浩发阴机。

三秦形胜无今古，千里传闻果是非。
偃蹇鲸鲵人海涸，分明蛇犬铁山围。
穷途老阮无奇策，空望岐阳泪满衣。

新解

突骑连营鸟不飞，北风浩浩发阴机——蒙古军精锐的骑兵，一营连着一营，声势浩大，以至连空中的飞鸟也难飞过，加之北风凛冽，漫天大雪，这更为从北方草原南下、善于在寒冷恶劣天气中作战的蒙古士兵增添了胜机。诗作一开始就渲染出一种阴冷、低沉、压抑的氛围：北风劲吹，强敌压境。诗人似乎看到了生灵涂炭，百姓遭殃，也似乎更深一层看出了社稷倾危，江山难保。突骑：突入对方阵地的精锐骑兵。浩浩：本指水势浩大，这里形容风力威猛。发阴机：指下雪。韩愈《辛卯降雪》有“弄阴机”之句。

三秦形胜无古今，千里传闻果是非——古往今来，三秦就是地势险要、易守难攻的兵家必争之地，那么，从千里之外传来蒙古军入侵、岐阳陷落的消息究竟是真的还是假的呢？紧承上两句，诗人的这种担忧还是真的表现出来了。在一声反问中引出了自己内心的沉郁隐痛，悲愤、沉痛、失望的心情溢于言表。三秦：秦亡后，项羽三分关中，因而后来称关中为三秦。形胜：地理形势优越。关中地区，南有秦岭，东有黄河，西有陇山，渭水从中穿过，沃野千里，易守难攻，古来就有制关中即制天下的说法。无今古：不分今古。

偃蹇鲸鲵人海涸，分明蛇犬铁山围——不愿听到的消息终于还是得到证实，蒙古军气焰嚣张，就像巨大而残暴的鲸鲵一样，即便是海洋般的人群，也会被它吸干的。请看，这些惨无人道的毒蛇和恶狗铁山般围困着岐阳城。这两句是作者在得知岐阳陷落之后的设想。句中几处地方用了比喻、夸张的手法，表现出入侵者的凶狠、残暴、野蛮，同时也流露出元好问同情老百姓，心忧国难的思想感情。偃蹇：原意是高大矫捷，这里指鲸鲵的庞大凶猛。鲸鲵：古人认为是一种凶猛的大鱼，雄者为鲸，雌者为鲵。本诗中鲸鲵和蛇犬都是用来隐喻凶恶成性的入侵者。铁山围：指入侵者像铁山一样包围着岐阳城。

穷途老阮无奇策，空望岐阳泪满衣——时势如此危急，即便是穷途末路的阮籍也没有破敌良策，只能在泪眼蒙眬，擦湿衣襟的悲痛中徒然地西望着失陷的岐阳城。这两句直抒胸臆，悲慨沉痛，语短情长，感人肺腑。老阮：阮籍，三国魏著名诗人，为“竹林七贤”之一，他不满司马氏残暴统治，常有穷途末路之悲。穷途老阮：《晋书·阮籍传》：“阮籍行车时，不由径路，车迹所穷，辄痛哭而还。”元好问身处乱世，感慨与阮籍颇多相似，故把他作为千古知音，诗中常以自况。

二

百二关河草不横，十年戎马暗秦京。
岐阳西望无来信，陇水东流闻哭声。
野蔓有情萦战骨，残阳何意照空城。
从谁细向苍苍问，争遣蚩尤作五兵。

新解

百二关河草不横，十年戎马暗秦京——号称“百二秦关”的秦地，长期遭受兵马践踏，如今也变得灰暗无光。元好问身在南阳，却心系失陷的岐阳，写岐阳失陷，又回顾了十年战乱带来的惨状，可谓思绪悠长。“暗”字巧妙渲染出战地暗无天日的场面。百二关河：《史记·高祖本纪》载：“秦，形胜之故，带山河之险，悬绝千里，持戟百万，秦得百二矣。”意思是秦人可依靠关河之险，用二万兵抵挡天下诸侯百万兵。十年戎马：从金宣宗兴定五年蒙古军入侵陕北至岐阳失陷，正好十年。秦京：为秦、汉、唐京都所在之地，这里泛指陕西全省及邻近地区。

岐阳西望无来信，陇水东流闻哭声——西望岐阳，音讯早已断绝。东流的陇水中似乎是阵阵哭声。诗句从“望”字生发开去，望中已知音讯断绝，望中如闻陇水呜咽，望中悬想沦陷中的岐阳，从而为下面对岐阳空城的描述作了铺垫。西望岐阳：杜甫《喜达行在所》三首之一：“西忆岐阳信，无人遂却回。眼穿当落日，心死著寒灰。”元好问的山河破碎之悲有似于杜甫。陇水东流闻哭声：古乐府《陇头歌辞》：“陇头流水，鸣声呜咽，遥望秦川，心肝断绝。”这里借此表现秦地难民东迁的悲痛。

野蔓有情萦战骨，残阳何意照空城——野地里生长的蔓草萦绕着战死的累累白骨，如血的残阳啊，你为何偏偏要照着那荒无人烟的空城呢？这两句情感极其低沉悲痛。江淹《恨赋》：“试望平原，蔓草萦骨。”元好问在本诗中加入“有情”二字，使自在生长的野蔓草也变得灵动起来，而且还注入了感情的力度，可谓力透纸背。接下来，面对夕阳残照的空城，作者呼天抢地，责问蒙古军屠城罪行。人们读后，不禁心悸魂颤。

从谁细向苍苍问，争遣蚩尤作五兵——能和谁一起去把这些悲惨的事端细细向悠悠苍天诉说，当初为何叫蚩尤制造出杀人的武器，使人间的战争无休无止呢？如果说上一句的质问还比较笼统，这一句的质问就落到实处了。诗人责问上苍，痛恨蚩尤，表现出对黎民百姓的深切同情和对惨无人道战争的极端憎恨。蚩尤：传说中东方黎族的首领，始作兵器，与黄帝战于涿鹿之野，兵败后被杀。这里指代蒙古军。五兵：指矛、弓、剑、戈、戟五种兵器，这里代指战争。

三

眈眈九虎护秦关，懦楚孱齐机上看。
禹贡土田推陆海，汉家封徼尽天山。
北风猎猎悲笳发，渭水潇潇战骨寒。
三十六峰长剑在，倚天仙掌惜空闲。

新解

眈眈九虎护秦关，懦楚孱齐机上看——想当年，金国九员大将犹如九只猛虎，目光炯炯地守护着秦关，怯懦的楚国和孱弱的齐国在他们眼中，只不过是砧板上的肉而已。面对积弱不振的现状，诗人痛苦地反思过去，回顾历史，希望从中找出重振国家的良方妙策。眈眈：垂目注视状。九虎：这里泛指守边将士。楚：指天会五年金太宗扶植北宋降臣张邦昌在河南一带成立的傀儡国。齐：指天会八年金太宗又扶植北宋降臣刘豫在山东一带成立的傀儡国。机：通几，几案，几上，比喻任人宰割的菜板上的肉。

禹贡土田推陆海，汉家封徼尽天山——《尚书·禹贡》中记载的丰饶之地首推关中，而汉家的领土疆界一直延伸到天山尽头。这两句和前两句都是描述金朝全盛时的景况。诗人有好几处运用典故，意在说明往日的繁盛与强大。禹贡：《尚书》中的篇名。其中记述了当时各区域的山川、交通、物产、田土等状况，保存了我国古代重要的地理资料。陆海：指物产富饶的地区。汉家：汉朝，这里指代金朝。封徼：领土的疆界。

北风猎猎悲笳发，渭水潇潇战骨寒——追昔伤今，往日的繁盛早已不复存在了。在猎猎北风中一阵阵悲壮的胡笳声传入耳鼓，渭水边上战士们累累白骨早已干枯了。猎猎是风吹的声音，潇潇是水流的声音，诗人连用两个象声词，极其形象生动地写出了岐阳城的荒凉与冷清，与往日的繁盛热闹人声鼎沸的景象形成强烈对比。

三十六峰长剑在，倚天仙掌惜空闲——华山的三十六峰依然长剑般地挺然屹立着，只可惜的是那东峰的仙掌峰早已闲置不用了。全诗在悲怆的抒写中，陡然引入了对险峻华山的描绘，颇能让人产生几分突兀之感，其实这样写不仅是慨叹由于人为的防备不足，使险要的山川、天然的屏障没有起到应有的作用，而且也隐含着元好问愤愤不平的书生意气。宋玉《大言赋》有“长剑耿耿倚天外”之句，元好问在本诗中以倚天长剑比喻险峻的华山。意在提醒金朝统治者要加强防务，可谓在沉痛中见警策。三十六峰：西岳华山据传有三十六峰，是关中天然屏障。仙掌：华山东峰朝阳峰又称仙掌峰。

新评

这组诗感情沉郁、凝重，笔法顿挫回旋，颇有杜甫离乱诗的风格。第一首诗是元好问在得知岐阳失陷后，对险恶形势的描述，其中贯注着诗人极其悲痛的情感。作者借写事反复渲染这种胸中涌动的哀情，并在结尾直接抒发出来，从而产生了一种逼人的艺术效果。第二首重在写实，但不用工笔细描，而是大笔勾勒，诗人选取几组典型意象，并用一些扣人心弦的动词，把这些意象组合成一幅动态画面，比如：用一“萦”把野蔓与战骨组合起来；用一“照”把残阳与空城组合起来，从而产生一种超越时空的艺术效果。第三首抒写诗人的胸中之气，一、二联作者回顾了昔日的繁盛强大，三联以悲景抒写今日金朝的衰微，在强烈的对比中自然引发了胸中郁积的悲愤之气。结尾把华山三十六峰比喻成倚天长剑，象征着作者胸中蕴含着不灭的精魂。清代赵翼在《瓯北诗话》中评论元好问的丧乱诗时认为：“此等感触时事，声泪俱下，千载后犹使读者低徊不能置。”《岐阳三首》就是这类诗篇的代表作。

雨后丹凤门登眺

题解

金哀宗正大八年(1231)八月，元好问应召入朝，任尚书省掾，全家也随同迁居汴京。这时，战争形势日益恶化，蒙古军三路齐发，右翼直指金朝都城汴京。第二年正月，金兵在钧州(今河南禹州)三峰山全军溃败，蒙古大军趁势长驱直入，于三月包围了汴京。四月，金哀宗遣使求和，这才得以解围。

蒙古退兵后，诗人趁雨后天晴，登上汴京宫城的北门丹凤门眺望四处，只见战乱过后，满目疮痍。诗人想到国家将亡的命运，想到围城期间三女阿秀的夭折，国仇家恨一齐涌来，心中不由得哀痛欲绝，挥笔写下了这首“沉痛入骨”(吴汝纶语)的丧乱诗。诗中用象征的手法，描写了蒙古军的凶残，抒发了亡国在即的悲哀，写来苍凉沉郁，可与杜甫的丧乱诗媲美。

绛阙遥天霁景开，金明高树晚风回。
长虹下饮海欲竭，老雁叫群秋更哀。
劫火有时归变灭，神嵩何计得飞来？
穷途自觉无多泪，莫傍残阳望吹台。

新解

绛阙遥天霁景开，金明高树晚风回——绛阙：指皇帝的宫殿。金明：金明池。

汴京顺天门外有金明池，周约九里，是皇帝进行竞渡之戏和教习车驾的地方。围城蒙军刚刚退走，诗人为了消散满胸郁结，于一个雨霁天晴日，至丹凤门登眺。然而诗人胸中郁结并未随雨后乌云廓散、景朗天开而减少。当诗人看到金明池畔被傍晚寒风吹得左摆右回的高树，处于一片萧瑟凋零之中，心头涌起亡国之痛，所眺之物亦染上悲哀的色彩：昔日的盛世一去不返，国家也如萧瑟的高树，摇摇欲衰。

长虹下饮海欲竭，老雁叫群秋更哀——长虹下饮，既是描写雨后虹霓垂拱天际的景色，又是用来象征蒙古军的肆虐中原。古人认为虹霓是一种不祥的两头怪物，常探头到溪涧中饮水。因此，诗中借雨后长虹，喻蒙古军长驱南下，势欲并吞中原。诗人本已悲戚愁惨，哀恸万分，而此时，恰有一群大雁南飞，凄厉的叫声，更增添了秋天肃杀之气。老雁：传说雁群中的领头雁，都是失去配偶的孤雁，因孤苦伶仃，再加知前途艰险，故其叫声分外凄厉。诗人上一年老妻病故，这一年幼女夭亡，国家前途又如此，故于老雁的叫声尤感揪心。同时也以秋雁哀鸣喻中原人民流离失所，奔走呼号。此与杜牧《早雁》诗"金河秋半虏弦开，云外惊飞四散哀"意境相似。

劫火有时归变灭，神嵩何计得飞来——劫火：佛教认为，世界末日时，就会有大水大风大火之灾，把一切毁灭，称为"劫"。劫火，据《高僧传》载，汉武帝开凿昆明池，得黑灰。僧竺法兰解释说："世界终尽，劫火洞烧，此其灰也。"神嵩：即中岳嵩山。《新唐书·礼志》："则天改嵩山为神岳。"诗人由金明池联想到昆明池，又由昆明池之黑灰联想到刚停下的暴雨及暂时平息了的战乱，幻想劫火终会熄灭的，并幻想嵩山飞来护卫地处平原、四无屏障的汴京。但幻想终归不等于现实，诗人只有无望地叹息。

穷途自觉无多泪，莫傍残阳望吹台——穷途：《晋书·阮籍传》："时率意独驾，不由径路，车迹所穷，辄恸哭而反。"吹台：在汴京(开封市)东南，即今禹王台。相传为春秋时音乐家师旷奏乐之台。阮籍《咏怀诗》第三十一首有"驾言发魏都，南向望吹台……夹林非吾有，朱宫生尘埃"之句，悲叹魏亡。诗人在此化用阮籍诗意，有感于国之将亡，发出了穷途欲哭无泪，莫望吹台的深痛感慨。

新评

此诗善用象征手法，如以"长虹"喻蒙古军，以"海欲竭"喻国将亡，以"老雁"自喻，以"神嵩"幻想救兵等。诗歌头一句写"霁景开"，末尾写"傍残阳"，内容充实，结构严谨，前后呼应。

壬辰十二月车驾东狩后即事五首(选二)

题解

壬辰为金哀宗天兴元年(1232)，这年正月，蒙古军围攻汴京。十二月，在弹尽粮绝的窘境中，金哀宗率兵东征。第二年正月，在黄河北岸大败而退走归德。当时，元好问任左司都事，也在围城之中，城中景况惨不忍睹。因为有切身感受，所以这组诗真实感人、悲愤绝望之情溢于言表。这组诗共有五首，这里选析其中二首。车驾：皇帝外出乘的车马。冬狩：冬天出猎，这里指亲自督师出征。

一

惨澹龙蛇日斗争，干戈直欲尽生灵。
高原水出山河改，战地风来草木腥。
精卫有冤填瀚海，包胥无泪哭秦庭。
并州豪杰今谁在，莫拟分军下井陉。

新解

惨澹龙蛇日斗争，干戈直欲尽生灵——蒙古军与金军无休无止地残酷争斗着，搅得阴天惨地。这场战事真的要让所有活着的人全部死去才罢休。起句单刀直入，引入战事，而且用“龙蛇日斗争”比喻两军无休止的战事，显得气势宏大，形象生动。“惨澹”置于“龙蛇”前，愈发显示出战事之严酷惨烈。惨澹：阴森凄惨。龙蛇：比喻蒙古军和金军。干戈：戈和盾。这里代指战争。

高原水出山河改，战地风来草木腥——在蒙古军的铁蹄践踏之下，山河破碎，国土变色。战场上尸横遍野，血染草木，以致在吹来的风中也带着浓重的血腥气。这两句紧承上两句，是对上面宏观画面的具体展现。“高原水出山河改”袭用了《诗经·小雅·十月之交》中“高岸为谷，深谷为陵”的诗意。这里指由于蒙古军的入侵而使形势发生了巨大的变动。

精卫有冤填瀚海，包胥无泪哭秦庭——精卫鸟有着深冤大仇，所以才发誓要把大海填平。但可悲的是，如今申包胥的泪已流干，再不能到秦庭恸哭了。这里连用两个典故，表现出诗人对干戈四起、生灵涂炭、无处申冤、求救无门的悲愤和失望。首先诗人以精卫填海作比，表明胸中潜含不屈的复仇意志，但接下来引包胥无泪哭秦庭之典，又显示出诗人对国势衰亡的极度失望。两句诗在看似矛盾的情感中，凝聚着深厚沉郁的诗情，也使诗作充满张力，更加耐读有味。精卫：古代神话中的鸟名。《山海经》载：炎帝有女儿名精卫，游于东海，溺而不返，化为精卫鸟，常衔西山之木石以填于东海。瀚海：大海。包胥：申包胥，春秋时期楚国的大夫。当时吴国发兵攻楚，破郢都。申包胥到秦国乞求救兵，秦王不理，申包胥于是在秦庭痛哭不止，日夜不绝声，最终感动了秦王，发兵救楚。秦庭：秦国的朝廷。

并州豪杰今谁在，莫拟分军下井陉——并州的豪杰健儿们不知道有谁还在，他们是否也能像当年的韩信一样，分兵攻下井陉要地，而取得胜利。这里用韩信出兵井陉的典故，表现出元好问对救兵的企盼以及对救兵不至的失望。诗作在大声疾呼中结束全诗，其中隐含着虽国家破碎，但猛志犹存的坚定信念，可谓寄意幽远。莫拟：莫不是，以疑问表意愿。分军下井陉：《史记·淮阴侯列传》载：韩信以兵数万，欲东下井陉击赵。至井陉口三十里，使万人先行，背水为阵，与赵兵战，再分出奇兵两千，驰入赵营，拔赵军旗，立汉赤帜。赵兵以为赵王被擒，遂大败。井陉：关名。在太行山脉中部东侧，形势险要，为兵家必争之地。

二

万里荆襄入战尘，汴州门外即荆榛。
蛟龙岂是池中物，虮虱空悲地上臣。
乔木他年怀故国，野烟何处望行人？
秋风不用吹华发，沧海横流要此身。

新解

万里荆襄入战尘，汴州门外即荆榛——万里辽阔荆襄之地，遭受战火蹂躏，到处弥漫着滚滚风尘。往日繁华的汴京门外如今也成了荆棘丛生的荒凉之地。这两句从大处着手，概括性地选取两个昔日繁华富饶的地区，在今昔强烈的对比中，写出了山河破碎、满目荒凉的残酷现状。荆襄：指今湖北省江陵、襄阳一带的地区。荆榛：两种杂草名，这里指荒芜之地。

蛟龙岂是池中物，虮虱空悲地上臣——蛟龙本是傲视群雄、呼风唤雨的神物，难道是池中之物吗？看到这可悲的现状，连我们这些地位卑贱的臣子也无地自容了。这两句转而写君王落魄、臣子四散的可悲可叹。诗中两处都用了比喻的手法，以蛟龙暗喻金哀宗，以虮虱暗喻臣子。读后颇能产生"身世沉浮雨打萍"的凄楚之感。

乔木他年怀故国，野烟何处望行人——即使到了日后，见到高大的树木，回忆起旧时的都邑，自然会产生几分故国之思。只是在野烟弥漫的荒墟中，再去哪儿翘望远去的征人呢？这两句写得苍茫凄凉、令人心碎。乔木，《孟子·梁惠王下》："所谓故国者，非谓有乔木之谓也，有世臣之谓也。"古代人们常在都城外种植树木，所以人们常以乔木象征故国。故国：旧日的都城。"野烟何处望行人"一句借用了唐昭宗〔菩萨蛮〕的词意，暗寓金哀宗落魄在外，宫中空寂，无人力挽狂澜的悲哀。唐昭宗〔菩萨蛮〕词云："野烟生碧树，陌上行人去。何处有英雄，迎侬归故宫。"

秋风不用吹华发，沧海横流要此身——萧瑟秋风啊，你不用再吹拂我的华发了。在这沧海横流显英雄的大动荡时代，正是我们这些人大显身手的时候！这两句横空出世，气如长虹，令人振奋。表现出作为文人的元好问的英雄气概。华发：黑白相间的头发。

新评

这组诗笔调凝重，感情沉痛，用典精当，寄慨遥深，颇有杜甫忧生伤乱之作的慷慨苍凉。第一首一、二联用比喻、夸张手法，极言战事之残酷，三联用精卫填海、申包胥哭诉秦庭两个典故，痛陈国势衰微，无力回天。末尾两句大声疾呼，“沈挚冤烦，神气迸出”（高步瀛《唐宋诗举要》）。第二首一、二联极写战事带来的山河破碎、人事沧桑，三联抒发的是作者悲慨的故国之思，四联表达的是元好问的英雄之气。全诗在低沉中激荡着颇为强烈的悲愤、失望之情。两首诗感时伤事，声泪俱下，不愧为元好问丧乱诗中的杰作。

癸巳四月二十九日出京

题解

金哀宗天兴二年(1233)四月，金国汴京守将崔立投降蒙古军，四月二十日，金朝皇族五百馀人被押往蒙古军中，而后到青城。四月二十九日，又把金朝旧官员押往聊城。诗作回顾了金国灭亡的历程，表现出国破家亡的痛苦心声，充溢着悲凉低沉的情调。

塞外初捐宴赐金，当时南牧已骎骎。
只知灞上真儿戏，谁谓神州遂陆沉。
华表鹤来应有语，铜盘人去亦何心？
兴亡谁识天公意，留着青城阅古今。

新解

塞外初捐宴赐金，当时南牧已骎骎——就在金国统治者把宴赐金捐付给北方边境各部守备之初，蒙古军就已经南下牧马，扩充实力，虎视中原了。捐：拿出财物。宴赐：金国为了加强边境守备，自海陵王正隆年间始，就向北方边境各部赐给宴会用的金钱；金章宗明昌二年起，规定每五年赐宴一次，并派官吏赴边境主持其事。南牧：南下牧马。指北方游牧民族向南扩充势力，故含有侵略的意思。骎骎：马走得飞快的样子。这两句对比鲜明，一边是苟且偷安，一边是虎视眈眈，字里行间透露出对金国统治者昏聩无能的讥讽。这种笔法使人想起陆游《关山月》中的诗句：“朱门沉沉按歌舞，厩马肥死弓断弦。”

只知灞上真儿戏，谁谓神州遂陆沉——金国的军队就像汉朝的灞上军一样，把保疆卫国的大事当作儿戏，哪里会料到大好河山就这样很快沦亡了呢？灞上：

地名，在长安东郊，灞水经此地。《史记·绛侯周勃世家》载：汉文帝视察灞上，棘门驻军，直驰而入，将军以下的将官都出来迎接。来到周勃的营地，戒备森严，不得入。文帝感叹曰："嗟乎，此真将军也。曩者霸上，棘门军，若儿戏耳。其将固可袭而虏也。"陆沉：比喻国土因丧乱而沉沦。元好问诗中常以陆沉寄寓亡国之思，如《四哀诗》："赤县神州坐陆沉。"《洛阳》："一日神州见陆沉。"这两句借用典故表现出金朝军队武备松弛，军威不振，从而导致国土迅速沉沦。

华表鹤来应有语，铜盘人去亦何心——仙鹤飞到街头的华表上，看到如此荒凉的景象，也会发出深沉悲叹。而擎着铜盘的仙人铜像都被搬走了，又是怎样悲哀的心情呢？华表：竖立在广场路口等地的石柱，通常有两根，上有横木。华表鹤来：《搜神后记》载：辽东人丁令威学道成仙，千年之后化鹤而来，停在故乡城东的华表上作歌曰："有鸟有鸟丁令威，去家千年今始归，城郭如故人民非，何不学仙冢累累。"铜盘人去：汉武帝作铜仙人，以掌托玉盘承露，汉亡，魏明帝诏宫官取铜人，临载之时，铜人黯然泪下。后人常以此事寄寓兴亡之悲。这两句借用丁令威化鹤归乡和金铜仙人辞汉两个典故，表现出汴京陷落后的惨象，借以抒发对金朝迅速衰亡的悲慨之情。

兴亡谁识天公意，留着青城阅古今——国家兴亡，有谁能够明白老天爷的用意？好像要留下青城来作历史前后的见证。青城：在汴京城东。金灭北宋，粘罕驻青城，接受宋朝的投降，蒙古军破金，速不来也同样在青城接受金人的投降。元好问利用这一巧合，提炼出积淀着深厚历史内容的诗句"留着青城阅古今"。

这两句构思巧妙，随意中透露出浑厚，悲慨中显示出警策。面对国家沦亡，诗人感叹天道无常，表现出无限的悲怆凄凉。

新评

这是一首警策新辟、情调悲凉、以诗咏史论事的佳作。一联、二联写事，以开阔、宏大的笔调回顾了金朝衰亡的过程，一边是苟且偷安、武备松弛；一边是虎视眈眈、厉兵秣马，对比鲜明，一针见血。三联对仗工整，借用两个典故，把国破家亡的景况形象地表达出来，并以一声沉痛的反问，夹带出诗人一颗破碎的心，确实有震撼人心的艺术魅力。末联以深深刻印着兴亡沧桑的青城为见证。叩问天道的无常，从而透露出浑厚的历史感和无限的凄怆。

这首诗用典妥帖，构思精巧。叙述史事中渗透着诗人深沉悲凉的情感，议论史实时显示出独到不凡的见识，抒发情感时透露出兴亡沧桑之感。可以说是一篇元气淋漓、力透纸背的诗作。

淮　右

题解

此诗大约写于天兴二年(1233)诗人被羁管于山东聊城期间。这时宋军孟珙败金将武仙于顺阳(今河南淅川),取邓州。哀宗在宋州受制于官奴,后逼走蔡州(今河南汝阳)。黯淡的时局,引起了遗山深切的感慨。

淮右城池几处存?宋州新事不堪论!
辅车谩欲通吴会,突骑谁当捣蓟门!
细水浮花归别涧,断云含雨入孤村。
空馀韩偓伤时语,留与累臣一断魂。

新解

淮右城池几处存?宋州新事不堪论——遗山目睹金朝连连失利、节节败退,在宋军和蒙古兵的夹攻下风雨飘摇。爱国心切、忧心如焚的诗人,看到如此惨淡的时局,心情沉痛,写下了大量的丧乱诗。此诗记淮西被宋兵攻占一事,作为一国之主的哀宗,被禁宋州,软弱无能,整日做楚囚之泣。眼看就要国破家亡,这让诗人心头涌起欲说还休的耻辱和无可奈何的伤痛。

辅车谩欲通吴会,突骑谁当捣蓟门——辅车:颊辅和牙床,辅车相依,出《左传》。谩:同漫。今俗语以"不要""不用"为漫,如"漫说"。吴会:吴郡,会稽,这里指南宋。蓟门:遗址在今北京德胜门西北,这里指蒙古大都。诗人痛定思痛,分析金朝陷入困境的原因:本来金朝和南宋唇齿相依,应该联手抗击蒙军,但大敌当前却相互残杀,结果被蒙古军铁骑突出蓟门,直捣洛阳,导致金朝山河破碎,百姓涂炭。

细水浮花归别涧,断云含雨入孤村——诗人回天无力,只好借韩致光的诗来表达自己对时局的失望:"残花归别涧,细雨入孤村。"(《春尽》)细流涓涓,浮沉着落红点点,这已经是暮春,似锦繁花都已成为不可追回的流水落花;阴云密布,空气中酝酿着一场暴风骤雨,孤独无助的小村即将在风雨中飘摇覆灭。诗人在此借用这些暗淡凄凉的意象来象征金朝时局的动荡不安和气数已尽。诗人常借用或化用前人诗句,尤其多用陶、杜诗句,正如他的论诗之体,乃是诗中创格,可与自己的诗完美地融为一体,显出更为厚重的内涵。

空馀韩偓伤时语,留与累臣一断魂——结联紧承颈联,虽然不愿面对国破家亡的结局,但此时已成拘系之臣的诗人清醒地意识到江山易主已经不可逆转。因此诗人沉痛地写道:一切都已成为落花流水的往事,只有韩致光伤时愤世的断肠诗句还在流传。一个“空”字横扫一切，胜过千言万语，把所有的繁华热闹、沧海桑田、人事沉浮、悲欢离合，都归于乌有……这是多大的悲痛和失望啊，以至于诗人发出如此决绝的断肠之声！诗人善于用平淡之语表现沸腾的情感，如同在平静的水面下搅动出巨大的漩涡，令人惊心，读之难忘。累臣：被拘系之臣。

新评

奠定元好问在文学史上地位的，是他的丧乱诗。诗人常常借景抒情，抒发国破家亡的悲愤，既现实，又深刻，具有诗史的意义，《淮右》便是其中的一首。其格调低沉郁闷，感情真挚凄切，比之杜甫的沉郁悲凉有更深沉的悲哀。

和杜甫一样，遗山也身逢乱世。但唐王朝在“安史之乱”后仍有复国振兴之望，而好问面对的则是山河破碎、江山易主的鼎革之变。因此他的诗中流露出的情感也不同于杜甫，常常是绝望又不甘心，故作潇洒却又耿耿于怀。由于诗人把个人和国家、人民的命运紧密地联系在一起，因此他的诗能产生感天地、泣鬼神的艺术力量！正是在经历了沧桑巨变之后，他的诗才达到炉火纯青的境界。正所谓“国家不幸诗家幸，赋到沧桑诗便工”。

这首诗语言质朴含情，章法严谨有度，平淡中有奇崛，浅显中见沉郁，情意真挚，凄楚感人。

怀州子城晚望少室

题解

本诗作于天兴元年(1232)三月，中京洛阳被蒙古军攻破，留守撒合辇战败，投水自杀。蒙古军退后，中京人推举强伸领兵二千五百据守，后蒙古军多次来攻，均被击退，诗中充满了诗人对时事的深切关注。怀州即今河南沁阳。子城：附属于大城的小城。

河外青山展卧屏，并州孤客倚高城。
十年旧隐抛何处？一片伤心画不成。
谷口暮云知郑重，林梢残照故分明。
洛阳见说兵犹满，半夜悲歌意未平。

新解

河外青山展卧屏，并州孤客倚高城——句首写景，少室山横卧在黄河之南，与怀州隔河相望。如同一扇巨大的屏风。挡住了诗人的视线，望不见故乡的青山。

孤独的诗人徘徊在高城之上，倚着颓败的城墙，极目眺望，却无心欣赏眼前开阔辽远的景色。

十年旧隐抛何处？一片伤心画不成——十年旧隐，是指自金宣宗兴定二年(1218)至金哀宗正大三年(1226)，诗人为避战乱，从三乡移家登封，前后共达九年之久。十年，概言之。在这漫长的岁月中，诗人经历着战争和流亡的痛苦。物是人非，多少年的伤心往事难再提起，壅塞在诗人心头的巨大的隐痛无法形容。诗人用词高妙，极富表现力，"抛何处"、"画不成"，语意看似朦胧，却并非"羚羊挂角，无迹可求"，反而更加准确地表现诗人时光虚掷、生命浪费的感慨，传达出了诗人心中无法言说的困惑和迷茫，给读者留下了更广阔的想象空间。

谷口暮云知郑重，林梢残照故分明——过于沉重的情感，充塞着诗人的视听，使诗人无法呼吸。于是，他在下一联中又一次将视线投向了眼前的景物：山谷口的暮云缓缓而生，显得舒缓平稳。而挂在林梢的夕阳馀晖，也格外地明亮澄澈。自然的有情，似乎稍稍缓解了诗人心头的郁闷，然而却更加映衬出社会的动荡，世事的无常。景中有情，情景交融，是遗山诗的动人之处。

洛阳见说兵犹满，半夜悲歌意未平——表现了诗人对时局的忧心忡忡。"兵犹满"，谓战乱尚未平息；"夜半悲歌"，是指古代豪杰之士，每中夜不寐，慷慨高歌，以抒发胸中抑郁的壮气。虽然战斗暂时告捷，但蒙古军仍如燎原之火，到处蔓延，城内也仍危机四伏。战争间歇，士兵的歌声在夜深人静之时显得更加慷慨激昂、苍凉悲壮。

新评

"一片伤心画不成"一句在元诗中至少出现过四次，在《重九后十日作》中有："重阳拟作登高赋，一片伤心画不成。"《题家山归梦图》中有："卷中正有家山在，一片伤心画不成。"《俳体雪香亭杂咏》中有："赋家正有芜城笔，一段伤心画不成。"这并非像有人认为的那样是"失之检点"，也不是诗人不经意地重复或艺术表现的贫乏，而是以反复吟咏、一唱三叹，用以深化诗人如坐针毡、欲说还休的悲愤和极度的伤感。

身逢乱世的诗人，如同"安史之乱"后的杜甫，目光总是对准着破碎的山河和流离失所的人民。情感的真挚凄切，也是杜甫之后所罕见的。杜甫身当"安史之乱"，国家复兴尚且有望；然而遗山经历的却是国破家亡的惨痛，因此"丧乱诗"成了元诗中最闪亮、最动人的部分。正是这些感天地、泣鬼神的诗篇奠定了他在文学史上的地位。忧国忧民，乃是从屈原开始的所有伟大诗人的共同之处，也是那些伟大诗篇千古传唱的根本原因，所以赵翼在《瓯北诗话》中说："元诗沉挚悲凉，自成声调，唐以来律诗之可歌可泣者，少陵十数联外，绝无嗣响，遗山则往往有之。"

这样的评价遗山当之无愧!

外家南寺

题解

此诗作于作者四十八岁(1237)自冠氏刚回到故乡之时。诗人重睹阔别二十馀年的家园,故国丘墟之感,于诗中表露无遗。

郁郁秋梧动晚烟,一庭风露觉秋偏。
眼中高岸移深谷,愁里残阳更乱蝉。
去国衣冠有今日,外家梨栗记当年。
白头来往人间遍,依旧僧窗借榻眠。

新解

郁郁秋梧动晚烟,一庭风露觉秋偏——起句写景:蓊郁茂盛的梧桐在秋风中颤动着,夕阳又为肥大而略带秋色的梧桐叶染上了一层薄薄的淡金色,如同被烟雾轻轻缭绕着;一阵秋风掠过,带来了几许深秋的凉意,使庭院呈现着一抹清冷的凄美。诗人特别善于选取富有表现力的意象来营造气氛和意境,在这里,"梧桐"、"晚烟"、"风露"这些极为典型的意象表现着秋天的冷落萧瑟,并折射出诗人寂寞伤感、抑郁悲凉的情绪,达到了情与景水乳交融的境界。

眼中高岸移深谷,愁里残阳更乱蝉——高岸深谷:见《诗经·小雅·十月之交》:"高岸为谷,深谷为陵。"比喻世事变迁,高下易位。诗人借此抒发对国破家亡、人世巨变的浩叹:昔日的高岸,现在已成为深深的河谷,岁月的流逝,足以使桑田变成沧海,怎能不让人感慨唏嘘?此句情感颇同辛弃疾《水龙吟·登建康赏心亭》中句:"可惜流年,忧愁风雨,树犹如此?"往日高远的志向和宏大的抱负,都已随流水落花而去,诗人不禁黯然神伤。而梧桐树叶深处秋蝉鸣叫,更增添了诗人心中的忧愁和烦恼。"乱"字表面写蝉声乱噪,更写出诗人心绪之纷乱。

去国衣冠有今日,外家梨栗记当年——去国衣冠:指诗人自己。遗山《东平送张圣与北行》一诗中亦云:"去国衣冠原易感,中年亲友更相关。"战乱之后,诗人回到了离别了二十多年的家园,心中涌起难以言说的感动,院中的一草一木都能唤起诗人对往日生活的亲切回忆。梨栗:见陶潜《责子》诗:"通子垂九龄,但觅梨与栗。"因以"梨栗"为儿童时代生活的象征。儿时在外公家爬树偷梨摘栗的童趣一一再现,鲜活清晰,仿佛时光倒流。"有今日"和"记当年"宛如镜头切换,将过去和现在联系起来,对比鲜明,隐含着诗人对故乡的一往情深和岁月流逝、青春不再、人事变幻的伤感情绪。

白头来往人间遍，依旧僧窗借榻眠——最后一联，诗人将他感今叹昔的情感表露无遗，充满了深沉的悲哀。自从战乱期间离开家乡，诗人在外漂泊了多年，直到满头华发，方才回归故里。现在诗人于故乡，向寺僧借得卧榻一张，安眠窗下，忽然间有种恍然如梦的感觉，归乡的喜悦，遂淹没在物是人非的巨大悲情之中。诗人就是这样，在归乡与漂泊、过去与现实的感慨中将他的欢喜与忧愁、振奋与伤感的复杂心情表现得生动传神。

新评

这首七律总的特点是“含蓄”、“传神”，抒情、写景留有馀地，力避倾箱倒箧。描绘最能表现诗人情感的景物，用秋梧、晚烟、风露、残阳、乱蝉等富有象征意义的凄凉意象，构成一幅萧瑟黯淡的深秋图景，使读者自然而然地在诗人的已抒之情和已写之景中去深刻地体味诗中涵咏的言外之意，味外之味，体现了“神馀象外”的艺术特点。

杏花二首(选一)

题解

本诗写于蒙古太宗十二年(1240)，诗人在故乡忻州。这是遗山诗词中最具华彩的诗篇之一，语言清新隽永，妩媚动人。

芳树春融绛蜡凝，春风寂寞掩柴荆。
画眉卢女娇无奈，龋齿孙娘笑不成。
已怕宿妆添蝶粉，更堪暖蕊闹蜂声。
一般疏影黄昏月，独爱寒梅恐未平。

新解

芳树春融绛蜡凝，春风寂寞掩柴荆——春天的阳光暖融融地飘洒着，万物苏醒，嫩芽从柔软的枝条上探出绿色的小手，粉色的花蕾如同被一层薄薄的绛紫色的蜡膜封着，密密地缀满了枝头，空气中弥漫着隐约的花草香气。春融：指春日融暖的气氛。沈佺期《过蜀龙门》有句：“我行当季月，烟景共春融。”花期最早的杏花迟迟未放，诗人想象着，那整日吹过柴门的春风一定觉得十分寂寞吧？柴荆：用树枝和荆条编成的矮门。杜甫《春还》诗中有：“日长惟鸟雀，春远独柴荆。”此联前一句用比喻工笔描画出杏花含苞待放的姿态，而后一句则用了拟人的手法，将无处不在的春风描写得宛如耐不住寂寞的活泼孩童。

画眉卢女娇无奈，龋齿孙娘笑不成——这一联用了两个典故来比喻杏花的娇媚。卢女：代指美女。梁武帝《河中之水歌》："河中之水向东流，洛阳女儿名莫愁，莫愁十三能织绮，十四采桑南陌头，十五嫁为卢家妇，十六生儿字阿侯。"孙娘：孙寿，后汉梁冀之妻。《后汉书·梁冀传》："寿色美而善为妖态，作愁眉、啼妆、堕马髻、折腰步、龋齿笑。"龋齿笑，指一种故意做作的媚态。《风俗通》："龋齿笑者，若齿痛不忻忻。"上一联中杏花姗姗来迟，已如"千呼万唤始出来，犹抱琵琶半遮面"的美女，这一联诗人则干脆将它比作了绝代佳人。虽然没有具体描写花的娇艳和芳香，却给了读者以丰富的想象空间，用加诸于它的美女的姿态和妩媚去揣摩它迷人的丰采。"娇无奈"、"笑不成"写意传神，描画出杏花的娇弱、慵懒、妩媚之态，既巧妙地表现了杏花的物性，又赋予它人的神韵，大有白居易笔下贵妃娘娘"侍儿扶起娇无力"的千娇百媚。

已怕宿妆添蝶粉，更堪暖蕊闹蜂声——此联仍从侧面写来，描绘了一幅蜂飞蝶舞、春意盎然的杏花图。诗人欲写杏花之芬芳娇妍，却写蝴蝶在花丛中翩跹飞舞，不忍离去，将薄翼之上美丽的荧粉洒落在盛妆的花瓣上，更添其美丽；采花的蜜蜂也成群结队，出入花丛，浅唱低吟。诗人一贯善于炼字，"添"和"闹"用得准确生动，拟人化的手法渲染出一派浓浓的春意，在视觉和听觉上都表现出极大的美感。"更堪"一词表现了诗人的担心：娇弱的杏花怎能受得了如此的喧闹和骚扰？则将杏花之美和诗人爱花心切一表两出。

一般疏影黄昏月，独爱寒梅恐未平——"疏影黄昏月"出自宋代林逋的《山园小梅》一诗："疏影横斜水清浅，暗香浮动月黄昏。"诗人在此用咏梅的名句为杏花打抱不平。一定是诗人在某个春天的黄昏，独自来到杏园。这时，月亮升起来了，诗人看到皎洁的月光下，杏花在地上洒下了水墨画一般疏疏淡淡的影子，风中轻轻缭绕着若有若无的花香，诗人一时间陶醉了，他突然想到：为何诗人们偏爱梅花，甚至可以以梅为妻？其实杏花有着一样美丽的姿容啊！至此，诗人将自己对杏花的喜爱表露无遗。

新评

遗山作诗除了强调"壮美"和"清新"之外，还推崇"真纯"。不同于那些沉潜悲凉的丧乱诗和气势磅礴的登临诗，诗人在这首色彩绚丽的七律中，表现了爱怜光景、执著人生的真实性情，自然界的春光被他描绘得是如此明媚灵动、生气勃勃。如果诗人生于太平盛世，也许会成为李商隐那样情意绵密的诗人。

这首小诗的佳处，在于立意新颖、构思精巧。对杏花之美很少做正面描写，却用曲笔使杏花的妩媚跃然纸上。如李商隐一样，遗山多用典故，使诗的内涵扩张、意蕴空灵。此外，比喻的巧妙、用词的考究，亦构成此诗独特的艺术魅力。

出都二首

题解

蒙古乃马真后二年(1243)秋，遗山应耶律楚材之子耶律铸的招请，北游燕京。燕京乃金国故都，遗山睹物伤怀，心情沉痛。是年冬，遗山离开燕京，回到忻州后写下了这两首抚今追昔的诗篇。

一

汉宫曾动伯鸾歌，事去英雄可奈何？
但见觚棱上金爵，岂知荆棘卧铜驼？
神仙不到秋风客，富贵空悲春梦婆。
行过卢沟重回首，凤城平日五云多。

新解

汉宫曾动伯鸾歌，事去英雄可奈何——汉宫曾经因为过度奢华而引来伯鸾的《五噫歌》，诗中赞叹了汉宫的雄伟壮观，但更多流露出的，是他对豪奢宫殿旁民不聊生景象的哀叹。这高亢激愤的歌声撼动了朝野上下，使得统治者闻之惊心。梁鸿，字伯鸾，东汉扶风平陵人。家贫博学，隐居霸陵山，以耕织为业。后因事路过京城洛阳，见宫室之华丽，遂作《五噫歌》，抨击朝廷的豪奢，同情人民的劳苦。歌云："陟彼北邙兮，噫！顾瞻帝京兮，噫！宫阙崔巍兮，噫！民之劬劳兮，噫！辽辽未央兮，噫！"汉章帝闻之动心，命搜求梁鸿，但人已如黄鹤杳然。诗的一开始就引用了一个典故，以汉宫喻金朝，意在谴责金朝统治者过于奢华，不顾民生疾苦，大营宫室，招来亡国之祸事。而今时过境迁，即使当年的梁鸿再现，也已回天无力，徒唤奈何。

但见觚棱上金爵，岂知荆棘卧铜驼——诗人怀着凄怆的心情徘徊在金朝故都，一草一木、一砖一瓦俱在，但已物是人非，一种历史的沧桑感涌上心头。看看宫殿高高的瓦脊吧！上面仍然站立着象征吉祥富贵的金凤，然而这宫殿的主人已沦为阶下之囚，此时正唱着南唐后主李煜"雕栏玉砌应犹在，只是朱颜改"的名句吧？觚棱：宫殿转角处的瓦脊。金爵：即金雀。铜制的凤，为觚棱上的装饰物。班固《西都赋》有句："设壁门之凤阙，上觚棱而栖金爵。"吕向注："觚棱，阙角也；角上栖金爵，凤也。"如果这一句流露的是诗人的伤感无奈，后一句则蕴涵了锋芒：宫殿仍在，金凤依旧，而那些象征着皇权的铜制骆驼，不再威风凛凛地排列宫门两侧，却像他们的主人一样沦落，横卧在寒烟衰草之中，默默地成了沧桑巨变的见证。荆棘卧铜驼：见于《晋书·索靖传》："靖有先识远量，知天下将乱，指洛阳宫门骆驼，叹曰：'会见汝在荆棘中耳！'"后用以形容亡国后的萧条景象。这一联对仗精工，对比鲜明："但见"句写眼前之景，"岂知"句忆往昔之事；"觚棱"是富贵繁华之所，"荆棘"乃荒芜凄凉之物；"上"处高位，"卧"为沦落。抚今追昔，诗人百感交集，心潮难平。

神仙不到秋风客，富贵空悲春梦婆——秋风客：指汉武帝，以其作《秋风辞》，故称。李贺《金铜仙人辞汉歌》："茂陵刘郎秋风客，夜闻马嘶晓无迹。"汉武帝迷信神仙之说，在天下广罗道术仙丹，也曾海外求仙，《汉武帝内传》还描写他和西王母交往之事，但他最终也未能得道成仙。遗山用此典哀悼金朝的先帝。春梦婆：赵德麟《侯鲭录》卷七载：苏东坡晚年流放到海南岛，一日，背着大瓢在田野上行吟，有个七十多岁的老婆婆对他说："内翰昔日富贵，一场春梦。"故称老婆婆为春梦婆。在此比喻荣华富贵如同大梦一场，转眼成空。这两句诗又使用典故，借以哀叹金朝覆灭的命运，同时又寄托了遗山对于人生短暂，世事无常的诸多感慨：没有人能够逃脱死亡的最终结局，也没有永恒的荣耀和富贵，一切都会随着时光的流逝而成为过去。这种感慨是深沉的，有着历史的厚重和哲理的意味。

行过卢沟重回首，凤城平日五云多——卢沟：指卢沟桥，在北京市西南郊，跨永定河(金代称卢沟河)上，始建于金世宗大定二十九年(1189)，长二百三十五米，由十一孔石拱组成。桥旁有石栏，上有精刻的石狮四百八十五个，姿态各异，生动美妙。凤城：指京城，传说秦穆公之女弄玉吹箫，凤降其城，因号丹凤城，后代指帝王居住之所。五云：五色的云彩，古人以为祥瑞，亦用来指帝王所在。离开燕京之后，诗人一路上心情郁闷，走走停停，频频回首：暮色中故国的景物依旧，燕京还是那样飘荡着吉祥的五色云朵，丝毫不因为江山易主而有所改变。诗人将浓重的伤感潜藏在淡淡的叙述中，不动声色地透露着心中的落寞悲凉。

二

历历兴亡败局棋，登临疑梦复疑非。
断霞落日天无尽，老树遗台秋更悲。
沧海忽惊龙穴露，广寒犹想凤笙归。
从教尽刬琼华了，留在西山尽泪垂！

新解

历历兴亡败局棋，登临疑梦复疑非——这两句充满对金朝覆灭命运的感慨。与蒙古军交锋以来，金兵不堪一击，节节败退，京都燕京终被蒙古军攻陷。诗人旧地重游，登临故国的残山剩水，心中黯然，恍惚之中仿佛身在梦中。然而片刻之间，诗人又回到了冷酷的现实世界。

断霞落日天无尽，老树遗台秋更悲——遗台：古人好垒土为台，以供望远或游观之用。燕京故城中有黄金台，相传是燕昭王为郭隗所筑。这两句诗境界阔大，格调低沉，景中寓情，苍凉悲慨。夕阳西下，落霞在天，天与地相接，苍茫无际；遒劲的老树落尽了树叶，只剩下铜干铁枝。诗人站在空旷的高台之上，抚今追昔，心中不禁生出无限的苍凉，真有陈子昂《登幽州台歌》"前不见古人，后不见来者。念天地之悠悠，独怆然而涕下"之深沉感慨。遗山诗中经常出现遗台、老树的意象，以此来喻故国乔木之思。如《九日登平定涌云楼故基》："老树遗台认醉乡。"《龙兴寺阁》："试就遗台老树看。"

沧海忽惊龙穴露，广寒犹想凤笙归——沧海：即大海，以其色青苍，故名。龙穴：神龙的居处。左思《吴都赋》："龙穴内蒸，云雨所储。"凤笙：即笙。以其有十二簧，像凤之身，故名。李白《凤笙》诗："玉京迢迢几千里，凤笙去去无穷已。"上句借写沧海之中龙宫被惊扰来抒发故国的沦亡之悲，下句由寂寞冷清的广寒宫中思念凤笙，来暗示诗人对金哀宗的怀念。遗山当时是应耶律铸的邀请到燕京的，借神话传说暗示时政，诗人实在是有难言的苦衷，但客观上却由于神话的融入，将诗中沉重板滞的气氛打破，使诗具有了轻扬的神思和流动的色彩。

从教尽刬琼华了，留在西山尽泪垂——刬(chǎn)：同"铲"。琼华：陶宗仪《南村辍耕录》："万岁山在大内西北太液池之阳，金人名琼华岛，山上有广寒殿七间。"此地在今北京市北海公园内。末两句愤激已极，干脆把琼华岛夷为平地吧，免得留在西山独自伤心。遗山在此借物言志，抒发自己作为金朝遗民身处两难境地的尴尬和悲哀。

新评

遗山的近体诗，以七律成就最高，沉挚悲凉，自成格调，远接老杜，近承苏、黄，非王若虚、赵秉文等人所能企及。清代曾国藩所选编的《十八家诗钞》卷二十五，于陆游而下，惟选好问七律一百二十六首，占其全部七律作品的半数以上。并称：七律最喜杜甫，而苦不能步趋，故兼读《遗山集》。《出都》二首，便是遗山七律中的典范之作，律切情深，句格秀整，诚为唐宋七律之后劲也。

此二首诗引用典故，借前朝往事，言兴亡之感，委婉曲折地抒发诗人情志，使诗的境界由此拓宽，并拥有了丰富厚重的内涵。此外，遗山运用了他擅长的情景交融的手法，在诗中描绘了视野开阔、意绪悲凉的境界，抒发了郁郁难言的情绪。另外，这两首七律对仗工整，挥洒自如，浑然天成。

石岭关书所见

题解

金宣宗贞祐二年(1214)三月，蒙古军大举南下，为躲避战祸，作者离别故乡忻州。途经石岭关，作诗以记所见所感。这首诗是元好问早期的七律，风格刚健激昂，颇能反映出丧乱诗的特点。

轧轧旃车转石槽，故关犹复戍弓刀。
连营突骑红尘暗，微服行人细路高。
已化虫沙休自叹，厌逢豺虎欲安逃？
青云玉立三千丈，元只东山意气豪。

新解

轧轧旃车转石槽，故关犹复戍弓刀——轧轧作响的毡车在石槽似的小路上缓慢地前行，手执兵刀的军人们又在戍守关隘了。这里写的是作者攀登石岭关途中的所见。轧轧：形容轮轴摩擦发出的声响。旃车：同毡车。石槽：指的是地势险峻的石岭关中间一条狭长通道，宛如槽状。“故关犹复戍弓刀”是元好问对战乱频繁、生灵涂炭发出意味深长的感叹。“犹复”一词用得恰到好处，使全句在平板质实的叙写中变得灵动起来。

连营突骑红尘暗，微服行人细路高——军队布防调动频繁，扬起的灰尘遮天蔽日，四处逃避战乱的百姓在崎岖的山路上艰难前行。这里写的是作者登上石岭关后的所见。连营：指军队人数很多。突骑：指急速行走的骑兵。红尘暗：极言军队布防活动频繁，以致使扬起的尘土遮住了日光。微服：便服。《论语》载：孔子曾微服过宋。微服行人：指穿着便装外出避乱的行人。细路高：指山高路长。一边是厉兵秣马、积极备战的军队，一边是扶老携幼、逃离家园的民众。全句对仗工整、抒写精微，剪影式地截取了两个动态画面，使全诗变得开阔起来。

已化虫沙休自叹，厌逢豺虎欲安逃——那些已经化为虫沙的死者，不必再暗自悲叹了，但那些在战乱中逃难的馀生者，正愁遇上豺虎般的敌人该往哪里逃生呢。这两句抒写了作者的感慨。化虫沙：《抱朴子》：“周穆王南征，一军尽化。君子为猿为鹤，小人为虫为沙。”这里用以指战死的将士。全句悲情涌动，首先以悲哀的口吻告慰死者，又同样以悲哀的口吻担忧生者，从而在一种双重的悲哀中深一层地揭示出乱世中生命的苍凉无告。

青云玉立三千丈，元只东山意气豪——像美玉般横空出世、巍然屹立的三千丈东山，从来都是意气豪伟的啊！这两句诗抒发的是元好问血气方刚、志大豪伟的书生意气。东山：指石岭关以东的系舟山。玉立：比喻山的英姿，隐含了作者的壮志。青云：高空。司马相如《子虚赋》："交错纠纷，上干青云。"

新评

这首诗叙事层次清楚，条理分明。所叙之事既有军队布防集结、厉兵秣马的场面，又有百姓背井离乡、四处避乱的景况。宛如一幅在石岭关前绘就的战乱浮雕。抒情由眼前所见生发开去，既有对乱世中民生命运的担忧，又有对国势衰弱而发的慷慨之情。可谓悲怆中隐含着激昂，低沉中透露出力量，成为元好问丧乱诗的奠基之作。

晋　溪

题解

这是遗山写山西太原晋祠内晋水的一首诗，格调明丽而不失气势，充分显示了遗山诗清新豪放的诗风。

石蹬云松着色屏，岸花汀草展江亭。
青径叠甃通悬瓮，白玉双龙掣迅霆。
地脉何尝间今昔，尾闾真解泄沧溟。
乾坤一雨风尘了，好就川妃问乞灵。

新解

石蹬云松着色屏，岸花汀草展江亭——前句写苍茫的山色，落笔厚重；后句写疏远的水景，着墨浅淡。以水光山色，松林河岸作为画幅的远景，画面上疏密相间、错落有致、境界开阔。青石小路的两旁是茂密蓊郁的松林，溪水的两岸，丰茂的水草远远地铺展开去，星星点点的野花点缀其间，迎风摇曳着……秋色如织，就像一只巨大的彩色锦屏，多么宁静美丽的景色，诗人的心情不禁豁然开朗。在这里，诗人挥动如椽大笔，调配出丰富的色彩，描画了一幅明净而斑斓的图画。

青径叠甃通悬瓮，白玉双龙掣迅霆——接着，诗人的视角由远及近，落在了一条青石砌成的长满青草的小径上。叠甃(zhòu)：用砖垒砌之意。这小径蜿蜒曲折，一直延伸到了悬瓮山。两股清泉从山岩间喷射而出，如同玉龙翻滚、迅疾如电。为前一联描绘出的宁静安详的画面增添了几许壮观的动态之美。阴柔和阳刚交织在一起，使诗充满了旺盛活泼的生命力。

地脉何尝间今昔，尾闾真解泄沧溟——是诗人对万物的认识和对与之息息相关的自然规律的感悟：溪水如同人体内流淌着的血液，朝着大海的方向日夜奔流、永不停止。从上联泉水的磅礴气势又转而描写溪水的长流不息。给了晋溪以丰厚饱满的内蕴，使它成为了一个意味深长的象征：故国。在这里，诗人满含着深情和期待，把希望和生命赋予了晋溪，寄托遥深。尾闾：古代传说中海水所归之处。

乾坤一雨风尘了，好就川妃问乞灵——如果诗人在上联中还含蓄地借景物来表达他的政治理想，那么，最后两句诗人干脆喊出了他的心声：乞求晋水的女神降一场大雨，荡涤世间一切尘埃，为故国带来好运。字里行间涌动着作者深切的爱国热忱和殷殷的期盼，使诗闪耀着明亮的色彩。川妃：指晋水女神。

新评

这首诗给我们展现了一幅色彩丰富、情绪饱满的画面。布局巧妙，远近相映，刚柔兼济，融情于景。在给人以美的享受之外，还感受到诗人始终乐观向上的精神风貌。此诗在景物的描写和意境渲染中运用色彩，对比、烘托，点染出一幅幅多彩多姿的画面。遗山作诗善用色彩，如“屈指残春有别期，春风争忍片红飞”（《杏花杂诗》之九），花谢花飞的惆怅，在落“红”中体现出来；“漫山白白与红红，小树低丛看不供”（《游天坛杂诗》之二），写山花烂漫，繁花似锦；“林烟日射彩翠新，跬步疑有黄金阙”（《下黄榆岭》），则描画出秋天变幻多端的斑斓色彩；而“青山坐终日，忘读案上书”，“古来何物是经纶，一片青山了此身”，则以青山来象征闲适恬淡的心境，寄托心志。

遗山运用词彩的另一手法是借物显色，即不着一字，而色彩全出。本诗也运用了这种含蓄的着色手段，用秋晓、汀草、岸花等暗含色彩的意象构成了一幅明丽的秋色图。词彩的运用，为遗山诗增色不少。令人感慨的是，虽然遗山一生遭际世事变乱，然而他的诗的色彩却始终明亮，表明作者对人生仍充满了希望。

山居杂诗六首（选三）

题解

本诗大约是作者中年家居登封时所作。组诗六首，用白描的笔法从不同的侧面勾勒了山间美丽的景致，给人以自然清新、优美如画的感觉，令人神往。这里选的是第一、三、四首。

其　一

瘦竹藤斜挂，幽花草乱生。林高风有态，苔滑水无声。

其　三

树合秋声满，村荒暮景闲。虹收仍白雨，云动忽青山。

其 四

川迴枫林散，山深竹港幽。疏烟沉去鸟，落日送归牛。

新解

第一首写的是山间安恬的自然景色，突出一个“静”字。

瘦竹藤斜挂，幽花草乱生——这两句写近景类似于工笔画：在细劲的竹子上斜挂着串串藤萝，一丛丛的野花在幽僻的地方静静地开着，杂草到处滋生。这两句用一个“瘦”字，一个“幽”字，点出所处之地的荒僻和恬静。一个“斜”字和一个“乱”字更强调了山间植物自由自在的生长姿态。

林高风有态，苔滑水无声——这两句，诗人由近而远，写到了高空的林木和远去的溪流：高高的林树在风中摆动着，更觉姿态优美，乱石上的青苔滑滑的，涧水在无声地流淌着。这两句一着眼风的姿态，一强调水的无声，更渲染了山间的安静。

组诗第三首写的是山村的景色，有声有色。

树合秋声满，村荒暮景闲——这两句同样是写近景，但比前两句略远：树林密集，枝叶相连，好像合拢在一起。到处可以听到秋天的风声、鸟鸣。傍晚，山间荒凉的村落，显得更加闲静。秋声：指秋天的风声、落叶声和虫鸟声等。

虹收仍白雨，云动忽青山——这是远景：彩虹刚刚散去，忽然又下了一阵白雨。一阵风吹走了变幻的浮云，青山很快显露在眼前。白雨：骤来的短阵雨。苏轼《六月二十七日望湖楼醉书》：“白雨跳珠乱入船。”

组诗第四首描绘了一幅山村落日图。

川迴枫林散，山深竹港幽——山间小溪远远流去，枫叶纷纷散落。秋天的山是那样的深僻，竹丛中的溪流更显得清幽。迴：远。港：与江河湖泊相通的小河。

疏烟沉去鸟，落日送归牛——这两句描写暮色中的村景：淡淡的炊烟升起，把越飞越远的鸟儿隐没了。夕阳斜照，像送从野外归来的牧牛。“疏烟”句，暗用杜牧《登乐游原》诗意：“长空澹澹孤鸟没，万古销沉向此中。”诗中一“沉”，一“送”，把“烟”与“日”写得富有人情味，增添了山中的生活气息。

新评

这组《山居杂诗》突出了“山居”的感受。山间的悠闲经过诗人清新的笔触、轻淡的色调描绘，不仅体现着特有的安逸和静谧，而且富有情感，令人向往。

乙巳九月二十八日作

题解

此诗写于蒙古乃马真后四年(1245),诗人在故乡忻州。此诗清丽简约,韵味深长。

关山小雪后,絮帽北风前。残月如新月,今年老去年。

新解

关山小雪后,絮帽北风前——描画了一幅小雪之后明丽的山景:又轻又薄的小雪落在地上,像给山穿上了一件白色的薄纱。此时,有北风徐徐吹过,一团一团棉絮一般柔软轻巧的白云被轻轻吹散又慢慢合拢。絮帽:棉絮般的云彩,苏轼有“岭上晴云披絮帽,树头初日挂铜钲”(《新城道中》)之句。

残月如新月,今年老去年——诗人在月光下仰望着天空,微雪之后,夜空如洗,显得格外明朗,一钩残月高高挂在天上,如同新月一样清新皎洁。此时,诗人的心情是平静而明快的。但是下句一转“今年老去年”,格调一下子变得低沉忧郁:虽然还是同样一个月亮,但今年的月亮毕竟是老去了一岁。一“新”一“残”,“今年”和“去年”的对比,表现了诗人对物是人非的感慨。诗人们这种穷究人生哲理和宇宙奥秘的神思,在许多诗中都有流露。著名的有张若虚的《春江花月夜》:“江畔何人初见月,江月何年初照人?人生代代无穷已,江月年年只相似。”刘希夷的《代悲白头翁》:“年年岁岁花相似,岁岁年年人不同。”诗人思想的注入,在清新明丽的基调上点染了一抹哲理的色彩,使诗的内涵更加丰富。

新评

这是诗人不多见的清新隽永之作。然而诗人毕竟是个思想深沉的作家,即使这样简约的小诗,也突破了单纯模山范水的景物诗格套,将自己对自然、人生的体会注入诗中,将诗情、画意、哲理融为一体,凭借对小雪初晴之后山色夜景的描绘,既体现了诗人对美的敏锐感受和对大自然奇丽景色的赞美,也表达了诗人对人生哲理的追求和人事无常的深深感慨,从而汇成了一种情、景、理水乳交融的幽美而邈远的意境。

诗的韵味是明快爽朗而又含蓄婉约的,前两句以轻快的节奏表现了画面的清新活泼,“絮帽”一词,将白云聚集成团的情状描写得生动形象,饶有趣味。后两句则含而不露,语气平淡沉潜,温雅醇厚。愤怒也罢,哀伤也罢,总不着痕迹,不露圭角，达到了炉火纯青的境界。

杨 柳

题解

这首绝句以诗的头两个字为题，实际上不是专咏杨柳，而是写初春的景象：杨柳青青，溪流潺潺，黄莺调舌，桃花含笑。这里有绚烂的颜色：青青的柳，明净的水，嫩黄的莺儿，娇红的桃花。这里有活泼的姿态：新柳自摇，清溪漫流。尤其是在黄莺娇柔的调舌和桃花的憨笑中，还有人的“情”在。在万物初醒的春天，诗人有感于物，心里充满了柔情，充满了喜悦，他把这种“情”赋予了莺儿和桃花，使“物色带情”，情景交融，同时，一个闲适逸趣的诗人形象也活跃在画中了。然而，诗人毕竟是生活在乱离年代，即便是在心情偶尔愉悦之时，也不免流露出隐藏的忧思。后两句在轻快的写景当中，便流露了微微的怅惘之情。

杨柳青青沟水流，莺儿调舌弄娇柔。
桃花记得题诗客，斜倚春风笑不休。

新解

杨柳青青沟水流，莺儿调舌弄娇柔——沟水：护城河的流水，点明郊游之地。调舌：指黄莺鼓舌鸣啭。一个“弄”字，用得很传神，把莺儿婉转啼鸣、娇柔嬉戏的情形生动如画地表现出来了，赋予了黄莺天真、活泼而带点顽皮撒娇的人的情态。

桃花记得题诗客，斜倚春风笑不休——题诗客：这里暗用唐人崔护的故事。据孟棨《本事诗·情感》载：唐代诗人崔护年轻时，有一年清明日，独游长安城郊南庄，曾在一处桃花盛开的院落里，向一个美丽的姑娘讨过水喝；第二年他重来旧地，门户紧闭，姑娘不知到哪儿去了，只有桃花依旧盛开。他感到很怅惘，便题写了一首七绝《题都城南庄》于门扉：“去年今日此门中，人面桃花相映红。人面不知何处去，桃花依旧笑春风！”“笑不休”，将桃花盛开、花枝随风俯仰的景况写得淋漓尽致。

新评

这首写春天的七绝，生动、清新、秀丽，别有情趣，没有遗山诗中惯见的酸苦语，宛如一组清新的镜头，带着强烈的动态，使人感受到了春天的气息。

此诗用典天然浑化，含蕴深邃。在第三、四句里，诗人不露声色地用了唐代诗人崔护“人面桃花”的典故，不仅给春天赋予了生命的柔情，而且增添了诗歌的风韵、情致。典故和诗人的意境交融，所谓“用典入化”，不作典故看也可以，丝毫没有凑泊的痕迹。

梁县道中

题解

梁县，在今河南汝州市。这首绝句当为诗人在正大二年间自登封赴昆阳(今河南叶县)，途经梁县时写下的。这一段时间，诗人虽然一再表示“人生要适情，无荣复可辱”(《亭》)，反复声明要“暂来闲处避红尘”，作一个“山间林下人”(《溪上》)，但又时时自责，深感坐食的无聊。在梁县道中，他看到攒簇的青山，重重的春树，人在舒卷着浩荡春云的山路上穿行，不禁心驰神往。但是诗人的心情又始终是复杂矛盾的，在对大自然的欣赏赞叹中，往往杂糅着无名的惆怅。他看到一枝开残了的杏花临水横卧，物与神契，马上将自己的惆怅心情赋予了杏花，这和辛弃疾的“红莲相倚浑如醉，白鸟无言定自愁”一样，借景物表现了自己无可排遣的愁思。

青山簇簇树重重，人在春云浩荡中。
也是杏花无意况，一枝临水卧残红。

新解

青山簇簇树重重——簇簇：簇拥、聚集之状。诗人在途中边走边观赏，只见一座座青山，一重重的树林，诗人心情顿时放松，于是尽享沿途美景，本句虽未写人，但写的都是诗人所见，暗扣诗题“道中”。

人在春云浩荡中——美景让诗人放松了心情，使他感觉心旷神怡，像是走在无边无际的春云之上，神与物游的情态毕现。浩荡：本形容水势的广阔壮大，这里借写云涛涌发。

前句写青山春色撩人的美景，后句写诗人情思激越的主观感受，为读者展示出一幅山青树绿云深的画面，下一步该如何发展、深入，掀起感情的漩涡呢？诗人把目光转向了路边一枝临水横卧的杏花，使前两句的美景与心旷神怡的愉悦气氛蒙上了一层淡淡的哀愁。

也是杏花无意况——杏花，遗山偏爱杏花，其〔临江仙〕词有“一生心事杏花诗”之句，《赋瓶中杂花七首》中又自注云：“予绝爱未发杏花！”其诗作中专咏杏花的近三十首，可见雅爱之深。诗人在此用猜拟的语气，表露出杏花同诗人自己一样地寥落失意。意况：意味，情绪。

一枝临水卧残红——此句紧承上句，写“无意况”的情形。诗人爱杏花，以杏花为知己，眼见着春将归去，遍地残红，一枝杏花孤寂凄清地临水横卧，诗人联想到自己落魄流徙，寂寞无聊的景况，不禁将自己矛盾复杂的惆怅心境赋予了杏花。

此句借物遣情，表现自己无边的愁绪。

新评

这首诗借景抒情，以景映情，景随情异，轻倩可爱，诗意流转盎然，表现了诗人历尽艰辛的失落心境。前两句情调明朗，色彩清丽，结尾二句意气萧散，“也是杏花无意况，一枝临水卧残红”，颇似元稹《亚枝红》诗：“还向万竿深竹里，一枝浑卧碧流中。”正是诗人孤独无聊形象的生动写照。

长寿山居元夕

题解

长寿山居，为元好问在河南内乡县白鹿原东崦修建的书斋。这首“元夕诗”写于金哀宗正大五年(1228)诗人任内乡令的时候。内乡当时是一个贫困的小县。诗人到任之后，本想为民众多做好事，可作为县官，他的首要职责是替朝廷向老百姓勒索租税。加上这时他的母亲又身患重病，官事、私事交相困扰，诗人心中非常矛盾。适逢元宵佳节，在积雪的荒村中，独坐在昏黄的油灯下，三十九年来的往事今情涌上心头，加之蒙古军入侵，战乱频仍，金国正在迅速地走向衰亡，无能为力的诗人只能在满腔的愁绪中独自哀叹。

微茫镫火共荒村，黄叶漫山雪拥门。
三十九年何限事，只留孤影伴黄昏。

新解

微茫镫火共荒村，黄叶漫山雪拥门——头两句描绘了长寿山村元夕的景况：荒村里，隐隐约约地有几点灯火，这既不同于“炫服华妆着处逢，六街灯火闹儿童”的京都元夕；更不同于他二十三岁时在彰阳度过的“花影灯光一万重，青衫骢马踏东风”的元夕。这个元夕，他既未出游，又无人过访，他山居的处所，黄叶满山，积雪堆门，一片萧条、凄凉的景象。荒村，黄叶，微茫的灯火，拥门的积雪，这都是传统的表现冷清、孤寂心情的景象，勾画出寒冬月夜山居的特有环境，并映衬出诗人冷清孤寂的心境。如此元宵佳节之夜，诗人为何不能酣眠？有什么事情让他如此愁思百结？后两句诗人直抒胸臆。

三十九年何限事，只留孤影伴黄昏——三、四句触景生情，直接抒发诗人心中的郁积。诗人生于金章宗明昌元年(1190)，至金哀宗正大五年(1228)，已度过三十九个年头。三十九年多少往事，如今只落得形单影只，独自和黄昏做伴。“何限事”三字中包含着诗人对国仇家恨苦辣酸辛的无限怅恨。黄昏，既表示诗人年龄的迟暮，也同时暗示金国的国运如日薄西山。诗人所忧所愁的不仅是自己的孤寂无奈，更是江河日下的国家和多蹇多难的人民的命运。

诗人三十七岁至四十二岁三为县令期间，既知“忧端扰扰力难任，世事骎骎日见临”（《谢邓州帅免从事之辟》），金朝大势已去，无可逆挽，但又不能毅然和经世济民的理想告别，心理矛盾的诗人只能“孤影伴黄昏”。

新评

这首诗前两句写凄凉萧条的景色，这是诗人冷清孤寂心境的写照；后两句由景抒情，是外景与内情契合而激起的心灵的颤动。以景显情，情景交汇，使这首咏叹节令的绝句具有很强的艺术感染力。

忧国忧民的情感是遗山诗歌的主旋律。“黄昏”是迟暮感、没落感的象征；与黄昏为伴，意味着诗人在独自为自己的迟暮、金朝的没落而深深地忧伤。在诗人的心目中，元夕时热闹也好，清冷也好，都排遣不了他浓重的家国之恨。这正是元好问的可贵之处，也是这首诗萧条冷落之中的积极内涵。

山居二首（选一）

题解

这首诗作于正大年间作者任河南内乡县令时。描绘的是秋日下午一场新雨过后的山间美景。意境清新优美，语言自然流畅。

斜阳高树挂晴虹，萧萧微凉雨气中。
一道鹭鸶花不断，蜜香吹满马头风。

新解

斜阳高树挂晴虹，萧萧微凉雨气中——一场秋雨过后，天放晴朗，西斜的阳光穿过浓浓的水雾，在东边碧蓝的天空中折射出一道美丽的彩虹，就像挂在高高的树梢上。缓步行走在雨后浓重水气笼罩下的斜阳草树中，一阵萧瑟秋风吹过后，已能感觉到秋天微微的凉意。第一句写景，斜阳、高树、晴天、彩虹都是静的景物，一个挂字则使这些景物组成的画面变得富有动感。这幅优美的图画就像挂在东边天际，诗人在注目欣赏。这使人想起了宋代词人宋祁“红杏枝头春意闹”的名句，二者可谓有异曲同工之妙。第二句写出了诗人对山间景物、雨后晴空的细微体察和敏锐感受。萧萧、微凉准确地写出了秋天的微热已经消失。人走在山间小路上，在潮湿的雨气中还能觉察出几分凉意。读完这样优美的诗句不禁让人产生几分惬意、几分舒适、几分优雅。

一道鹭鸶花不断，蜜香吹满马头风——山路两旁开满了美丽洁白的鹭鸶花，那毛茸茸的花儿还散发沁人心脾的芬芳味儿，随着微微的秋风一股股迎着马头吹来。如果说前两句诗描绘的一幅画面，让人产生一种平面的感觉，读完这两句诗后，则让人产生一种立体纵深之感。诗人写景设色，不用工笔细描，只是大笔勾勒，一挥而就。只用“一道”“不断”两词就显示出花的繁多茂盛。鹭鸶花：菊花的一种。《群芳谱》载：“鹭鸶菊，花如绒毛，纯白色，中心有一丛簇起如鹭鸶头，故名。”“蜜香吹满马头风”表现出了花的甜香，这种香味不是飘来的，而是随着秋风迎面吹来的。可以想见黄昏将至，诗人扬鞭催马的情急与欢快。

新评

这首诗写得清新自然、淡雅简洁。苏东坡在题《蓝田烟雨图》中说：“观摩诘之画，画中有诗；味摩诘之诗，诗中有画。”元好问的山水诗也有王维山水诗的风韵。不同的是元好问诗中少了王维诗的静谧、闲适，多了几分气韵、生动。由此可窥出二人不同的性情。

家山归梦图三首

题解

这三首七绝作于金宣宗兴定五年(1221)。诗人时在汴京登进士第，不就选，每日与京中文人交游酬唱。这是遗山诗集中最见真性情的诗作。遗山久别家乡，画家李平甫为遗山画了这幅家乡《系舟山图》，当时的文坛盟主赵秉文观毕，当即挥毫题诗一首：“山头佛屋五三间，山势相连石岭关，名字不经从我改，便成元子读书山。”遗山好友刘昂霄也为这幅画题了诗：“万里神州劫火馀，九原夷甫有馀辜，作诗为报元夫子，莫倚家山在画图。”而诗人亦写了这三首题画诗，借此抒写对蒙古军游骑践踏之下的故园之思。

一

别却并州已六年，眼中归路直于弦。
春晴门苍桑榆绿，犹记骑驴掠社钱。

新解

别却并州已六年，眼中归路直于弦——诗人离开家乡并州，在河南寄居已经六年，久别乡关，时空悬隔，归梦难成，但是站在系舟山图前，常常萦绕在梦中的家乡却近在咫尺，这使得诗人心头涌起无限感慨。起句点题，表明此诗意在抒发诗人思乡的情绪。“眼中归路直于弦”用直观的感受来表现抽象的情感，写出了诗人只能借观画来聊解相思的痛苦心情。

春晴门苍桑榆绿，犹记骑驴掠社钱——古人常将桑树和榆树植于院中，因此桑榆便成了故国家园的象征。看着图中家乡的一草一木，诗人不由得忆起儿时的种种往事：春天是孩子们心中最美好的日子，紫红色的桑椹挂满了枝头，榆树上一串串的榆钱如同碧绿的翡翠，那是孩子们口中的美味；立春时祭祀土地神的仪式，也成了孩子们最有趣的游戏之一。当祭司在密集的鼓点中将铜钱洒落的时候，孩子们便争先恐后地抢拾。遗山对此童趣记忆深刻，在《雪中自洛阳还嵩山》一诗中也提及此事：“梦里西家掠社钱。”记忆中故乡的一切还是那么亲切，那么美好，更衬托出诗人欲归家无路的伤心惆怅。

这首小诗通篇写实，只选取了几个具体鲜明、富有代表性的生活场景，便生动地反映出诗人对家乡的深切思念。

二

系舟南北暮云平，落日滹河一线明。
万里秋风吹布袖，清晖亭上倚新晴。

新解

系舟南北暮云平，落日滹河一线明——系舟山在诗人故乡忻州之东，滹沱河流经系舟山北四十馀里，其支流牧马河流经忻州元好问故乡韩岩村边。所以系舟山和滹沱河是遗山心目中家乡的象征。前两句描绘了一幅苍凉悠远的图画：远处的天边，布满了阴沉沉的暮云，系舟山在暮色中隐约可见；在这黯淡的画面上，唯一的亮色就是落日夕照下的滹沱河，如同一条明亮的细带，蜿蜒伸展开去，渐行渐远，消失在了远方……这正是诗人记忆中美丽的家乡，然而现在却沦陷在蒙古军的铁蹄之下，百姓饱受蹂躏，这怎能不让诗人黯然神伤？遗山从一个极高极远的视角，将画面上的暮云、落日、苍山、明河这些分散的景物，有机地连缀成一幅黯然销魂的画面，着墨不多，神韵全出。“暮云平”和“一线明”是神来之笔，将苍茫无涯的远山以及绵延不断的河流生动地描画在读者眼前。

万里秋风吹布袖，清晖亭上倚新晴——此联从上面辽远的回忆中跌回现实。

一无遮拦的强悍秋风掀动着诗人的衣衫，把诗人的思绪吹向更远更深处。家乡是回不去了，诗人只好远望当归，长歌当哭。而流落他乡、壮志未酬的境遇无疑又是雪上加霜，因此诗人百感交集，心潮难平，一时无语，只是静静地倚着清晖亭极目远眺，如同一尊孤独落魄的雕像。此联虽然感伤，但仍不失雄浑阔大的气魄，“万里秋风”该是多么强劲，在诗人的心中鼓荡起了多么巨大的波澜啊！“万里秋风吹布袖”看似写实，其实暗示诗人了无所处的环境如同一股逆风，是他暂时无法抗衡的，诗人所能做的也只能是蓄势待发。“吹”“倚”这两个动词极富表现力，前者显示逆风的肆虐，后者表现诗人的无奈。

三

游骑北来尘满城，月明空照汉家营。
卷中正有家山在，一片伤心画不成。

新解

游骑北来尘满城，月明空照汉家营——游骑：指蒙古骑兵，因其行踪不定，故称游骑。诗人看到画卷中美丽依旧的山水，不由得联想到蒙军已经占领家乡、兄元好古遇难的残酷现实。蒙古军的游骑突破阴山，自北而来，马蹄扬起了滚滚的尘土，在这兵临城下的紧急关头，金朝的兵营竟然空无一人，不战而败，将万里河山拱手相让，陷黎民百姓于水火之中。诗人满腔的悲愤没有火山一样恣意喷发，却用了意外平静的口吻含蓄地道出，一种受到压抑的情感沉潜下来，平实中有杜甫诗沉郁顿挫的苍凉。“月明空照汉家营”让人联想到王昌龄的《出塞》：“秦时明月汉时关，万里长征人未还。但使龙城飞将在，不教胡马度阴山。”表达了诗人对偌大一个朝廷竟然无人御侮的批判。

卷中正有家山在，一片伤心画不成——唐高蟾《金陵晚望》诗有“世间无限丹青手，一片伤心画不成”之句，遗山诗中反复用到过此句，不是诗人有意因袭，实在是它太能够准确表达诗人心中的无限怅恨了。画卷里，故乡的山水近在眼前，然而诗人却无法触摸到它湿润的土地；无法看到树叶是怎样从嫩黄变为碧绿、花朵是如何在温暖的阳光下一片片展开娇艳的花瓣；无法和熟悉的朋友一起登山临水、围炉夜话、吟诗作对……所以，无论画卷多么惟妙惟肖，也无法涂抹出诗人内心的伤心之色。

新评

遗山的后半生，心中一直有难以消除的隐痛，正如他在诗中所写：“一片伤心画不成。”表现在他的诗里，便是欲说还休的含蓄沉郁。由于遗山较为温和克制的性格，又使得他的诗多了点温柔敦厚的平淡。在这三首诗中充分显示了这些特点。

诗人在这一组诗中还善用对比的手法。第一首写实，将愉快的童年趣事娓娓道来，以记忆中的平静快乐对比现实社会的战乱纷争，不动声色地表现了诗人对家乡的无限思念和对战乱的深切厌恶。第二首前两句写画中之景，回忆家乡壮丽景色，后两句回归冷酷现实。第三首以蒙古兵的破竹之势与金朝之节节败退两相对照，流露出诗人对时局的失望和前途未卜的迷茫。

俳体雪香亭杂咏十五首(选三)

题解

金天兴二年(1233)，哀宗逃离汴京后，守将崔立举汴京降于蒙古军。四月十九日，蒙古军把金朝宗室的男女五百馀人逐出王宫，押赴青城(今河南开封南)。在金宗室后妃出宫后，诗人入览宫中，亲睹兴亡之迹，感慨尤深，因而写下了这组悲凉凄恻的诗歌，来表现一个亡国遗臣绝望的哀痛。

俳体，指内容带有游戏、滑稽性质的诗文体裁。将这组丧乱之作故意称作俳体，实是表现了诗人更为深刻、欲说还休的悲怆。雪香亭，宫中的建筑物，在正殿纯和殿之西，组诗借以咏内宫之事。

其　二

洛阳城阙变灰烟，暮虢朝虞只眼前。
为向杏梁双燕道，营巢何处过明年？

其　三

落日青山一片愁，大河东注不还流。
若为长得熙春在，时上高层望宋州。

其十三

暖日晴云锦树新，风吹雨打旋成尘。
宫园深闭无人到，自在流莺哭暮春。

新解

组诗第二首描写汴京城被焚烧抢掠的惨状，抒发诗人宗社丘墟之变的悲怆之情。

洛阳城阙变灰烟——起句写汴京惨象，突兀直接。洛阳为古代中国的历史名都，这里用来指代汴京。洛阳古都的城楼都已经化成了灰烟，在此借“变灰烟”来指代国家灭亡。

暮虢朝虞只眼前——此句紧承上句，都城沦陷，国家将亡，“暮虢朝虞”的悲剧，就在人们眼前。暮虢朝虞：傍晚虢国灭亡，第二天早晨虞国也跟着灭亡。虢和虞均为西周时的诸侯国，在今山西平陆。据《春秋公羊传·僖公二年》记载，晋国谋臣荀息向晋献公献计，先向虞国借路攻灭虢国，回程中再顺手灭掉虞国。并说：“君若用臣谋，则今日取虢，而明日取虞尔。”晋献公依计而行，果然接连灭了虢、虞二国。这就是历史上有名的“假途灭虢”“唇亡齿寒”的故事。这里用以比喻利害相关的国家或地区安危与共，一亡俱亡。汴京和当时金哀宗驻守的归德府（宋州）唇齿相依，汴京覆灭，敏感的诗人预料到金朝的最后一个据点归德府离覆亡也就不远了。“朝”“暮”“只眼前”，突出相继覆灭结局的迫近。

为向杏梁双燕道，营巢何处过明年？——杏梁：文杏木所制的房梁，也用来泛指华丽的屋宇。这里用来指代汴京的宫苑。“营巢”句，即“何处营巢过明年”，意思是燕子的营巢之所，那巍峨的城阙和宫殿都已毁于战火了。这两句诗意由前两句直贯而下。想到国将亡，诗人悲凄不已，因此向着杏梁上的双燕凄然问道：到明年，你们要到哪里去筑巢呢？无归处的双燕，不就是国破家亡后金国臣民流离失所的形象写照吗？“营巢何处过明年？”燕子尚难寻落脚之处，何况人呢？这一问，问得凄惨悲切，将亡国之痛、流离之苦表现得深沉无比。

组诗第三首描写国破山河碎的景象，抒发了诗人希望国势重振的侥幸心情。

落日青山一片愁，大河东注不还流——起句以一“愁”字大气包举，用这种基调和氛围笼盖全篇。落日惨淡，青山失色，天地间笼罩着一片深愁。这两句写亡国之后，天地万物，无不蒙上一层诗人的主观色彩，那就是绝望的哀愁！这既是诗人眼中所见，也是诗人此时精神感情的象征。“大河”句，暗用《论语·子罕》之意：“子在川上曰：‘逝者如斯夫，不舍昼夜！’”大河流水一去再也不会回还，那么，金朝的命运呢？不也像这东逝的黄河水，无法挽回了吗？诗人心中只有无奈地悲叹了！

若为长得熙春在，时上高层望宋州——熙春：指汴京城中的熙春阁，建于北宋徽宗年间。据刘祁《归潜志》说，蒙古军围攻汴京时，城中人多拆屋来作为守城器具，而熙春阁因为结构坚固，没有被拆毁。因此诗人借用熙春阁来表示希望金国长在的心情。宋州：即归德府，在今河南商丘。当时金哀宗驻在该地。这两句由写景转为抒情：怎能够永远留住巍巍熙春阁，好让我时时登上最高层，去眺望宋州？此时，诗人的心情是矛盾的，从理智上，他知道金国的覆灭如“大河东注不还流”一样，无法挽回。可在感情上，他又难于接受残酷的现实，依然侥幸寄予希望。“熙春阁”，在此是金王朝的象征，诗人希望金朝像它一样国防稳固，能够长在。“望宋州”表现了诗人在绝望中仍寄希望于金哀宗，希望他重振国势的心情。查慎行评：“‘时上高层望宋州’一句乃十五首诗眼也。”诗人情系君王，心忧国运，用心之苦，可叹可悲！

组诗第十三首描绘宫苑春景，抒写繁华如梦的感慨。

暖日晴云锦树新——开篇，诗人就不惜浓墨重彩，描绘了一幅金朝宫苑当年的春日美景图：和暖的太阳正照耀着晴空的白云，似锦的花树，正炫示迷人的娇艳。好一派明媚春光，好一片灿烂春景。

风吹雨打旋成尘——上句写令人惬意的景色，下句诗意逆转为抒情。灿烂的春日美景，一旦遇到风吹雨打的摧残，转瞬间就会花叶凋残，零落成泥了。“风吹雨打”，比喻蒙古军掳掠抢劫、肆意妄为的行径。“暖日”句所描绘的美景，象征着当年金朝的繁华，而“风吹雨打”之后，国亡在即，繁华如梦，转眼成尘，诗人心中的悲怆沉痛，在两句的对比中曲折地显示出来。

宫园深闭无人到，自在流莺哭暮春——三、四句，再写眼前景。如今，蒙古军已经把安居深宫的宫妃们都逐出王宫，掳掠北迁了，宫中人去楼空。宫苑深深，大门紧闭，再也不会有人到这里来了。只剩下无人管束的流莺在那里悲泣逝去的晚春。“自在流莺”表现了宫苑“无人到”的凄清，“流莺哭”，实际上是说人在哭，诗人将自己对金朝覆灭的悲哀移情于流莺。沈德潜说：“此诗无限感慨，借黄莺一点，省却多少铺叙，倍觉沉痛。”（《宋金三家诗选》）

新评

读这组诗，感觉诗意凄悲怨抑，已经是“却到湘君泪尽时”了。诗歌在艺术上高度概括，含意深厚，表达了亡国遗臣的绝望之情。诗人善于借物、借景抒情，如第一首结句一个问句：“营巢何处过明年？”从最细微之事去寄予最巨大的创痛。第二首结句“时上高层望宋州”，表现了作者悲怆中的多少无奈和痴情的期许！第三首“自在流莺哭暮春”，将自己的悲哀转移至流莺，“哭”中有多少沉痛！

癸巳五月三日北渡三首

题解

金哀宗天兴二年(1233)五月三日，元好问自青城被押往聊城，一路向北渡过黄河。此时金首都汴京(金称南京)，已被蒙古军占领。沿途中诗人目睹了战乱之后触目惊心的惨象，于是写下了这组诗歌。

一

道旁僵卧满累囚，过去旃车似水流。
红粉哭随回鹘马，为谁一步一回头。

新解

道旁僵卧满累囚，过去旃车似水流——许多被捆绑着的金国俘虏，横七竖八地躺在道路两旁，有的气息奄奄，有的早已僵死过去了。道路上围着厚厚毡幕的蒙古军车队，流水似的接连不断地向北行驶。这里描述的是蒙古军入侵汴京，金军战败后的景况。“僵卧”一词准确地表现出金军俘虏之凄惨。再加上一个“满”字，更显示出一场大的激战刚刚过去，结果是以金军的惨败而告终。僵卧：卧倒不动，意思指疲乏无力或死亡。累囚：用绳子捆绑着的囚犯。旃车：同毡车。

红粉哭随回鹘马，为谁一步一回头——金国的妇女们有的载在车中，有的被捆绑在马后，随着蒙古军向北行进，哭声、喊声和成一片，响彻了整个战地。她们是在为谁而悲痛欲绝地一步一回头呢？诗人在一句哀婉的反诘中，道出了这些妇女们面临的是与故土亲人永远的生离死别。语气极其深沉，情感极其悲痛，没有亲身感受是不会写出这样文辞凄切、情意哀伤的诗句的。红粉：指妇女。回鹘：即回纥，这里指蒙古军。

全诗没有出现蒙古军人屠杀生灵的具体景象，但他们奴役奴隶、劫掠妇女的暴行已跃然纸上。

二

随营木佛贱于柴，大乐编钟满市排。
掳掠几何君莫问，大船浑载汴京来。

新解

随营木佛贱于柴，大乐编钟满市排——那些被抢劫到军中的木佛像，蒙古军人随意折毁，看得比柴还不值钱。而金国宫中的编钟等礼乐之器，在集市上也摆得随处都是。大乐：大乐署，金国宫中掌管雅乐的地方。编钟：古代乐器，为朝廷中祭祀、宴乐等所用。这两句暴露了蒙古军野蛮成性的强盗本色。

掳掠几何君莫问，大船浑载汴京来——蒙古军究竟抢掠了多少东西，这些就不须细问了，他们的一艘艘大船简直要把整个汴京城都载回去了。浑：全、都。这两句写出了蒙古军掠夺财物的疯狂与贪婪。

三

白骨纵横似乱麻，几年桑梓变龙沙。
只知河朔生灵尽，破屋疏烟却数家。

新解

白骨纵横似乱麻，几年桑梓变龙沙——死人的累累白骨像乱麻一样纵横遍野，连年战乱，黄河两岸百姓多年经营的家园，现在变得像塞北沙漠一样，一片荒凉。桑梓：桑树和梓树，常植于村社家宅附近，后来用作故乡的代称。龙沙：白龙堆沙漠，在今甘肃、新疆之间。此诗后有作者自注："桑梓其剪为龙沙呼？郭璞语。"

只知河朔生灵尽，破屋疏烟却数家——看到如此破败的景象，我还以为黄河以北的黎民百姓都被杀光了，偶然间却看见几家破屋上升起了几缕炊烟。河朔：黄河以北的地区。生灵：百姓。

这首诗表现的是蒙古军侵略给广大黎民百姓带来的深重灾难，"白骨纵横"、"破屋疏烟"展现出的是一片死寂的世界，令人心碎，让人肝胆欲绝。

新评

这组诗在质朴、简洁的叙写与描述中渗透着沉痛、悲愤的情感。第一首的前两句以平静的语气展现出累囚僵卧、如水毡车的战后景况，接下来两句便在红粉哭号的凄厉声中，将国破家亡、顾眷无所的悲凉之情淋漓尽致地表现出来。第二首以夸张的手法控诉了蒙古军抢掠财物、贪婪成性的强盗本质。木佛如柴、编钟四散，寥寥几笔就展现出乱世中国家沦亡、珍宝四散的现状，后两句则在控诉中见悲愤。第三首用的艺术手法是对比，前两句是今昔对比，即把今日的白骨纵横与昔日的安居乐业进行对比，后两句是眼前景况与内心意念对比，在巧妙的对比抒写中，表现出诗人深广的忧愤。

元好问的丧乱诗大多是七律的艺术体式，而这组诗却用七绝的体式和组诗的形式，将长镜头切割为一幅幅剪影式的画面，每首选取不同角度，集中抒写一事，最后以组诗的形式集合起来，就可以立体式地纵深展现乱世中的人事沧桑，可谓短小精悍、语短情长。从这里又可以看出元好问多样的艺术才情。

题刘才卿湖石扇头

题解

刘祁《归潜志》载，刘才卿名肃，字才卿，洺水(今河北威县)人。遗山这首题画诗意境空疏荒寒，色调冷淡，意绪萧瑟，流露了浓浓的故国之思。

幽涧云凝雨未干，曲池疏竹共荒寒。
扇头唤起西园梦，好似熙春阁下看。

新解

幽涧云凝雨未干，曲池疏竹共荒寒——这两句是描写画面上的景物，诗人选取的都是江南所特有的意象。首句从大处落墨，画出远景：幽深的山涧上空，飘浮着淡淡的轻云，湿润的空气如薄雾一般四处弥漫着，惹人愁思。“幽涧”，一作“幽硐”。“云凝”不但画出了嫩阴天气云朵的凝重，不似晴天时飘逸灵动，而且一语双关，暗示了在这样阴郁的日子里，画家的心境是伤感沉重的。第二句写眼前近景：曲曲折折的池水，疏密有致的绿竹，都在阴云下显得冷寂清幽，诗人用这些意象构成了一幅水汽氤氲而略带轻寒的江南小景。“幽”“凝”“曲”“疏”是营造意境、渲染气氛的主调，使得这幅画美则美矣，但清幽、凝重、曲折、荒疏，涌动着诗人远离家乡、落寞惆怅的情绪。

扇头唤起西园梦，好似熙春阁下看——这两句即景生情，诗人凝视着扇头上的画面，不由得黯然神伤：这景色多像自己梦中见到的西园，又多么像熙春阁前秀丽明净的景致啊！西园：在北宋旧都汴京附近，是当时的名园。遗山诗多有咏西园者，如《汴梁除夜》诗：“数日西园看车马。”《探花词》：“不见西园风露秋。”《郑先觉幽禽照水扇头》诗：“风流一枕西园梦。”皆指汴京之西园，后被蒙古军所占。熙春阁：亦在汴京，宋徽宗所建，蒙古军攻城时此阁毁于兵火。因此，西园和熙春阁均指遗山辞别多日、又梦牵魂绕的故国。这两句是借景抒情，诗人在诗中没有直言其情，却以“西园”“熙春阁”这两个富有象征意义的名词涵泳了诗人国破家亡的遗恨和身世飘零的怆痛，有“而今识尽愁滋味，却道天凉好个秋”的含蓄和深沉。

新评

这是一首触景生情之作。诗的前两句描写景物，用幽涧、凝云、曲池、疏竹这些有着伤感意味的意象渲染气氛，又加之“雨未干”的潮湿、“共荒寒”的冷清，营造了一个挥之不去的寂寞清冷的意境；后两句则用了“西园”“熙春阁”两个意味深长的指代，婉曲地表现诗人浓重的思乡情绪，给了读者以较大的想象馀地，有言外之意、韵外之致。无论写景还是抒情，都重在写境，由于融入了诗人的丰富感受，情景交融，所以能境中见人，含蓄蕴藉。

初挈家还读书山杂诗

题解

元好问自注云：“系舟，先大夫读书之所，闲闲公改为‘元子读书山’。”系舟山在山西忻州以西，诗人屡有咏及。这组诗写于金亡之后。饱经忧患、劫后馀生的元好问重返故乡，油然而生几分沧桑之感。杂诗共四首，这里选析其中第三首。

眼中华屋记生存，旧事无人可共论。
老树婆娑三百尺，青衫还见读书孙。

新解

眼中华屋记生存，旧事无人可共论——重返故乡，见到旧时华美的屋子，不禁追忆起少年时代的生活来。但饱经战乱，物是人非，以前的事现在已经没有人和我一起评说了。诗中作者凭着眼前一座老屋，睹物思人，别有一番滋味在心头。华屋：曹植《箜篌引》："生存华屋处，雪落旧山丘。"后来常以"华屋之丘"寄托存亡之感。

老树婆娑三百尺，青衫还见读书孙——那庭院中的老树依然枝叶茂盛，高高挺立。庆幸的是我还能见到穿着青衫正在读书的儿孙们。婆娑：形容树木枝叶纷披的样子。青衫：古代没有做官的读书人穿青衫，常用以指在读秀才。

新评

这首诗写的是元好问晚年的心态。诗作感情真挚，语调平和，伤感中透露出欣慰，悲怆中显示出信念，这一切非饱经忧患者不能道出。

论诗三十首(选三)

题解

据诗题下作者自注，《论诗三十首》作于金宣宗兴定元年(1217)，诗人当时28岁，因避兵乱寓居河南福昌(今河南宜阳三乡镇)。这组诗对汉魏至唐宋的重要诗人和诗歌流派作了系统的评论，提出了自己的诗歌主张，即发扬建安以来的优秀文学传统，表现天然真淳的内容，倡导豪劲刚健的风格，对其后的文艺理论和文学批评产生了广泛而深远的影响，是诗论作品中为人们所传诵的名篇。今选评其中三首。

其　四

一语天然万古新，豪华落尽见真淳。
南窗白日羲皇上，未害渊明是晋人。
自注：柳子厚，唐之谢灵运；陶渊明，晋之白乐天。

其 十

排比铺张特一途，藩篱如此亦区区。
少陵自有连城璧，争奈微之识碔砆。
自注：事见元稹《子美墓志》。

其二十二

奇外无奇更出奇，一波才动万波随。
只知诗到苏黄尽，沧海横流却是谁？

新解

一语天然万古新，豪华落尽见真淳——这首诗评陶渊明诗。“一语天然万古新”是说陶诗不施工巧、浑然天成，真如天造地设，自然而优美，清新而圆润。其久耐含咀蕴馀韵，历经沧桑而弥新，是中国古代诗歌宝库中的珍品。“豪华落尽见真淳”，是说陶诗表现的都是真诚淳朴的情愫，没有词藻的堆砌，只是自然地描绘。正如国色天香的美女，无需奢侈的粉黛，其天生之丽质，真淳之品性自然能使人陶醉。诗人极度赞美陶诗，正反映了自己的艺术追求，即自然地描绘性情、平淡地观照人生，真正做到“情性之外不知有文字”。诗人非常推崇陶诗中所描写的至意真情和所表现的物我交融的意境。因而他这样赞美陶诗：“君看陶集中，饮酒与归田。此翁岂作诗？直写胸中天。天然对雕饰，真赝殊相悬。”（《继愚轩和党承旨雪诗四首》）

南窗白日羲皇上，未害渊明是晋人——未害：不妨碍。这两句化用陶渊明《与子俨等疏》：“五六月中，北窗下卧，遇凉风暂至，自谓羲皇上人。”描绘出了一位旷达天真、尘氛难染的隐士形象，或“种豆南山下”而归，依枕小憩；或“好读书，不求甚解”，唯以心会。在时尚奢华的晋代，陶渊明竟也能过着这种淳朴天真而心旷神怡的生活，宛若伏羲时代的人。这里描绘的是陶渊明的人生追求，也正映衬了他的文学风格，是对前两句的有力呼应。在空谈玄理的晋代，陶渊明以其清新自然的诗风独树一帜，真可谓“心远地自偏”“诗淳时自古”。这深为元好问所推崇。

排比铺张特一途，藩篱如此亦区区——这首诗主要批评的是元稹对杜甫诗的不中肯评论。排比铺张：排偶和铺陈，指在诗中用一连串结构相同、对偶式的句子抒情状物详尽叙述。特一途：只不过是诗歌的写作手法之一。藩篱：门墙，范围。区区：形容微不足道。杜甫在后期写了一些长篇排律，并不是杜诗之精粹，但元稹在《子美墓志》中却大加赞扬，认为其“铺陈终始，排比声韵，大或千言，次犹数百”。针对元稹的失误，元好问鲜明地指出排比铺张并非杜诗的杰出之处，如将杜诗成就仅限于此就流于皮相之谈了。

少陵自有连城璧，争奈微之识碔砆——争奈：怎奈。微之：元稹字。碔砆：像玉的石块。这两句的意思是杜诗自有其精华之处，可惜元稹只看到其排比铺张，他是将“碔砆”当作“连城璧”了。那么杜诗的“连城璧”究竟何在？元好问在《杜诗学引》中指出杜诗吸纳“九经百氏古人之精华”而自成一家，达到了“学至于无学”的自然境界，这种熔铸古今物我而成的新合金，才是杜诗的“连城璧”。而元好问论诗所追求的也正是纵览古今、横跨南北、兼收并蓄的境界。从诗歌创作实践来看，元好问也正是杜甫之后诗家的集大成者。

奇外无奇更出奇，一波才动万波随——这两句主要批评的是为了“出新”而求“奇”、求“变”的形式主义倾向，如宋诗中的“生硬放逸”之弊。船子和尚偈云：“千尺丝纶直下垂，一波才动万波随。”姜夔《白石道人诗说》中有：“波澜开合，如在江湖中，一波未平，一波已作。”在这里元好问从诗歌发展的角度指出，从风骚到汉魏直至唐宋，文人们总是追求新奇，追求变化。本来已经“奇”了，“变”了，有人还要进一步去猎奇穷变，以致一波才起万波相随，终于造成了“沧海横流”、漫无所归的局面。

只知诗到苏黄尽，沧海横流却是谁——这两句批评苏轼、黄庭坚已经将诗体的变化做到了尽头，然而他们以及追随他们的江西诗派诗人还在那儿变本加厉更出新意。以宋诗而论，自西昆体出“时人争效之，诗体一变”（欧阳修《六一诗话》）；欧阳修、梅圣俞力矫西昆之弊，以平易疏淡出之，亦是一变；苏东坡、黄庭坚崛起诗坛，“矫晚唐而为杜，得其变而不得其正”（胡应麟《诗薮》），这又是一变。元好问认为这种“百态出新”是不可取的，他们都偏离了古雅正体。刘克庄《后村诗话》说：“元祐以后，诗人迭起，一种则波澜富而句律疏，一种则锻炼精而性情远，要之不出苏黄二体而已。”元好问说“沧海横流”，正是对苏黄诗体“波澜富而句律疏”的批评。他主张以唐诗为指归，“要波澜，不要无畔岸”（《诗文自警》之九）。

新评

《论诗三十首》是我国古代诗论的扛鼎之作。元好问论诗，标举清新自然，追求真情实感，讲究博采兼蓄，推崇慷慨雄健，其文学观对当今的文学创作仍有现实意义。一个不足而立之年的青年，在纷乱扰攘的年代，对中华民族悠久的诗歌史，导流析源，辨正疏伪，其神圣的使命感和强烈的正义感是不言而喻的；而其论诗观点之中肯，立论之精当，语言之犀利，格式之严整，更是难能可贵。《论诗三十首》无论是论诗的宗旨还是论诗的形式，都对我国诗学有重要的影响。

元好问写《论诗三十首》之时，金代文坛以李纯甫、雷渊为代表的一派，尚奇险艰深，重字句雕琢，影响很大。元好问曾描述此派之末流说：“南渡以来(指公元1214年迁都汴京)，诗学为盛，后生辈一弄笔墨，岸然以风雅自名，高自标置，转相贩卖；少遭指摘，终死为敌。一时主文盟者，又皆泛爱多可，坐受愚弄，不为裁抑；

且以激昂张大之语从谀之，至比为曹、刘、沈、谢者，肩摩而踵接，李杜而下不论也！”这些“后生辈”“高骞当父师，排击剧寇仇”，结果是“温柔与敦厚，扫灭不复留”。对于这种现象，元好问是持强烈的批评态度的。他认为应“别裁伪体亲风雅”，继承古代优秀的诗歌传统，摒弃浮躁和形式主义的弊病。《论诗三十首》对当时金代的文坛有着明显的扬正斥伪、激浊扬清的作用。元好问认为作诗是一种崇高的人生追求，必须有强烈的献身精神，“由诚而言，由言而诗”“求追配古人，欲不死生于诗，其可已乎”。他认为“文章千古事业，如日星昭回，经纬天度，不可少易”（王恽《秋涧集》）。正因为元好问有如此高远的胆识和胸襟，才能不恤后生小子的僭越之嫌，慨然于“沧海横流”之际，挺身而出，力为疏导。所以郝经《元遗山墓铭》说：“方吾道坏烂，文曜曀昧，先生独能振而鼓之，揭光于天，俾学者归仰，识诗文之正而传其命脉，系而不绝。其有功于世又大也！”

元好问自觉继承前人的优秀文化传统，论诗的形式和观点都明显受到了钟嵘《诗品》和杜甫《戏为六绝句》的影响，但在对陶渊明、谢灵运、王粲、潘岳等人的评论以及论诗内容的丰富、论诗体系的精密、论诗态度的自觉等方面，《论诗三十首》的意义大大超越了《诗品》和《戏为六绝句》的范畴，在传统的诗论体裁中确立了一个新的领域，对中国古代文学史和文学批评史有着不可磨灭的贡献。其后论诗的作者绵绵不绝，使“以诗论诗”成为我国富有民族特色的别具一格的理论形态。正如《元好问诗论的民族特色》一文中所说，元好问“其诗学宗旨之正大、渊源之广博、含蕴之精深、造诣之浑成，是令人叹服的”，“其承于前代者，愈求之而无穷；其利于后人者，虽百世而不斩”。

同儿辈赋未开海棠二首

题解

金亡后，晚年的元好问隐居乡里，每日以编史吟诗为务，内心渐趋平淡。这两首吟咏海棠的诗作，笔法细腻，色彩浓艳，已不再有中年诗作中的苍凉悲慨之气了。

一

翠叶轻笼豆颗匀，胭脂浓抹蜡痕新。
殷勤留著花梢露，滴下生红可惜春。

二

枝间新绿一重重，小蕾深藏数点红。

爱惜芳心莫轻吐，且教桃李闹春风。

新解

翠叶轻笼豆颗匀，胭脂浓抹蜡痕新——翠绿的海棠叶子轻轻地包笼着豆子般均匀的蓓蕾，含苞欲放的花朵像厚厚地涂抹了一层胭脂似的。海棠的花蒂就像上过蜡一样清新明亮。豆颗：豆子。这里比喻花蕾，海棠未开时花瓣对开如豆状。胭脂：一种红色颜料，用红蓝花或苏木制成，常用以形容花的颜色。这里用胭脂浓抹来形容海棠花的红艳。蜡痕：指海棠的花蒂，其形态如蜡。梅尧臣《海棠》诗："胭脂色欲滴，紫蜡蒂何长。"这两句写的是未开海棠。"轻笼"形象地表达出翠叶轻轻护卫着未开海棠的情态；"浓抹"极其神似地表现出海棠花蕾的鲜艳夺目。

殷勤留著花梢露，滴下生红可惜春——我诚挚地叮嘱新生的海棠，你一定要把花梢上的露珠留住，否则，如果把那美丽的红色连着滴了下来，就要令人惋惜春光的流逝了。这两句紧承上两句，抒发了诗人审美惜春的思想感情。殷勤：情真意切，表现出诗人的爱美之情。生红：指花朵鲜明的红色。元好问在词作《清平乐·香团娇小》中有句云："生经闹簇枯枝，只愁吹破胭脂。"两首作品用词相似，艺术旨趣相同。

枝间新绿一重重，小蕾深藏数点红——海棠枝间新长出来的绿叶重重叠叠，枝繁叶茂，点点红色的小花蕾就深深地藏在其中。蕾：含苞欲放的花朵。这两句用词精当，刻画细腻。新绿、小蕾都是新长出来的，招人怜爱。而"重重"、"数点"则更生动具体地描绘出海棠疏密相间、生机勃发的情态。

爱惜芳心莫轻吐，且教桃李闹春风——艳丽绝尘的海棠，好好珍爱自己的芳心，切莫向人吐露。让那些应时而发的桃李热闹去吧！这两句当是诗人的寄托之词，写得别开生面，将庄重的理趣隐含在诚挚的情感中，可谓妙合无垠。从题目来看，这些寄寓是对儿孙们所发。诗人饱经人世沧桑之后，早已失去了中青年时代的壮怀激烈，那逼人的锋芒已被平淡的笑谈所替代。在看似随意的抒写中寓含了元好问沉甸甸的人生感受，其中有期盼，也有隐忧，可谓寄慨遥深。

新评

这是一组真切新颖、别具一格的咏物诗，作者借助对未开海棠形态、情状、色泽的描绘，表达出惜春的主题。两首诗作都是先咏物，后抒怀，第一首诗前两句用笔细腻独到，写景设色富有情韵。用一"匀"字形象地表现出未开海棠花蕾娇美无比的情态，同时，为显示海棠花蕾的红艳迷人，作者又先后用"胭脂浓抹""蜡痕新"两组语词作比喻，用笔极其传神生动，读后仿佛眼前展现出一幅栩栩如生的未开海棠的真切画面。后两句抒发的是作者惜春的情怀，这里不仅包含着对含苞欲放的海棠花蕾的怜爱，更隐含着对岁月倏忽、青春易逝的人生感叹。诗句中"殷勤”、“可惜”等语词就贯注着作者的情志。第二首前两句浓墨重彩：枝间那重重新绿，那被绿叶掩映着的数点新红的花蕾，这一切都写出了未开海棠的枝繁叶茂，生机勃发，宛如一幅寄寓着强烈主观意兴的水墨画。而后两句笔锋一转，以拟人化手法寄托了作者对风华正茂的儿辈们的殷切深情和期望。

这两首诗在淡雅之中透露出深沉，形象之中显示出哲理，是咏物与言志妙合无垠的优秀诗作。

◎词

摸鱼儿

题解

这首词作于金章宗泰和五年(1205),当时元好问年仅十六岁。在赴并州(今山西太原)应试途中,他被一只大雁殉情的事深深感动。他买雁葬于汾水旁,并写了这首词。后又据〔摸鱼儿〕的词调加工改定。词作高度赞美了大雁殉情之可贵,谱写了一曲坚贞爱情的颂歌。

乙丑岁赴试并州,道逢捕雁者云:"今日获一雁,杀之矣。其脱网者悲鸣不能去,竟自投于地而死。"予因买得之,葬之汾水之上,累石为识,号曰雁丘。时同行者多为赋诗,予亦有《雁丘辞》。旧所作无宫商,今改定之。

恨人间,情是何物,直教生死相许。天南地北双飞客,老翅几回寒暑。欢乐趣,别离苦,是中更有痴儿女。君应有语。渺万里层云,千山暮雪,只影为谁去?　　横汾路,寂寞当年箫鼓。荒烟依旧平楚。招魂楚些何嗟及,山鬼暗啼风雨。天也妒。未信与,莺儿燕子俱黄土。千秋万古。为留待骚人,狂歌痛饮,来访雁丘处。

新解

恨人间,情是何物,直教生死相许——大雁的生死至情深深地震撼了作者,他将自己的震惊、悲恸、同情、感动,化为有力的诘问,问自己、问世人、问苍天,究竟"情是何物"?起句陡然发问似雷霆万钧,破空而来;如熔岩沸腾,奔涌而出。正如后来汤显祖在《牡丹亭·题词》中所说:"情之所至,生可以死,死可以复生,生不可以死,死不可以复生者,皆非情之至也。"情至极处,具有起死回生的力量。情是何物,竟至于要生死相许?作者的诘问引起读者深深的思索,引发出对世间生死不渝真情的热情讴歌。在"生死相许"之前加上"直教"二字,更加突出了"情"的力量之奇伟。词的开篇用问句,突如其来,先声夺人,犹如盘马弯弓,为下文描写雁的殉情蓄足了笔势,也使大雁殉情的内在意义得以升华。

天南地北双飞客,老翅几回寒暑——这二句写雁的感人生活情景。大雁秋天南下越冬而春天北归,双宿双飞。作者称他们为"双飞客",赋予它们的比翼双飞以世间夫妻相爱的理想色彩。"天南地北"从空间落笔,"几回寒暑"从时间着墨,用高度的艺术概括,写出了大雁的相依为命、相濡以沫的生活历程,为下文的"殉情"做了必要的铺垫。

欢乐趣,别离苦,是中更有痴儿女——是中:于此,在这里面。这几句是说大雁长期以来共同生活,既有团聚的快乐,也有离别的酸楚,在平平淡淡的生活中形成了难以割舍的一往情深。长期以来,这对"双飞客"早已心心相印,痴情挚爱,矢志不渝。"痴儿女"三字饱含着词人的哀婉与同情,也使人联想到人世间更有许多真心相爱的痴情男女。

君应有语。渺万里层云,千山暮雪,只影为谁去——君:指殉情的大雁。这四句是对大雁殉情前心理活动细致入微的揣摩描写。当网罗惊破双栖梦之后,作者认为孤雁心中必然会进行生与死、殉情与偷生的矛盾斗争。但这种犹豫与抉择的过程并未影响大雁殉情的诚挚。相反,更足以表明以死殉情是大雁深入思索后的理性抉择,从而揭示了殉情的真正原因:相依相伴、形影不离的情侣已逝,自己形孤影单,前路渺茫,失去一生的至爱,即使苟活下去又有什么意义呢?于是痛下决心,"自投于地而死"。"万里""千山"写征途之遥远,"层云""暮雪"状前景之艰难。此四句用烘托的手法,揭示了大雁心理活动的轨迹,交代了殉情的深层原因。

横汾路,寂寞当年箫鼓。荒烟依旧平楚——这几句借助对历史胜迹的追忆与对眼前自然景物的描绘,渲染了大雁殉情的不朽意义。"横汾路"指当年汉武帝巡幸处。"寂寞当年箫鼓"是倒装句,即当年箫鼓寂寞。楚:即丛莽,平楚就是平林。这几句说的是,在这汾水一带,当年本是帝王游幸欢乐的地方,可是现在已经一片荒凉,平林漠漠,荒烟如织。据《史记·封禅书》记载,汉武帝曾率文武百官至汾水边巡祭后土,武帝做《秋风辞》,其中有"泛楼船兮济汾河,横中流兮扬素波,箫鼓鸣兮发棹歌"之句,可见当时是箫鼓喧天,棹歌四起,山鸣谷应,何等热闹。而今天却是四处冷烟衰草,一派萧条冷落景象。古与今,盛与衰,喧嚣与冷落,形成了鲜明的对比。在这几句中,词人用当年武帝巡幸,煊赫一时,转瞬间烟消云散,反衬了真情的万古长存。

招魂楚些何嗟及,山鬼暗啼风雨——些(suò),句末象声词。《楚辞·招魂》句尾均用"些"字,所以称"楚些"。这句意思是武帝已死,招魂无济于事。山鬼自啼风雨——《楚辞·九歌》中有《山鬼》篇,描写山中女神失恋的悲哀。这里说的是山鬼枉自悲啼,而死者已矣。以上两句借《楚辞》之典反衬了殉情大雁真情的永垂不朽。

天也妒。未信与,莺儿燕子俱黄土——大雁生死相许的深情连上天也嫉妒,所以这对殉情的大雁决不会和一般的莺儿燕子一样化为黄土。而是"留得生前身后名",与世长存,永垂不朽。这几句从反面衬托,更加突出了大雁殉情的崇高价值,为下文寻访雁丘做好铺垫。

千秋万古。为留待骚人,狂歌痛饮,来访雁丘处——这是从正面对大雁的称赞。词人展开想象，千秋万古后，也会有像他和他的朋友们一样的“钟于情”的骚人墨客，来寻访这小小的雁丘，来祭奠这一对爱侣的亡灵。“狂歌痛饮”生动地写出了人们的感动之深。全词结尾，寄寓了词人对殉情者的深切哀思，延伸了全词的历史跨度，使主题得以升华。

新评

这首词名为咏物，实在抒情。作者驰骋丰富的想象，运用比喻、拟人等艺术手法，对大雁殉情而死的故事，展开了深入细致的描绘，再烘托以充满悲剧气氛的环境描写，塑造了忠于爱情、生死相许的大雁的艺术形象，谱写了一曲凄婉缠绵、感人至深的爱情悲歌。词作中大雁的惨死正象征着青年男女纯真爱情遭受的磨难和摧残，词中对殉情大雁的歌颂，即是对纯真爱情的礼赞，其中深深寄托了词人进步的爱情理想。词作以帝王盛典之消逝反衬雁丘之长存，正说明纯真爱情在词人心目中有着至高无上的地位，也是词人朴素的民本思想的折光。词中写殉情之雁不会与莺儿、燕子一样化为黄土，正是强调其忠于爱情的精神不朽。词人站在历史的高度，写出了这种精神的永不磨灭，使读者不能不佩服他的惊人识见。这首作品中的崇情意识，与辽金文学率真尚情之传统一致，和词人年少之浪漫痴情有关，也与《董解元西厢记》和后来元杂剧肯定个人价值和欲望的精神相通。全词情节并不复杂，行文却腾挪多变。围绕着开头的两句发问，层层深入地描绘铺叙。有大雁生前的欢乐，也有死后的凄苦，有对往事的追忆，也有对未来的展望，前后照应，上下勾连，寓缠绵之情于豪宕之中，寄人生哲理于情语之外，清丽淳朴、温婉蕴藉，具有很高的艺术价值。

元好问的词作本以雄浑博大见长。在这首词中词人以健笔写柔情，熔沉雄之气韵与柔婉之情肠于一炉，确实是柔婉之极而又沉雄之至。清人刘熙载评元好问词时说“疏快之中，自饶深婉，亦可谓集两宋之大成者矣”（《艺概·词曲概》）。这首《雁丘词》正是摧刚为柔，“疏快之中，自饶深婉”的范例。

江城子

题解

这首词作于金章宗泰和七年(1207)，词人于此年完婚，时年十八岁。词作描写了一位情意绵绵的女子，从早到晚都在寂寞中等待意中人的情景，格调凄婉，回环缠绵。

行云冉冉度关山，别时难，见时难！怅望南风，早晚送云还。

心事情缘千万劫，无计解、玉连环。　　夕阳人影小楼间，曲阑干，晚风寒。料得而今，前后望归鞍。寂寞梨花枝上雨，人不见，与谁弹？

新解

行云冉冉度关山，别时难，见时难——行云冉冉：云彩流动的样子，这里喻游子行踪不定。关山：泛指关隘与山川。词作以对行云的描写起句，自然带出了思妇的抱怨。这几句意思是行云冉冉，飘荡东西，正像我的心上人行踪不定，来去匆匆，相聚的时间太短，即刻又得分离，真是“相见时难别亦难”。

怅望南风，早晚送云还——南风：即和风。《诗经·邶风·凯风》中有“凯风自南，吹彼棘心”。这两句是说：我满怀惆怅，希望祥和的南风将冉冉的行云送至家门前。寓有愿爱人早归之意。

心事情缘千万劫，无计解，玉连环——情缘：男女间情爱之因缘。劫：佛家语。源于古印度婆罗门教，认为世界经历若干万年毁灭一次，尔后又重新开始，此一灭一生称作“一劫”。“无计解，玉连环”意思是环无端，多环贯联不可解，谓之连环。《战国策·齐六》：“秦昭王尝遣使者遗君王后玉连环，曰：‘齐多知，而解此环不？’君王后以示群臣，群臣不知解。”古人认为婚姻都是天生的姻缘，词人在《三奠子》(帐韶华流转)中，亦有“再生缘”之说。这里借用佛家的因缘说，将思妇和游子的恩爱之情写得超越了时空，历千万劫而永存。其中的情缘又怎么能够说得清，如何能够解得开呢？这里思妇的哀怨已被描绘得茫茫无际，亘古至今，仿佛词人笔下之思妇，承担着世间所有思妇的哀怨。

夕阳人影小楼间，曲阑干，晚风寒——下片紧承对思妇白天惆怅情态的描写，勾勒出傍晚时分晚风吹寒，思妇在小楼间依栏守望、孤独徘徊的情景。写夕阳中的思妇形象用“人影”一词，极其微妙。时间已是傍晚，光线由明转暗，影影绰绰望去，仍见小楼间曲栏旁思妇茕茕孑立的身影，她已守望了一天，晚风寒气袭人，但她仍在无望地坚持着。此处写思妇心理，生动逼真，其形象呼之欲出，令读者不禁为之落泪。

料得而今，前后望归鞍——思妇正在依栏而望，料想她现在正在前后顾盼，焦灼不安，那么爱人的归期又在何时呢？这两句是对思妇心理活动的进一步揣摩，思妇望归不归，衷情无以倾诉，故焦虑顾盼，愈见其孤独无状，凄苦难熬。归鞍：古代男子乘马出行，此处以“归鞍”借代“回家”之意。

寂寞梨花枝上雨，人不见，与谁弹——思妇默默垂泪，如梨花枝头滴雨，但心上人不在眼前，幽泪暗抛，苦水独尝，又有谁知？用梨花带雨喻思妇落泪，含蓄隽永，意象非常美丽。因为其美丽，更容易引起读者强烈的感情共鸣。

新评

白居易《长恨歌》中有“玉容寂寞泪阑干，梨花一枝春带雨。”柳永《雨霖铃》中有“便纵有千种风情，更与何人说”。元好问巧妙地予以化用，将皇妃的痛苦、才子的哀怨熔铸在一起，产生了感人肺腑的艺术魅力。结尾的一个“弹”字，形象地写出了思妇挥泪如雨的情景。杨万里《罗溪望夫岭》诗亦有“向人弹泪绕天流”之句。这是元好问又一首动人的情词。

点绛唇

题解

这首词作于金章宗泰和八年(1208)，元好问时年十九岁，在长安准备参加秋试。词作表现的是传统的伤春主题，抒发了词人“无计留春住”的怅惘之情。

沙际春归，绿窗犹唱留春住。问春何处，花落莺无语。　　渺渺吟怀，漠漠烟中树。西楼暮，一帘疏雨，梦里寻春去。

新解

沙际春归，绿窗犹唱留春住——沙际：水边。因为春来先遣杨柳青，春在柳梢头；近水杨柳先绿，正是“沙际春来”。而暮春时节，春色似乎和柳絮一道随着流水飘走了，所以词人吟咏道“沙际春归”。绿窗：这里指歌女所居之所。李益《春晓闻莺》有“绿窗残梦晓闻莺”之句。这两句是说春已归沙际，然而仍有人春归而不知，犹自痴情挽留。起句看似平淡，但平淡中含有无限的画面。第二句借人喻己，巧妙地写出了词人自己爱春、惜春的深情厚意。

问春何处，花落莺无语——既然爱春情意殷切，那么，春归之后自然要苦苦寻觅，这是爱春之情的发展。然而问春却得不到回答，只见落花飘零，黄莺也默默不语。欧阳修《蝶恋花》：“泪眼问花花不语，乱红飞过秋千去。”王安国《清平乐》：“留春不住，费尽莺儿语。”黄庭坚《清平乐》：“春无踪迹谁知，除非问取黄鹂。百啭无人能解，因风飞过蔷薇。”上述诸作，或问花，或问鸟，不论是落花还是啼莺，总还有点春天的影子。而这首词中，不仅是问而无答，乃更无可问讯。“花落莺无语”，春光老尽，连一点声息都没有了。

渺渺吟怀，漠漠烟中树——吟怀：指伤春的情怀。这两句紧承上片寻春，极目远望，仍不见春之踪影。“漠漠烟中树”，意象似从李白“平林漠漠烟如织”化来，是高楼远眺之景，又仿佛“渺渺吟怀”的物化形态。

西楼暮，一帘疏雨，梦里寻春去——寻春不到，只有在日暮归楼后，梦中去寻觅了。

新评

此词结句“梦里寻春去”，语淡情深。现实之春确已逝去，而词人不作绝望颓唐之想，还要到梦境中去追寻。这种对美好事物的执著追求，正反映了词人年轻健康的心态。其中，“问春何处，花落莺无语”，与欧阳修《蝶恋花》中“泪眼问花花不语，乱红飞过秋千去”有异曲同工之妙。

摸鱼儿

题解

此词作于贞祐丙子年(1216)，时元好问避兵乱于河南三乡。词序中交代，民家小儿女殉情的故事是梁国用告诉李用章，作者从李用章处听说的。这首词和《雁丘词》为姊妹篇，都是作者青年时代歌咏爱情的名篇。词作表现了作者对青年男女自由爱情的高度赞美，以及对其不幸结局的深深同情和哀悼。

泰和中，大名民家小儿女有以私情不如意而赴水者，官为踪迹之，无见也。其后踏藕者得二尸水中，衣服仍可验，其事乃白。是岁，此陂荷花开，无不并蒂者。沁水梁国用时为录事判官，为李用章内翰言如此。此曲以乐府《双蕖怨》命篇。“咀五色之灵芝，香生九窍；咽三清之瑞露，春动七情”，韩偓《香奁集》中自叙语。

问莲根，有丝多少，莲心知为谁苦？双花脉脉娇相向，只是旧家儿女。天已许，甚不教、白头生死鸳鸯浦？夕阳无语。算谢客烟中，湘妃江上，未是断肠处。　　香奁梦，好在灵芝瑞露。人间俯仰今古。海枯石烂情缘在，幽恨不埋黄土。相思树，流年度，无端又被西风误。兰舟少住。怕载酒重来，红衣半落，狼藉卧风雨。

新解

词序交代了词的原委。泰和为金章宗年号(1201—1208)。大名：金正隆二年(1157)置大名府路，治所大名府在今河北大名县。《双蕖怨》为本词原题篇名。双蕖即并蒂的荷花。韩偓《香奁集自序》所说“三清”，源自道家，以玉清、上清、太清为三清境，指人天之外的圣境。韩偓为晚唐诗人，万年(今西安市)人，其诗格调柔靡，华丽精致，时称“香奁体”。

问莲根、有丝多少，莲心知为谁苦——“藕断丝连”常被人用来形容情意不绝，唐孟郊诗“妾心藕中丝，虽断犹牵连”正是此意。这几句中“丝”谐“思”。男女双双殉情，沉于荷花塘，化身为并蒂莲，莲根(藕)之“丝”，自然就是他们的爱情之“思”。而“莲心”亦即人心，他们生不能结为伉俪，被迫而死，其冤其苦，可想而知。词作以“问”字起句，领起“莲根”“莲心”两句，与《雁丘词》的起句方法相同。起句发问多是作者对吟咏的对象，深有感触，激动不已，酝酿再三，至不可按捺时，冲口而出，其发问的问题往往是其思考的核心，也是全词抒情的线索。问句开启了词人感情的闸门，激情似洪水巨流，奔涌而出。

双花脉脉娇相向，只是旧家儿女。天已许，甚不教、白头生死鸳鸯浦——双花脉脉含情，温柔相向的形象，正是“大名民家小儿女”的形象。词人以花拟人、以人拟花，既是拟人，又是拟物，写出了“双花”亦即这对“痴儿女”相互依恋的情态。接着是无比悲愤的质问：痴情儿女，在人间不能结合，而死后却能化作并蒂莲，说明他们生死不渝的爱情已经得到了“天”的同情与首肯。那么，为什么不让这样的一对“痴情儿女”在人间白头偕老呢？这个问句，闪现出向封建礼教抗争的火花，说明作者崇情的思想已升华到一个新的高度。

夕阳无语。算谢客烟中，湘妃江上，未是断肠处——作者的发问未能得到什么回答，唯见夕阳默默无语。看来夕阳也在沉思，也在悲痛。这一悲痛的氛围经作者渲染，已极其浓郁，进而笼罩了四周的景物。谢客：南朝宋谢灵运，其小字“客儿”。他的《伤己赋》，所写皆伤感之境，伤感之情，其中有“播芬烟而不熏，张明镜而不照”之句。湘妃：指传说中舜的二妃娥皇、女英。舜南巡，死于苍梧之野。二妃寻而不得，遂自投湘水而死。谢客伤怀于烟中，湘妃自投于湘水，这本来都是极伤至悲之境，但词人却说，这些都“未是断肠处”。显然，最令人“断肠处”，就在这民家“小儿女”殉情之荷花塘了。这里曾沉下殉情者的肉体，而眼下正开着他们魂魄化成的并蒂莲花。在词人眼里，名士的悲伤、帝妃的殉节，均无法与这对“小儿女”的以死殉情相比，“小儿女”的殉情更悲苦，更使人同情，更使作者痛心疾首。这种朴素的民本思想，十分难能可贵。

香奁梦，好在灵芝瑞露，人间俯仰今古——香奁梦：借用韩偓诗意，谓深闺中的好梦。灵芝瑞露：形容这对青年爱情的圣洁。俯仰：低头和抬头，喻很短的时间。这几句意思是，如此纯真圣洁的美好爱情，在人世间却难以长久，“俯仰之间，已为陈迹”，令人悲叹不已。这几句自然领起了下片对纯真爱情的高度赞颂。

海枯石烂情缘在，幽恨不埋黄土。相思树，流年度，无端又被西风误——“海枯石烂”两句是对“小儿女”爱情坚贞永固的盛赞。指出他们的爱情是永存的，他们的“幽恨”也是黄土所掩埋不掉的，必将永垂不朽。“相思树”源自《列异传》，韩凭同其妻何氏殉情而死后，其墓穴之树枝叶覆盖交通，被人称为“相思树”。“相思树”后成为古代爱情悲剧的象征。“西风”即肃杀的秋风，象征封建势力、封建礼教。古代的爱情悲剧随着时光的流逝又一次重演。今日“无端”又被“西风误”者，则是这对青年，他们被“误”，以至于死，罪在那充满杀气的“西风”。“无端”二字用得极好，既是对“西风”的鞭挞，指出其对青年男女爱情横加干涉，粗暴而蛮横，也表明了青年男女爱情的纯真无辜和作者正义的立场。

兰舟少住。怕载酒重来，红衣半落，狼藉卧风雨——兰舟：对船的美称。红衣：指荷花。这几句意思是：兰舟且暂作停留。(我)怕载酒重来之时，荷花已经凋零，池中一片狼藉。一个“怕”字，准确地表达了词人的珍爱、怜惜之情。这几句是对全词的收束，其含义又宕开一层，由对往事的回顾，转入对未来的展望揣测，美好的事物可能要再次遭到摧毁，增添了全词的悲剧气氛。

新评

这首词与《摸鱼儿》(恨人间)、《三奠子》(怅韶华流转)以及元好问的《续小娘歌》和30馀首杏花诗可以合观，从中发现诗人极为生动丰富的情感世界。令人感叹其深情重义、高尚清纯而又细腻柔婉的审美情趣和悲天悯人的博大胸怀。

江月晃重山

题解

本词作于金宣宗兴定二年(1218)。这一年蒙古军南侵，词人由三乡(今河南宜阳县)移居登封(今河南登封市)。嵩山在登封北，古称“中岳”。词人站在嵩山上，未必能望见塞北，词中虚拟出一组边塞壮景，意在抒发为国立功的豪壮情怀，表明对收复故土充满信心。

塞上秋风鼓角，城头落日旌旗。少年鞍马适相宜。从军乐，莫问所从谁。　　候骑才通蓟北，先声已动辽西。归期犹及柳依依。春闺月，红袖不须啼。

新解

塞上秋风鼓角，城头落日旌旗——这两句描写了秋日边塞的雄壮景象：鼓声和号角声在秋风中交响，城头的旗帜在夕阳的照耀下迎风飘扬。词作从描写边塞特有的风光入手，顿时将读者带入充满了雄浑苍茫氛围的塞上。范仲淹《渔家傲》有“塞下秋来风景异”“四面边声连角起”等句，但全词格调悲凉。本词前两句更为凝练，全词格调更为豪迈、雄壮。

少年鞍马适相宜。从军乐，莫问所从谁——适：恰好。“从军乐，莫问所从谁”系化用王粲《从军诗》“从军有苦乐，但问所从谁。所从神且武，焉得久劳师”。然而变其“但问”为“莫问”，突出强调了青年们踊跃从军的豪情。秋风中的塞上正是青年人跨马从军、一显身手的绝好场所。从军自有从军的快乐，无论跟随的是谁，都乐于效命沙场。无论是哪一个青年从军，都能享受到有用武之地的快乐。这几句写出了从军少年英气勃发、跃跃欲试的动人形象，词人之豪情壮志溢于言表。

候骑才通蓟北，先声已动辽西——候骑：侦骑、侦察兵。通：到达。蓟：地名，在今北京城西。辽西：指辽河以西，今辽宁省中部一带。这两句极言军队声威之盛，胜券稳操。《孙子·谋攻》中有“故善用兵者，屈人之兵，而非战也；拔人之城，而非攻也；毁人之国，而非久也”。在充满必胜信念的词人看来，这些从军的“少年”奋勇作战，定能先声夺人，大获全胜。

归期犹及柳依依——柳依依：源自《诗经·小雅·采薇》：“昔我往矣，杨柳依依；今我来思，雨雪霏霏。”原用来描写士卒出征岁月之久。这里词人反其意而用之，意思是秋日从军，在杨柳依依的春天，就可得胜而归，时间不会太久。

春闺月，红袖不须啼——春闺：春日的闺阁。红袖：代指佳人，词中指闺中思妇。这两句意思是到了春天，闺中的思妇也不必因相思而流泪，征人连战连胜，可以很快凯旋。

新评

《江月晃重山》是将《西江月》头三句和《小重山》后两句串合而成的词牌，这个词牌分上下片，各五句，上下片句法完全相同。“晃”是明亮照耀的意思。词人这首作品内容和词牌的格式结合得很好，可谓内容美和形式美交融互见。“西江月”前两句各六字，两字一个词组，节奏按节拍，应为x x x x x x x x x x x x，读起来舒缓，速度较慢。这首作品上片前两句一写听觉形象，一写视觉形象，内容舒展，境界辽阔，正与词牌固有节奏适合。从写作线索来看，这两句先勾画出大的背景，然后层层累加意象，像摄影镜头缓缓推进，照出了塞上落日的雄浑画面。“西江月”第三句七个字，节奏应为x x x x x x x，速度稍快。这首词的上片第三句正是对前两句的一个概括，结论是无可怀疑的，自然读(唱)起来速度稍快。“小重山”末两句，句子简短，结构紧凑。节奏似应为x x x x x x x x ○。词作中“从军乐”两句正表现了一个十分高涨的情绪，速度很快，似不假思索，脱口而出，生动地描绘出了从军少年信心百倍、豪情满怀的形象。词作下片前两句是两个主谓宾俱全的陈述句，描述了军队作战的情景，节奏稍显稳重。接着又是一个概括性的结论，节奏变紧，速度加快。到最后两句已是铿锵有力地表明信心，情绪发展达到高潮，亦与“江月晃重山”词牌的格式紧密结合。“江月晃重山”之曲谱今已失传，然而我们通过元好问这首词作的内容可以推想出其吟咏乃至演唱时的情景。总之，这首词起句凝重，继而雄壮，归于激昂，与词牌的格律贴切融合、相得益彰。

水调歌头

汜水故城登眺

题解

这是一首登临怀古之作。作于金宣宗兴定五年(1221)，作者时年三十二岁。汜水：古县名，汉代名成皋，隋代改名汜水，今属河南省荥阳市，楚汉成皋之战在这一带进行。成皋之战中汉军重创楚军，楚军自此元气大伤，终为汉灭。这首词由凭吊楚汉古战场着笔，追述了刘邦、石勒等人的英雄业绩，抒发了词人抑郁难平的情怀。

牛羊散平楚，落日汉家营。龙拏虎掷何处，野蔓罥荒城。遥想朱旗回指，万里风云奔走，惨澹五年兵。天地入鞭箠，毛发懔威灵。　　一千年，成皋路，几人经？长河浩浩东注，不尽古今情。谁谓麻池小竖，偶解东门长啸，取次论韩、彭。慷慨一尊酒。胸次若为平！

新解

牛羊散平楚，落日汉家营。龙拏虎掷何处，野蔓罥荒城——楚：丛林。龙拏虎掷：指楚汉战争如龙虎相搏掷。罥(juàn)：挂。开头四句紧承词题，描写了在汜水故城登眺看到的景象：牛羊散走在丛林之中，夕阳的馀晖映照着昔日汉军的废垒，给人一种和平安宁的景象。那么往日激烈的战斗究竟发生在何处？此时只能看到野草丛生的荒废城池。这几句由眼前景物追述历史陈迹，寄怀古之思。以凝重之笔，绘苍凉之景；以沉雄之气概，溯历史长河。使全词浸透了一种沉郁劲健的沧桑之感，为下文抒情蓄势。

遥想朱旗回指，万里风云奔走，澹淡五年兵——朱旗：指汉军旗帜。风云：指局势。《后汉书·皇甫嵩传》有“将军权重于淮阴，指麾足以振风云，叱咤可以兴雷电”。奔走：役使、驱使。这几句由“遥想”领起，自然转入了对昔日楚汉战争的回顾，当年汉高祖刘邦运筹帷幄，成皋一战，终于扭转了局势，奠定了汉室基业。回忆起刘邦的丰功伟绩，词人自然感慨颇多。“回指”“奔走”两词准确生动地写出了刘邦指挥若定、军令如山，也写出了汉军动作的迅速快捷。“奔走”多用来形容人的动作、情态，而词人用其来形容“风云”，既渲染了风起云涌的战争氛围，又使“朱旗回指”的力量显得澎湃涌动。“惨澹五年兵”是对战争总的概括，同时自然引出了对战争惨烈进一步的描写。辛弃疾《木兰花慢》有“想剑指三秦，君王得意，一战东归”，这首词在描写战争方面，较少辛词之豪迈，而其浑厚深沉过于辛词，这当与词人饱受战争磨难的经历有关。牟端明《金缕曲》评元好问云“扑面胡尘浑未扫，强欢讴，还肯轩昂否”，是相当中肯的。

天地入鞭箠，毛发懔威灵——鞭箠：鞭打。毛发：指草木。懔：畏惧害怕。威灵：声威。词人以夸张之笔，写出了战争的惨烈和骇人听闻。在词人笔下，天地也遭受了残酷的鞭打，草木亦畏惧战争的声威。惨烈的战争席卷包裹了一切，天地万物，大而无外，小而无内，无不慑服于战争的威势。

一千年，成皋路，几人经——过片紧承上片对楚汉战争的描摹，转入千年历史的回顾。楚汉战争距词人创作这首词已经一千四百多年了。一千多年，星移斗转，沧海桑田，成皋之战的故址上，又有多少人从此经过，这里又发生了多少故事，产生了多少传说？

长河浩浩东注，不尽古今情——长河：指黄河。这两句是说：滔滔黄河，浩浩荡荡向东流去，好像也在诉说着历史。词人以“成皋路”和“长河”作为历史见证，抒发慷慨壮怀，也自然引出下文对石勒的评论。

谁谓麻池小竖，偶解东门长啸，取次论韩、彭——词人联想到后赵皇帝石勒的故事。“麻池小竖”源自《晋书·石勒载记》，竖指奴仆。石勒曾与邻居为争沤麻池，互相殴击。他幼年曾被卖为奴仆。“东门长啸”指石勒曾随邑人行贩洛阳，倚啸上东门，王衍见而异之。石勒称帝后，评论自己说：“朕若逢高皇(汉高祖刘邦)，当北面事之。然犹与韩、彭(韩信、彭越)竞鞭争先耳。”石勒的故乡在上党武乡(今山西榆社县)，与元好问故乡秀容(今山西忻州)相距不远，中原一带又是当年后赵政权的核心地区，词人于汜水故城登眺，自然联想到历史上活跃于此地的英雄人物。石勒不过是个奴隶，竟然干出了一番事业。词人抚今追昔，个人的感慨不平也蕴寓其中。

慷慨一尊酒。胸次若为平——胸次：即心情。若为平：是如何能平静的意思。杨炯《从军行》有“烽火照西京，胸中自难平”之语，表达了读书士子勇于从军边塞的一腔爱国激情。然而词人所处的环境更为复杂。金末，蒙古铁骑大举南侵，国势危如累卵，却无人能像高祖刘邦那样朱旗回指，收拾残局，挽狂澜于既倒，恢复失地。这岂不令人痛心疾首，壮怀消歇？连后赵石勒那样的“麻池小竖”都敢臧否前贤，俨然有吞并天下之志，岂能“堂堂中国空无人”，丧师失地，让大好河山任人宰割呢？

新评

词作由描写野草荒城的景象落笔，进而回顾了楚汉战争以及其后的历史，最后联想到自己的境遇。可以看出，提及刘邦和石勒，词人的情绪相当高昂，写到萧飒景象和胸次难平的内容，词人的情绪变得很低落，回顾历史时的情绪则介于两者之间。借用分析诗人创作情绪波的方法，我们可以看出词人在创作这一首词时情绪波有着大起大落的变化，波峰、波谷及情绪的震颤均显而易见，这正反映出他心潮的翻腾。词人面对的是清冷的景象，翻滚的却是炽热的情肠，心中追溯的是壮烈的历史，现实遭到的却是冷酷的羁绊。强烈的矛盾冲突在词人心中碰撞激荡，使词人的心灵也浸透了痛苦与忧伤。苏轼的《念奴娇·赤壁怀古》是登临怀古的名篇，其中也有壮怀难酬的感慨，但深度却不及这首作品。

遗山词，不似黄钟大吕的窾坎镗鞳，少有丝竹管弦的清歌缠绵，其正如寒风中凛凛的号角，不论是高昂还是低沉，骨力自是劲健，这正是北国雄风的声响。清人顾奎光评金诗："金踞西北，并幽燕冀之间，多慷慨悲歌之士。雍州厚重质直，故有夏声。"（《金诗选·序》）元好问的词作正是慷慨夏声的代表。

浣溪沙

孟津官舍

题解

本词作于金宣宗元光元年(1222)春。词人独宿于孟津(黄河渡口，在今河南孟州市南)驿馆，时山月朗照，春寒料峭，他怀想追思，心潮涌动，夜不能寐。词作抒发了抑郁凄怆的感伤之情。

一夜春寒满下厅，独眠人起候明星。娟娟山月入疏棂。
万古风云双短鬓，百年身世几长亭。浩歌聊且慰飘零。

新解

一夜春寒满下厅，独眠人起候明星——明星：金星，也叫启明、太白。《诗经·郑风·女曰鸡鸣》有"子兴视之，明星有烂"之句。寒意袭人的春夜，正应酣然高卧，乃至"春眠不觉晓"，然而词人却难以成眠而"候明星"，其心绪之烦乱可想而知。词人漂泊异地，独宿他乡，早春之夜难以成眠，自然要有无限的怀想，开头两句为下文抒情做好了铺垫。"独"字生动地描摹出词人孤苦、寂寞的形象，耐人寻味。

娟娟山月入疏棂——娟娟：明媚美好的样子。棂：窗上的格子。古往今来，明月最易勾起人们思乡怀亲之情。偏偏在词人心绪不宁、心潮翻滚的时候，一轮山月映入疏棂，其清秀明媚，越发撩拨起词人的思绪。这里写山月的娟秀明丽，淡雅和美，正反衬出词人孤苦飘零，心绪难平，对比鲜明却又和谐统一。王国维《人间词话》举词人《颍亭留别》“寒波淡淡起，白鸟悠悠下”为“无我之境”的范例，“娟娟山月”一句的境界正与之相似。

万古风云双短鬓，百年身世几长亭——风云：喻人的际遇。《后汉书·耿傅传》：“大王以龙虎之姿，遭风云之时”。长亭：秦汉时十里置亭，谓之长亭，为行人休憩及饯别之处。

浩歌聊且慰飘零——聊且：姑且。飘零：漂泊零落。人生苦短，漂泊路长，何处才是终点？词人忧愁满腔，心事无限，唯有浩歌一曲，方可暂时平息翻腾的心潮。

新评

作者写此词时虽只有三十馀岁，但已感叹“双短鬓”“百年身世”。因为金朝于1214年渡河迁都后，已是江河日下，国势衰颓。诗人空有满腔报国之情，但大厦将倾，独木难支，因此他于春寒料峭之夜，辗转难眠，悲歌寄慨。

临江仙

自洛阳往孟津道中作

题解

此词作于金宣宗元光元年(1222)词人由洛阳赴孟津途中。金宣宗兴定五年(1221)，元好问赴汴京试，登进士第。因赏识他的礼部尚书赵秉文受“元氏党人”的指责，愤而不就选，归登封。词作抒发了作者对“今古英雄”怀才不遇的感慨，外表的旷达洒脱之中蕴含着无限的悲凉。

今古北邙山下路，黄尘老尽英雄。人生长恨水长东。幽怀谁共语，远目送归鸿。　　盖世功名将底用，从前错怨天公。浩歌一曲酒千钟。男儿行处是，未要论穷通。

新解

今古北邙山下路，黄尘老尽英雄。人生长恨水长东——北邙山：在河南洛阳市北，亦作邙山、北邙。东汉及北魏的王侯公卿多葬于此，后成为墓地的代表。洛阳背北邙面洛水，为九朝古都。“黄尘”连“北邙山下路”，其意同于贺铸《小梅花》词的“黄埃赤日长安道”。词人《水调歌头·与李长源游龙门》亦有“回头洛阳城阙，尘土一何深”之语。在这里词人明写北邙山暗带洛阳城，喻指在追慕功名与死葬黄土的整个人生历程中，有无数人在苦苦奔波，熬干了心血，耗尽了生命，到头来仍一事无成。“老尽”一词准确地写出了所有英雄的命运尽皆如此，含有词人的无限痛惜之情。“人生长恨水长东”出自李煜《相见欢》(林花谢了春红)。词人在这里借亡国之君之幽恨,抒发壮士怀才不遇、抱恨终生的遗憾,隐然有“老冉冉其将至兮,恐修名之不立”的悲慨。同时,“人生长恨”一句也是对前两句感慨的深层概括。

幽怀谁共语,远目送归鸿——词人有满腔的怨愤,然而无人可以告诉,只好寄情于归去的鸿雁,感情之抑郁不难想见。这两句是嵇康《赠兄秀才从军》中的“目送归鸿,手挥五弦”和“郢人逝矣,谁与尽言”的熔铸,但也不是简单的挪借镶嵌。嵇康是叹其兄嵇喜远去他方,无人可共谈玄论道,而元好问则是前不见古人,后不见来者,是苍茫六合、英雄独立式的悲慨。

盖世功名将底用,从前错怨天公——这两句紧承上片,是对上片“长恨”的自我宽解。盖世:极言功名之大。当词人了解了官场的黑暗,将功名彻底看穿的时候,便觉得从前错怨了天公。自然想到即使功名盖世,又有何用?最终仍不过跟北邙山的王侯公卿一样,葬身黄土罢了。

浩歌一曲酒千钟。男儿行处是,未要论穷通——钟:同盅。行处:做官或退隐。穷通:穷困与显达。这几句是说男儿应以酣饮浩歌安慰情怀,不论是入世为官还是出世归隐,都无不可,都应该淡然处之,随遇而安,不要斤斤计较于穷困与显达。

新评

词作以回顾历史起句,拢“今古英雄”于笔端,词人将自己的感情融于历史长河,写出了滔滔不尽、起伏跌宕的痛惜与感伤。“远目送归鸿”的意象,动静结合,相辅相成,动的是归鸿的悠悠远去,静的是词人凝重的望眼;飞去的是天空的鸿雁,搅起的是满腔的幽怨。描绘出了一幅凄凉而又充满美感,谐调而又扣人心弦的画面。鸿雁飞,鸿雁归,人将何处回?词人的感情随着这激荡人心的画面盘旋弥漫,感人至深。下片强压“长恨”。浩歌放饮的意象,是“抽刀断水水更流”式的自我宽解,词人的郁愤欲盖而弥彰,显得蕴藉而深远,更加挥之不去,难以摆脱。词人身处江河日下的时代,又遭“莫须有”的诘难,心中的郁愤自不待言。词作通过描写阔大的意象,以辽阔显苍凉,以浩歌掩感伤,词人内心的矛盾与痛苦可想而知。

石州慢

题解

金哀宗正大元年(1224),元好问应试宏词科中选。在将赴国史馆任编修官时,与德新丈别于岳祠西新店,后赋此词相寄。德新姓王名革,字德新,为元好问的莫逆之交。其年长,丈是对其尊称。岳祠即中岳庙,在今河南登封。词中抒发了与故人惜别的惆怅情怀,浸透着家国沧桑、身世浮沉之忧患。

赴召史馆，与德新丈别于岳祠西新店，明日以此寄之。

击筑行歌，鞍马赋诗，年少豪举。从渠里社浮沉，枉笑人间儿女。生平王粲，而今憔悴登楼，江山信美非吾土。天地一飞鸿，渺翩翩何许。　　羁旅。山中父老相逢。应念此行良苦。几许虚名，误却东家鸡黍。漫漫长路，萧萧两鬓黄尘，骑驴漫与行人语。诗句欲成时，满西山风雨。

新解

击筑行歌，鞍马赋诗，年少豪举——击筑行歌：出自荆轲刺秦王的故事。《战国策·燕三》记燕太子丹遣荆轲入秦刺秦王，送至易水，高渐离击筑，荆轲和而歌。筑为古打击乐器。这几句由著名的“易水送别”写起，使全词笼罩上悲怆、苍凉的气氛。

从渠里社浮沉，枉笑人间儿女——从渠：任随它。里社：古时里中祭祀土地神之处，词中指乡里。意思是任随世间儿女枉然地嘲笑，我但愿浮沉于里社，隐姓埋名。

生平王粲，而今憔悴登楼，江山信美非吾土——王粲：东汉末著名诗人，“建安七子”之一。所作《登楼赋》中有“华实蔽野，黍稷盈畴。虽信美而非吾土兮，曾何足以少留”之句。这几句用王粲之典回顾自己的经历，说明自己的感受与王粲正相类似，看到他乡的美景风物，油然而生浓重的思乡之情。联系前面几句，这里还表达了词人对故土沦丧的感叹，亦有徒负壮志，虚度岁月的愧疚。

天地一飞鸿，渺翩翩何许——渺：微小。何许：犹“几许”，言轻微不足道。词人感觉自己就像天地间一只孤飞的鸿雁，微不足道，漂泊不定，竟不知究竟要飞往何处。身处金末，不知国家前途如何；背井离乡，不知自己归宿何在。词人常常产生萍踪不定、秋叶飘零之感，这在他许多作品中都有流露。《临江仙》“自笑此身无定在，风蓬易转孤根”，亦可参证。

羁旅。山中父老相逢，应念此行良苦——过片由回忆自己过去的经历转入对此次赴召史馆感受的描写。“羁旅”既是对上片内容极好的一个总括，又自然带出此次赴京的感受：大半生总是人在旅途，如与山中父老相逢，(他们)也会想到我此次赴京实在是非常的痛苦。金榜题名，上京赴任，本是极为荣耀的事情，但对于已看透金王朝政治的腐败、丧失了从政信心的词人来说，实在是非常的矛盾痛苦。

几许虚名，误却东家鸡黍——鸡黍：杀鸡炊黍，指盛情招待。孟浩然《过故人庄》有“故人具鸡黍，邀我至田家”。这几句是说此去京城任职，些许虚名将耽误享受田园生活的快乐，蝇头小利将束缚自己的心灵，实在是得不偿失。

漫漫长路，萧萧两鬓黄尘，骑驴漫与行人语——这几句是对此去京城途中活动的揣测，“漫漫长路”使人厌倦，“两鬓黄尘”疲惫不堪，“漫与行人语”，无聊乏味。离开了田园，远别了挚友，这如何不令人惆怅、痛苦。杜甫《奉赠韦左丞丈二十二韵》中有“骑驴十三载，旅食京华春”之句，词人用此典，既是表白自己的心迹，也通过写自己此去的失落感，暗写与友人情谊之深厚。

诗句欲成时，满西山风雨——西山：指嵩山。这两句为全词作结，既是对词作写完时四周景物的描写，更是对词人心境的进一步渲染。词人此去汴京忧患满腔，心潮澎湃，正如西山风雨，狂泻激荡。这两句情景交融，极见功力。

新评

元好问之志向本在大济苍生，然而此次却是赴任史院编修，正如孟德食鸡肋，食之无味，弃之可惜。故此行毫无振奋之意，反而感叹虚名良苦。词人的感情，与四周景物交汇贯通，也使全词的意境得以升华。同时，西山风雨又暗示宦游生活的动荡不安，以及此去汴京的前程未卜，寓意深远，令人不禁把玩再三。

水龙吟

题解

这首词约写于金哀宗正大元年(1224)元好问在国史院任编修官时。时逢中秋，词人孤身离家，忧时伤乱，借创作聊寄感慨。词作表达了对和平安定生活的向往之情。

素丸何处飞来，照人只是承平旧。兵尘万里，家书三月，无言搔首。几许光阴，几回欢聚，长教分手。料婆娑桂树，多应笑我，憔悴似，金城柳。　　不爱竹西歌吹，爱空山、玉壶清昼。寻常梦里，膏车盘谷，拏舟枋口。不负人生，古来惟有，中秋重九。愿年年此夕，团栾儿女，醉山中酒。

新解

素丸何处飞来，照人只是承平旧。兵尘万里，家书三月，无言搔首——素丸：指银白光亮的圆月。承平：治平相承，太平的意思。这几句是说月亮不知从哪里飞来，还像过去和平年月一样圆，一样亮，平静地照着这些国破家亡的不眠之人。烽火连天，家书难寄，孤独的词人只能是“无言搔首”而已。杜甫《春望》中有“烽火连三月，家书抵万金，白头搔更短，浑欲不胜簪”之句，这里化用其意。元好问自金宣宗贞祐元年(1213)以来，因避兵几经转徙，颠沛流离。哥哥元好古死于忻州屠城之难；移家登封后稍微安定下来，但在汴京为官，仍是孤身一人。时逢中秋佳节，自然感慨颇深。

几许光阴，几回欢聚，长教分手——这几句是对多年来离乱生活的回忆与概括。意思是多少光阴就这样痛苦地度过，欢聚的时候确实太少，分离的岁月实在太多。

料婆娑桂树，多应笑我，憔悴似，金城柳——传说月宫中有桂树，枝叶繁茂。金城即金陵(今江苏南京)。《晋书·桓温传》："温自江陵北伐，行经金城，见少时所种柳，皆已十围，慨然叹曰：'木犹如此，人何以堪。'攀枝执条，泫然流涕。"词中活用此典，寄寓了岁月流逝、孤苦飘零的无限感慨。这几句是说历经多年离乱，人已疲惫不堪，料圆月也会笑我容颜憔悴。

不爱竹西歌吹，爱空山，玉壶清昼——"竹西歌吹"出自杜牧《题扬州禅智寺》"谁知竹西路，歌吹是扬州。"词中用以指繁华的享乐生活。这几句强调自己不爱繁华、独喜幽静的情操。繁华之地每伴随着荣利追逐，而清幽之处则远离尘嚣，这是词人的真意所在。"玉壶"，以其清冷明润之质比喻朗月。唐朱华《海上生明月》诗有："影开金镜满，轮抱玉壶清。""清昼"则表月明如昼。空山明月之夜，是词人所向往的境界，每每梦寐以求之。

寻常梦里，膏车盘谷，拏舟枋口——膏车：指以油润滑车轴。盘谷：地名，在今河南济源。景色清幽，是古代名士隐居之地，唐李愿曾隐居于此。韩愈《送李愿归盘谷序》末云："膏吾车兮秣吾马，从子于盘兮，终吾生以徜徉。"词人概括成"膏车盘谷"一句，也有追随之意。元好问另有同调词一篇，题为"同德秀游盘谷"，是后来实地往游时作。其中有云："野麋山鹿，平生心在，长林丰草……把人间万事，从头放下，只山中老。"抒写同样情怀。拏舟：驾船。枋口：枋口堰，在今河南济源。这几句意思是平常总是想着徜徉于深山，荡舟于水上，山水之情经常入梦。

不负人生，古来惟有，中秋重九——重九：九九重阳节。古人有此日与家人团聚，登高赏菊的风俗。这几句是说只有中秋、重九亲人的团聚，才能给人一些快乐，才算是不辜负此生。此时正是中秋佳节，然而词人却无法与亲人团聚，辜负了大好时光，这几句正反映了词人内心的痛苦。

愿年年此夕，团栾儿女，醉山中酒——团栾(luán)：团圆。这几句化用苏词"但愿人长久，千里共婵娟"之意。意思是只愿年年此时，人们能够一家团聚，醉饮于山中家居。这既是词人对自己渴望团圆的一个真切表白，表达了词人对官场生活的厌倦，也是对战争离乱的沉痛控诉，同时包含着词人希望千家万户都能团聚的美好理想。

新评

这首词起句突兀，笔势飘逸，似孤苦之人的一句抱怨，自然引出了下文的感叹，进而描绘出词人自己无言搔首、憔悴似柳的感人形象。下片以否定句式逆接上片，意脉似断仍续，恰反衬出词人对动乱生活的厌弃以及对和平安定的向往，是上片感情的自然发展。兵尘万里，使人痛苦；长教分手，更是凄凉。词人切盼者，只有和平与团聚。“安得壮士挽天河，洗净甲兵常不用！”（杜甫《洗兵马》）。词人最大的愿望只不过是在山林中平平淡淡地过上安静的日子。然而，就是在中秋佳节，这样普通的愿望也无法实现。词人之痛苦，可想而知。

永遇乐

题解

此词作于金哀宗正大二年(1225)元好问在国史院任职期间。词人虽初涉官场仅一年左右，但已深感壮志难酬，羁怀抑郁。官场的黑暗，仕途之险恶，使他产生了强烈的归隐思想。本词描写了词人置身官场矛盾和痛苦的心情，表达了他对恬淡自在生活的热切向往。

梦中有以王正之乐府相示者。予但记其末云：“莫嫌满镜，星星白发，中有利名千丈。待明朝有酒如川，自歌自放。”然正之未尝有此作也。明日以示友人希颜、钦叔，谓可作“永遇乐”补成之。因为赋此，二公亦曾同作。

绝壁孤云，冷泉高竹，茅舍相望。留滞三年，相思千里，归梦风烟上。天公老大，依然儿戏，困我世间羁鞅。此身似、扁舟一叶，浩浩拍天风浪。　　中台黄散，官仓红腐，换得尘容俗状。枕上哦诗，梦中得句，笑了还惆怅。可怜满镜，星星白发，中有利名千丈。问何时、有酒如川，自歌自放。

新解

词前小序介绍的是此词写作的缘起。其中提到的王正之名特起，字正之，代州崞县(今山西原平市)人。他擅长词曲，《中州集》卷五记载他“好学善议论，音乐技艺，无所不能”，是元好问的长辈诗人。希颜即雷渊，字希颜。钦叔即李献能，字钦叔，二人均为作者好友。

绝壁孤云，冷泉高竹，茅舍相望——这几句以简练凝重的笔调描绘出一幅清幽宁静的生活场景。陡峭的绝壁，飘荡的闲云，清冷的泉水，茂密的竹林，再加上几间简陋的茅舍，这就是作者热切向往的地方。“绝”“孤”“冷”“高”四个形容词的连用，极力突出了这个生活场景的与世隔绝之深，也从反面衬托出词人对官场生活的深恶痛绝，渴望能找到一个完全脱离了官场困扰的地方。“茅舍相望”的“望”字以拟人的手法写出了词人与茅舍以及茅舍周围大自然的亲密和谐的关系，生动传神。既有词人对远离官场的茅舍的渴望，也有茅舍对久陷尘网中游子的期待。

留滞三年、相思千里，归梦风烟上——留滞：即停留。三年、千里是泛指时间的久长和距离的遥远。风烟上指隔绝尘世的山水间。元好问在金哀宗正大元年(1224)应宏词科中选，任国史院编修官。此词为正大二年(1225)所作，虽初涉官场仅一年左右，但仕途的险恶、官场的黑暗使词人感到已深陷樊笼之中，对自己真正钟爱的隐逸生活只能是朝思暮想，形之于梦。然而这毕竟只是初仕，词人的希望尚未完全破灭，故欲归隐而未成，在强烈的矛盾冲突撞击下，痛苦不堪。这几句用夸张的手法写出了词人归思的急切。

天公老大，依然儿戏，困我世间羁鞅——羁：系绊。鞅：马头上的勒带。羁鞅指束缚。词人欲归而不得的矛盾与痛苦转化为对天公的抱怨与申诉：天公既然已经知道了我的痛苦，我也已经向你多次诉说，为什么你依然不理不睬，将我的种种恳求当成儿戏，用世间最大的樊笼与锁链——官场来束缚我呢？

此身似、扁舟一叶，浩浩拍天风浪——词人在官场之中，既不愿同流合污，又不能归隐林泉，时刻有被邪恶势力和世俗力量吞噬的危险。词人将自己的处境比作一叶小小的扁舟陷入了滔天的巨浪之中，形象地写出了处境的艰难和险恶。这几句似信口道来，却将词人进退两难的内心痛苦表现得淋漓尽致。

中台黄散，官仓红腐，换得尘容俗状——中台：尚书省。黄散：黄门侍郎与散骑常侍，是门下省的中下级官吏。官仓红腐：入仓陈久之败米。史称汉文景之治时，太仓之粟储积过多，至武帝时已红腐不可食。这几句是说累得疲惫之至、庸俗不堪，就是为了做中下级的小官，挣来一些微薄的薪俸，这实在是得不偿失。

枕上哦诗，梦中得句，笑了还惆怅——哦：吟咏。这几句再次写梦，呼应了上片之“归梦”，也正与词序中的梦境相映，刻画出了词人深为官场生活所累，朝思暮想皆是归隐的两难处境和无奈心情。词序中提到的王正之乐府中的句子，并不见于王词，而是词人对归隐生活热切向往的真实反映。正是由于思之切，情之挚，才能形之于梦。梦醒时分已难分清究竟是梦中的理想还是理想如梦；是前辈的佳句入梦，还是自己梦中将佳句吟成？只能是一笑而已，然而笑罢之后却又是更大的惆怅。

可怜满镜，星星白发，中有利名千丈——梦醒时分，对镜顾影自怜，可悲的是已经满头霜雪。对于从来淡看名利的词人来说，用满头的华发，用一腔的热血，去换取一个只能使自己更加痛苦的“功名”，这不啻是对自己心灵的摧残。

问何时，有酒如川，自歌自放——放：即放饮，纵情。这几句是说既然官场的生活如此难熬，那么究竟什么时候才能对着多如河川的美酒纵情高歌、恣意放饮呢？以上几句将词序中原词稍加改动，但内容已截然不同，变对追逐名利者的宽慰为对追名逐利的厌恶。结尾设问更能发人深思，使词作含蓄而耐人寻味。

新评

这首词上片着重描写羁身官场的苦闷。表现了对隐逸生活的强烈向往；下片着重分析痛苦的原因，进一步抒发了归隐林泉的迫切之情。从内容来看，作者置身官场的付出和所得形成了鲜明对比。作者承受的是无边的苦痛，耗费的是青春的岁月，换来的是无用的虚名，得到的是更大的痛苦，这是发人深省的。另外词中隐居场所的恬静与置身官场的痛苦，自己力量的弱小和世俗势力的强大都形成了鲜明的对比，写出了作者独特的心理感受，给读者留下了极其深刻的印象。

王国维《人间词话》说："大家之作，其言情也，必沁人心脾；其写景也，必豁人耳目；其词脱口而出，无矫揉妆束之态。以其所见者真，所知者深也。"借用此语来评价这首词作，是非常贴切的。这首词写景幽深清冷，抒情动人心魄，正与词人独特的经历和深刻的识见有关。元好问身处金末之官场，感风雨之飘零，大厦之将倾，却无力匡扶，他的感受是非常痛切的，顺口道来的感受，饱含着无尽的痛苦，自然感人至深。"一叶"小小的"扁舟"，如何面对"拍天风浪"呢？这自然要激起读者强烈的感情共鸣了。

清平乐

罢镇平归西山草堂

题解

这首词作于金哀宗正大三年(1226)。元好问于此年秋天出任镇平(今河南镇平县)令，不久即罢去，回归西山(即嵩山)。词作描绘了词人归乡途中的所见所感，充满着生活情趣，洋溢着喜悦之情。

垂杨小渡，处处归鞍驻。八十田翁良愧汝，把酒千言万语。
细侯竹马相从，笑渠奔走儿童。十里村箫社鼓，依然傀儡棚中。

新解

垂杨小渡，处处归鞍驻——驻：停留。词人身羁官场，心在田园，归隐之心时时难忘。现在终于如愿以偿，轻松欢快之情溢于言表。回乡路上的一草一木，一景一物，都使词人流连忘返。

八十田翁良愧汝，把酒千言万语——良愧汝：很对不起你。词人回乡，乡亲热情欢迎，盛情款待。词人已有“身外虚名一羽轻，封侯何必胜躬耕”（《鹧鸪天》）的觉悟，常怀“三年间为一官忙”（《临江仙》）的感慨，现在终于回归田园，面对终生系于田地的老翁，词人无限愧疚，觉得自己混迹官场太久，归隐太迟。

细侯竹马相从，笑渠奔走儿童——细候竹马：原指官吏到任，受人欢迎。《后汉书·郭汲传》：“郭汲字细侯……始至行部，到西河美稷，有童儿数百，各骑竹马，道次迎拜。问：‘儿曹何自远来？’对曰：‘闻使君到，喜，故来奉迎。’”渠：他。“笑渠奔走儿童”意思是儿童们也奔走欢笑来迎接自己。

十里村箫社鼓，依然傀儡棚中——村箫社鼓：指村中演戏的箫鼓声。傀儡棚：用来演戏的棚子。傀儡，用土木制成的偶像，此处指木偶戏。这两句是以乡村田舍之乐反衬官场之受人操纵不能自主，既是词人对官场的深刻理解，又映出了词人摆脱束缚之后的喜悦之情。

新评

词作以回归西山的见闻和感受为线索，按照时间先后，由远及近地写景抒情，词人的喜悦之情层层展开，结尾自然产生了对官场生活的深刻领悟，显得水到渠成。词作选取一组细小而生动的典型画面，描绘出了父老欢迎、有酒盈樽、稚子候门、载欣载奔的感人场面。全词以微喻著，写出了山山水水的可亲，父老乡亲的纯朴，洋溢着由衷的喜悦，凝结着生活的甘露，散发着泥土的芬芳，与陶渊明《归去来兮辞》有异曲同工之妙。

蝶恋花

白鹿原新斋作

题解

金哀宗正大五年(1228)，元好问辞去河南内乡县令之职。同年冬，移居内乡县东南白鹿原菊水畔长寿新居，居名“新斋”。作者辞官归隐之志终于如愿以偿，心情自然十分高兴。这首词作于1229年春，词作以满腔的热情盛赞了新斋生活的妙处。

负郭桑麻秋课重，十角黄牛，分得山田种。乡社鸡豚人与共，春风渐入浮蛆瓮。　　绕屋清溪醒午梦，一榻翛然，坐受云山供。四海虚名将底用，一声啼鸟岩花动。

新解

负郭桑麻秋课重，十角黄牛，分得山田种——负郭：靠近城郊的地方。秋课：秋季的赋税。十角黄牛：即五头黄牛。这几句用笔自然流畅，如话家常。词中说负郭桑麻之赋税沉重，暗寓生活之艰难，但与官场生活的痛苦乏味相比，清新自在的田园，仍然有无限乐趣。

乡社鸡豚人与共，春风渐入浮蛆瓮——豚(tún)：小猪。浮蛆：浮在酒缸上的泡沫，这里代酒。这几句具体描写田园生活的快乐，与农人一起享受春社鸡酒美食，真是其乐融融，“春风渐入浮蛆瓮”一句，意象极其美丽。美酒用五谷酿成。春风吹拂，五谷渐渐成熟，春风之“滋味”入于五谷，进而融于酒中，喝酒就能品出五谷之清香。爱酒的词人身处田园，春风扑面，五谷飘香，自然令其欣喜非常，觉得春风已入酒瓮，美酒诱人品尝，词人对田园生活的一往情深，跃然纸上。

绕屋清溪醒午梦，一榻翛然，坐受云山供——翛然：无拘无束，自由自在的样子。这几句细致描绘乡村的美景以及村居生活的快乐。清澈的溪水，哗哗地绕着房屋流过，把词人从午梦中唤醒，词人坐在床上悠然自得地欣赏着白云青山的风姿。词人身处田园，胸无沉滓，身有馀暇，高山流水常在心间，清溪白云随意呼唤，真正是心爽意适、其乐融融。“受”“供”两字形象地写出了词人和白云相亲、白云与词人相知的情趣，物我关系极其密切，使读者仿佛看见了词人坐于榻上，与白云两相凝望的情态。

四海虚名将底用，一声啼鸟岩花动——底用：何用。这两句是对全词的总结，既然田园生活如此的快乐惬意，何必要置身宦海，追名逐利呢？还不如在山间田园享受大自然的美景，听那边啼鸟欢鸣，看这里山花舞动。这两句是词人真正享受了田园之乐后的彻悟之语，其中“一声啼鸟岩花动”，既是实写山间美景，又用以和“四海虚名”形成对比。词人没有直接回答“虚名底用”，而是描写山鸟山花之美景，答案自在其中，给读者“此中有真意，欲辨已忘言”之感，读罢令人如饮佳酿，回味悠长。

新评

清代刘熙载说“词要清新”“淡语要有味”（《艺概·词曲概》）。这首词用语简淡如水，没有浓墨重彩，一腔真情似自然流出。在词人笔下，春风解意，渐入美酒待品味；白云可心，拥入视野奉知己。意象之优美，使人久久难忘。这归功于词人对田园生活有发自内心的痴情挚爱，也能看出词人淡笔写浓情的深厚功力。

沁园春

题解

这首词约作于1230年，时词人在镇平任县令。镇平是一个新建县，词人的生活相当穷困。“书空咄咄知谁解，击缶呜呜却自惊”正是词人当时生活的写照。词中回顾了自己一年来的贫困生活，表现了在困厄中仍以山水诗文为乐的旷达情怀。

再见新正，去岁逐贫，今年逐穷。算公田二顷，谁如元亮；吴牛十角，未比龟蒙。面目堪憎，语言无味，五鬼行来此病同。齑盐里，似扬雄寂寞，韩愈龙钟。　何人炮凤烹龙。且莫笑、先生饭甑空。便看来朝镜，都无勋业；拈将诗笔，犹有神通。花柳横陈，江山呈露，尽入经营惨澹中。闲身在，看薄批明月，细切清风。

新解

再见新正，去岁逐贫，今年逐穷——这几句开门见山，平中见巧。一个“再”字，不仅带出了下文的“去岁”和“今年”，也带出了“逐贫”和“逐穷”。杨雄有《逐贫赋》，韩愈有《送穷文》，此处逐贫、逐穷兼而有之。“贫”指贫乏拮据，“穷”指困厄穷苦，两句互文见义：去岁逐贫逐穷，今年依旧逐贫逐穷，可见贫乏时间之久，困厄程度之深。两个“逐”字连用，使行文紧凑。这样开头，为下文的展开总揽一笔。

算公田二顷，谁如元亮；吴牛十角，未比龟蒙——元亮即陶渊明。其所作《五柳先生传》自言“环堵萧然，不蔽风日。短褐穿结，箪瓢屡空”，可见其贫。但他为彭泽令时，还有公田二顷用以耕种。晚唐著名诗人陆龟蒙，也是一位常忍饥挨饿，不得不“躬负畚锸”参加劳动的贫士。但陆龟蒙在《甫里先生传》中，自谓：“有牛不减四十蹄。”词人在“公田二顷”之后加“谁如”二字，在“吴牛十角”之后加“未比”二字，说明自己的贫困有甚于陶渊明和陆龟蒙，用寻常字眼深化了“贫”“穷”的程度。

面目堪憎，语言无味，五鬼行来此病同——韩愈《送穷文》说智穷、学穷、文穷、命穷和交穷为“五鬼”，“凡此五鬼，为吾五患，饥我寒我”，“使吾面目可憎，语言无味”。词人借韩愈的语言，形象地刻画了贫寒失志者的窘态，借他人之陈言、抒自己胸中的积愤。

齑盐里，似扬雄寂寞，韩愈龙钟——齑(jī)：细切的咸菜。韩愈《送穷文》中有“太学四年，朝齑暮盐”的话，是说终日以咸菜下饭，生活清苦。扬雄《解嘲》中有“爰清爰静，游神之廷；惟寂惟寞，守德之宅”等语。韩愈于贞元末年贬谪南荒。五六年间投闲置散，自称“跋前踬后，动辄得咎”，“冬暖而儿号寒，年丰而妻啼饥”，头童(光秃)齿豁，是一副龙钟失意之态。元好问说自己也过着像扬雄、韩愈一样的生活。“似”与上文“谁如”“未比”相，把物质上的贫乏和精神上的困苦联结在一起，承接开头的“逐贫”“逐穷”。上面说己之贫，境况不如犹有薄产的两位古人；此处言己之穷，遭际又正似两位古人，两者相反相成，使行文更加缜密，内容更为深刻。

何人炮凤烹龙。且莫笑、先生饭甑空——“炮凤烹龙”，语出李贺《将进酒》“烹龙炮凤玉脂泣”；“甑空”，暗用东汉范丹贫居绝粮，“甑中生尘”的典故，表明先生的贫寒。下片由上片的引古事以抒怀，转入述现实以寄慨。当时正是新春佳节，富贵人家炮凤烹龙，堆盘满案，而“先生”饭甑空空，无以卒岁，景况十分凄凉。“先生”指词人自己。

便看来朝镜，都无勋业；拈将诗笔，犹有神通——“看来朝镜”两句，化用杜甫《江上》诗“勋业频看镜”；“拈将诗笔”两句，化用苏轼《出御史台狱后》诗句“试拈诗笔已如神”。“无勋业”和“有神通”形成鲜明对比，着重突出先生之“神通”。

花柳横陈，江山呈露，尽入经营惨澹中——这几句进一步铺写他“诗笔如神”之种种表现。“花柳”两句暗用杜甫《后游》诗，“江山如有待，花柳更无私”，说他的诗篇内容丰富，美景很多，“尽入”一句用杜甫《丹青引》“意匠惨澹经营中”，说他的创作态度，精益求精，极用苦心。

闲身在，看薄批明月，细切清风——闲身：清闲自在之身，指词人自己。这几句呼应前文富贵家“炮凤烹龙”，再申抗衡之意。苏轼《和何长官六言》中有“清风初号地籁，明月自写天容，贫家何以娱客，但知抹月批风”。薄切为批、细切为抹，结尾正是用此表明和富贵人家的炮凤烹龙完全不同。

新评

这首词写元好问在两袖清风的官场生涯中，“薄批明月，细切清风”，吟咏自然之美景，其中自有无穷的乐趣和巨大的精神享受，正所谓江山风月不用一钱买，贫而闲正可占尽风流。全词以物质的贫困与精神的富有对照，呈现了词人廉洁崇高的品质和以精心创作诗文而自豪的脱俗心态。

临江仙

题解

公元1233年蒙古军占领汴京后，元好问被看管于聊城(今山东聊城市)，这首词当作于1234年寒食节。词人囚居于距家数千里的异地，有感于寒食节吊亲伤感的氛围，油然而生思亲怀乡之情，这首词是苦痛中的词人对故乡发自内心的呼唤。

世事悠悠天不管，春风花柳争妍。人家寒食尽藏烟。不知何处火，来就客心燃。　　千里故乡千里梦，高城泪眼遥天。时光流转雁飞边，今春看又过，何日是归年？

新解

世事悠悠天不管，春风花柳争妍——“天地不仁，以万物为刍狗”（《道德经》）。春风花柳不解人意，依然是姹紫嫣红，争奇斗艳。起句以“悠悠”状“世事”，包容无限身世之感。第二句写景由“天不管”生发而来。世事艰难，人生坎坷，“天”视之漠然，依旧“花柳争妍”。此句已暗含春至而人不得归之叹，以景托情，倍增其哀怆。

人家寒食尽藏烟。不知何处火，来就客心燃——寒食：古代风俗，清明节前一或二日禁火寒食，以缅怀祖先。痛定思痛的词人又逢这样一个“泪洒丝丝雨，人人欲断魂”的“鬼节”，自然哀痛不已。词人托物寄情，由“寒”自然写到了“火”和温暖，由身体之寒，进而写到内心之“寒”。人家“寒食”都藏尽了烟火，但不知何处来的星火，点燃了词人耿耿悠悠的客心，使他燃起了归乡的渴望。

千里故乡千里梦，高城泪眼遥天——过片遥接“悠悠世事”道出怀念故土，梦绕魂牵之心事。因欲归而不得，才登高远眺，忍泪望苍天。这两句既抒发了急切思乡之情，又交代了自己所处的客观环境。人离故乡越远，心离故乡越近，词人远在千里之外，自有“千里”归梦。千里之外、高城之内的特殊环境更增加了思乡的痛切。

时光流转雁飞边，今春看又过，何日是归年——边：边塞，春季大雁北飞。词人遥望远天，看见的只是北飞的鸿雁。这里以“雁飞边”的特有画面，寄寓了人不如雁之喟叹，补充了高城泪眼之内涵。鸿雁春日北归，秋寒南飞，来往自由，毫不失期，而人如何？这几句暗用了薛道衡“人归落雁后，思发在花前”之诗意。“今春看又过，何日是归年”，暗示盼归已非一年，愈显凄怆。

新评

作此词时，词人身为囚犯，亡国之痛，遭际之苦，早已积滞凝结于胸。“人穷则反本，故劳苦倦极，未尝不呼天也；疾痛惨怛，未尝不呼父母也。”（《史记·屈原贾生列传》）元好问此时处境正是穷厄。然而，这首词中却没有疾呼苍天式的抱怨，词人只是将周围的景物淡淡地描绘，把“高城泪眼”之形象简笔勾勒。由于词人所受之痛苦过于沉重，对苍天也已无数次诉说过苦难，早已不抱任何希望。因而词人多写痛苦，少有怨恨。正是由于怨恨已深埋于心底，词人只是痛苦地渴盼归乡。

清平乐

太山上作

题解

公元1233年蒙古军占领金首都汴京，元好问被羁管于聊城(今山东聊城市)。蒙古太宗八年(1236)，他获得自由，暂居冠氏(今山东冠县)。这年三月，一位友人将赴泰安，约他同行。在三十天的旅行中，他游览了东岳泰山并写下了散文《东游略记》、《游泰山》诗和这首《清平乐》词。在词中表达了对自然伟景的赞叹和对世事得失的淡薄之情。太山即泰山。

江山残照，落落舒清眺。涧壑风来号万窍，尽入长松悲啸。
井蛙瀚海云涛，醯鸡日远天高。醉眼千峰顶上，世间多少秋毫！

新解

江山残照，落落舒清眺——落落：清晰的样子。清眺：开阔而清晰的视野。这两句是说在泰山顶上，夕阳馀晖映照下的无限江山，苍莽辽阔，可以极目四望，尽情展开视野。在壮美的景色中，词人胸怀也因之宽广，不禁忘却了烦恼与哀痛，陶醉于大自然的造化之中。这两句写景峭拔雄健，气度恢宏，渲染了苍凉旷荡的氛围。“落落舒清眺”受杜甫《次空灵岸》诗“落落展清眺”之影响，但易“展”为“舒”，不仅是平仄格律的要求，而且突出了心情之舒畅和意境之清远。

涧壑风来号万窍，尽入长松悲啸——涧壑：山的沟谷。窍：孔洞。涧壑风来，山鸣谷应，松林也在风中怒吼悲鸣，林涛奔涌。这两句没有继续写视觉所见，而是转入对听觉形象的描写，在极短的篇幅里面，描写极其丰富的内容，使读者对泰山有了一个立体的多维印象。《庄子·齐物论》：“夫大块噫气，其名为风。是唯无作，作则万窍怒呺。”这两句便是由此脱胎而出。其一从山谷中写风，一从松林间写风。风不可见，借物而知，一“号”一“啸”，极为雄壮，富于表现力。“入”字将谷中风和松间风自然完美地连在一起，动感十足。“悲”字又具有词人的主观色彩，同时开启后片的抒情。

井蛙瀚海云涛，醯鸡日远天高——《孟子·尽心上》说，孔子“登泰山而小天下”。泰山以其高耸特立，视野开阔，历来为登临的人们所赞叹。词人登泰山而纵览，自比于井蛙见到波涛如云，醯鸡见到天高日远，大开了眼界。“井蛙”出于《庄子·秋水》：“井蛙不可以语于海者，拘于虚也。”井底之蛙，由于受所处狭小环境的局限，不知道有个大海，因此也不可能去谈论大海。词中以井蛙与瀚海、云涛并列，不用动词连接，只是把几个小大悬殊的事物放在一起，形成鲜明的对比，自然发展了原出典的意思。“醯(xī)鸡”见《庄子·田子方》,写孔子求见老聃问道后,出来告诉颜回说:“丘之于道也,其犹醯鸡欤!微(没有)夫子(指老聃)之发吾覆也,吾不知天地之大全也。”醯鸡是醋瓮中的蠛蠓(一种小虫),瓮有盖子盖着,不见天日;一旦揭去盖子(发覆),它就见到天了。词人登上泰山,也有这种感受。

醉眼千峰顶上,世间多少秋毫——秋毫:鸟兽之毛至秋更生,细而末锐,谓之秋毫。比喻事物之微细。作者为眼前的奇妙景象所陶醉,站在千峰顶上,在大自然奇景中,领悟到了人世万物如秋毫之末,都微不足道,顿时忘却了各种烦恼与哀愁。“醉”字用得极其生动传神,不仅是酒醉,泰山的壮景更使词人陶醉。而醉眼迷蒙的词人形象,也正与壮景相融。

新评

金亡后,元好问由金王朝之官吏沦为蒙古政权统治者的阶下囚。国家的倾覆,个人的遭际,给他以沉重打击,也引发他深刻的反思。在泰山之巅,他陶醉于大自然的壮景之中,暂时忘却了无限的悲愁。这首词上片写景,下片写自已的感受。视觉和听觉相配合,静观和动感相映衬,大小对比鲜明而强烈,将读者也带至举目四顾,辽阔旷荡,八面来风,尽在耳边的壮景之中,以至词人回忆起庄子的名言而产生顿悟,是自然而然的事情。用语慷慨雄健,情景交融贯通。无一字写忧愁,自有无尽的忧愁在其中;未直接写心胸,而胸怀已融入壮景之中。词作中把功名利禄、荣辱得失看作“秋毫”,意味着词人的思想已达到空明澄澈的境界。

定风波

题解

元好问于蒙古太宗十年(1238)携家自冠氏还太原,路过山阳,遇老友杨叔能归家淄川。叔能以《鹧鸪天》词相赠,元好问以《定风波》作答,写出了老友惜别时的伤感之情。此词后有作者自注:“杨叔能归淄川,予别于山阳,作《鹧鸪天》词留赠云:‘邂逅梁园对榻眠,旧游回首一凄然。当时好客谁为最?李赵风流两谪仙。居接栋,稼邻田,与君诗酒度残年。飘零南北如相避,开岁还分垅上泉。’因用其意答之。李、赵谓闲闲公与屏山也。”自注中所说的“闲闲公”为赵秉文,“屏山”为李纯甫。

白发相看老弟兄,恨无一语送君行。至意交情何处好,向道、不如行路本无情。　　少日龙门星斗近,争信、凄凉湖海寄馀生。耆旧风流谁复似,从此、休将文字占时名。

新解

白发相看老弟兄，恨无一语送君行——在金亡四年后，作者又与老友异地相逢，虽他乡遇故知是人生的一大喜事，但国家的破亡，个人的苦难，使这一对鬓发斑白的老兄弟，默默相向，无言赠别。词中不说老朋友，而说老弟兄，突出了朋友间感情的真挚深厚，亲如手足。“恨”字极贴切地道出了词人内心的痛苦。

至意交情何处好，向道、不如行路本无情——向道：向来有人说道。这几句意思是，像我们如此深厚的交情，分别时这么痛苦，还真不如像过路行人一样，相逢互不相识，分别亦不悲伤。正是因为情之深、谊之厚，才产生了无穷烦恼与懊悔。《诗经·小雅·苕之华》：“苕之华，芸其黄矣。心之忧矣，维其伤矣！苕之华，其叶青青。知我如此，不如无生！”这种“早知如此，何必当初”式的抱怨，正是人们深陷于痛苦之中无可奈何、无以解脱的表现。以词人之“悔”，写分离的哀痛，已然超出了人们正常可以承受的限度，可见“至意交情”的无比深厚。词人正话反说，使词作之意境层层激荡，摇曳多姿。

少日龙门星斗近，争信、凄凉湖海寄馀生——下片着重回忆过去的人生经历，将上片的悔恨意绪进一步发展。龙门：在河南洛阳。旧时称科举成功为登龙门。星斗近：接近众星，可用手摘取，也指实现壮志。争信：怎能相信。这几句意思是：少年时有登龙门、摘众星的壮志，以为功名唾手可得，壮志定能实现，怎料历经磨难，壮志难酬，至今仍到处漂泊，在凄凉中打发光阴呢？作者在少年时也曾壮志凌云，尝称“元龙未除湖海气，李白岂是蓬蒿人”（《范宽秦川图》），“人生只作张骞傅介子，远胜僵死空山阿”（《并州少年行》），但是世易时移，将近五十岁还只是“凄凉湖海寄馀生”，回忆起来自然倍感失落。

耆旧风流谁复似，从此、休将文字占时名——耆旧：指六十岁以上的人。时名：指当时的名望。这是说自己和杨叔能均已近耄耋之年，但谁是耆旧名人呢？从今以后再也不要靠诗文赢得虚名了。这几句是词人痛苦反思以后得出的结论。自己少时就以诗文名震京师，以为可以一展抱负，但几十年下来，不但抱负未就，自己还沦为阶下囚，历尽了千辛万苦——看起来还是一切顺其自然吧。结尾这几句是词人悔恨的发展与凝结，千愁万恨已深埋于心中，不说也罢。用语极其平淡，而格调更为悲凉、凄婉，含意也更加厚重幽深。

新评

古来分离多悲酸凄苦，南朝梁江淹《别赋》说：“黯然销魂者，唯别而已矣。”历经国破家亡之沧桑巨变，他乡别故知，元好问之凄苦较别人尤甚。这首词作内容起于沉默，归于沉默，词人经历了一个沉默——懊悔——反思——沉默的情感历程，默默无语中正显现出词人激荡翻腾的精神世界。词作主题可以用“悔恨”来概括，词人的“悔恨”中正浸透着刻骨铭心的痛苦和哀愁。《定风波》词牌中的三处两字句，正适合词人缓缓诉说，欲言又止的情绪，似说话的断断续续，像低声的垂头叹息，语言的节奏与词人感情变化之节奏的贴切熔铸，更使词作之抒情产生了动人心魄的力量。

临江仙

题解

李辅之，名天翼，固安（今河北固安县）人，金贞祐二年进士。蒙古军下汴梁后，曾为济南漕司从事。齐州即今山东济南，济源即今河南济源。据元好问《济南行记》，乙未（1235）秋七月，“以故人李君辅之之故”而至济南，与李辅之两次畅游大明湖。当时，“秋荷方盛，红绿如绣，令人渺然有吴儿洲渚之想”。次年三、四月间，元好问游泰安，道出济南，又与辅之欢聚。此词作于1238年，词人携家自山东回归故里经过济源时。词作描绘了大明湖之美，抒发了对友人的殷切思念之情。

李辅之在齐州，予客济源，辅之有和。

荷叶荷花何处好？大明湖上新秋。红妆翠盖木兰舟。江山如画里，人物更风流。　　千里故人千里月，三年孤负欢游。一尊白酒寄离愁。殷勤桥下水，几日到东州！

新解

荷叶荷花何处好？大明湖上新秋——大明湖在今山东济南市区北部。《明一统志》载：“大名湖……占府城三分之一……弥漫无际，遥望华不注峰，若在水中。盖历下城绝胜处也。”古历亭在其中央，秋夏间风景颇胜，有西湖之称。起句由描写大明湖之秋荷入笔，回忆了与好友秋游大明湖的情景。当时正是“新秋”，湖上荷花初展娇容，粉妆艳艳，绿叶田田，使人陶醉，为之流连忘返。这几句抓住了大明湖上“新秋”的景物特征，为详写大明湖之美景总揽一笔。

红妆翠盖木兰舟。江山如画里，人物更风流——木兰舟：原指用木兰树木材造的船，后来成为对船的美称。“红妆翠盖”和第一句“荷花”、“荷叶”相应，可以理解成木兰舟点缀于“红妆”“翠盖”的荷花、荷叶之间，亦可理解成红妆翠盖的彩舟。红花绿叶鲜明的色彩，木兰之舟精美的质地，使整个大名湖妖娆多姿，妩媚动人。这如画的美景衬托出畅游于其中的风流人物，自然包括了自己与李辅之等文人雅士。而这些风流人物，也为这如画的美景更增添了几分灵秀。

千里故人千里月，三年孤负欢游——孤负：同辜负。过片两句转入对离愁别绪的抒发。畅游的欢乐已成往事，而今与故人远隔千里，只能共照一轮明月，遥寄相思，三年来浪费了许多的大好时光。

一尊白酒寄离愁。殷勤桥下水，几日到东州——东州：指济南，济南位于当时的山东东路，故以“东州”代指。词人对朋友的思念之情，离别之愁，无以表达，竟浮想联翩，想借“一尊白酒”来遥寄离愁，但桥下的流水尽管殷勤，怎奈路程遥远，何时才能流到故人所在的东州呢？苏轼《江城子·别徐州》有“欲寄相思千点泪，流不到，楚江东”之句，元好问词和苏词有相似之处，但变其“欲寄”为“寄”，而不知其几时能至，用意更加曲折婉转，正是借酒寄愁愁更愁。这几句借流水表思念，化无情为有情，使至诚友情回旋流出，将词人的思念写得绵绵不断，浩浩无边。

新评

这首词上片回忆与友人相聚的情景，下片写别后的思念。通篇写家常语，吐肺腑情，用笔自然，写景清新明快而无藻饰，炼字顺手拈来而又恰到好处，如“荷叶荷花何处好”、“千里故人千里月”诸句，确系妙手天成之笔。词人化用李白、苏轼语自然圆润，不留痕迹，且能生发出新的意义。李辅之辗转收到这首词作后，和词如下：“南去北来人自老，落花飞絮悠悠。思君一度一登楼。无穷烟水里，何处认并州。　忽见姓名双泪落，新诗聊浣离愁。若为重醉绣江秋。芙蓉明月下，来往一扁舟。”两人心迹一一如见。

浣溪沙

往年宏辞御题有西山晴雪诗

题解

这首词约作于蒙古乃马真后四年(1245)。这一年，词人因三女迁葬事重回汴梁。此时金亡已十多年了，亡国之臣重游故都，观看着眼前的景象，联想起往年科举考试的题目，自然感慨万千。词作抒发了词人痛悼故国的深情。

日射云间五色芝，鸳鸯宫瓦碧参差。西山晴雪入新诗。　焦土已经三月火，残花犹发万年枝。他年江令独来时。

新解

日射云间五色芝，鸳鸯宫瓦碧参差——五色芝：五种颜色的云彩，状如灵芝。

古人认为是祥瑞之兆。鸳鸯瓦：一仰一覆的瓦。这两句是说日光照射下五彩的云朵如同灵芝一般美丽，宫殿俯仰生姿的鸳鸯瓦反射着青碧的光彩。这两句是词人对故都昔日盛景的描绘，渲染出和平祥瑞的氛围。

西山晴雪入新诗——这一句和词牌下作者自注相呼应。意思是昔日西山雪过天晴的秀丽景色，正好可以入诗，完成宏辞科考试的御题。这一句的"西山晴雪"和前两句的彩云、碧瓦相映生辉，光彩夺目，构成了一幅优美的图画，正是词人心目中昔日故都的美景。

焦土已经三月火，残花犹发万年枝——下片词人笔锋急转直下，描绘了眼前所看到的实际景象。江山遭劫，城郭已化为焦土，四顾一片荒凉。三月火：出自《史记·项羽本纪》："项羽引兵西屠咸阳，杀秦王子婴；烧秦宫室，火三月不灭。"后遂用"三月火"指遭受浩劫。"残花"一句写都城的荒废凄凉，昔日人来车往，今日只有残花萌发于枝头。意境与姜夔《扬州慢》"过春风十里，尽荠麦青青"正相类似。

他年江令独来时——江令：指南朝梁江淹，他曾任建安吴兴令和骠骑建安王记室兼东武令。他的《恨赋》为人所熟知，其中所写"试望平原，蔓草萦骨，拱木敛魂。人生到此，天道宁论"，与词人此时的心境相合。江令一说指南朝陈江总，官至尚书令。此句以江令自喻，抒发了痛悼故国之情，含蓄而蕴藉深远。一个"独"字，写出了词人比江令更甚的苦痛之感。

新评

词作上片着力描绘故都昔日之美景，勾勒出一派和美吉祥的画面。过片一个工整的对句，典型地刻画了眼前之景，与昔日形成鲜明的对比，展现出了令人触目惊心、扼腕长叹的沧桑之变，写出了"腐朽神奇，梦幻吞侵，朝昏变迁"（《沁园春·除夕》）式的主观心理体验，全词顿时笼上了苍凉、悲壮的氛围。结尾一句画龙点睛，确有"物是人非事事休，欲语泪先流"之哀叹。词作用语含蓄而凝重，感情内倾而深沉，江山易主之变给词人的打击太大，词作透出的正是词人感情的沉郁以及抑郁极深的默然。

此词的过片"焦土已经三月火"，与上片末句"西山晴雪入新诗"并无联系，不合"过片不可断了曲意"（张炎《词源》卷下"制曲"条）的要求，属于特殊作法。夏承焘、吴熊和先生在《读词常识》中将词中过片的特殊作法分为六类：下片另咏他事他物的；上片结构引起下片结构的；下片申说上片的；上下片文义并列的；上片问、下片答的；打破分片定格的。这首词却是上下片文义构成对比的，对过片的做法又有创新，这是值得我们注意的。

水调歌头

赋三门津

题解

这是元好问写三门峡渡口的一首词。作者不仅以横绝的笔势，写出了黄河三门津波澜壮阔的景象，而且写出了征服自然天堑的理想。

黄河九天上，人鬼瞰重关。长风怒卷高浪，飞洒日光寒。峻似吕梁千仞，壮似钱塘八月，直下洗尘寰。万象入横溃，依旧一峰闲。

仰危巢，双鹄过，杳难攀。人间此险何用，万古秘神奸。不用燃犀下照，未必佽飞强射，有力障狂澜。唤取骑鲸客，挝鼓过银山。

新解

黄河九天上，人鬼瞰重关——这两句是词的开始，起调极其高昂。李白说“黄河之水天上来，奔流到海不复回”，王之涣也说“黄河远上白云间”。黄河是大自然的鬼斧神工，然而作者不仅仅将黄河的来源像前人那样说成天造地设，更想象黄河之三门峡像万里行程中一道不可逾越的重关，森严壁垒，是一座地道的鬼门关。瞰：《后汉书·光武纪上》注：“俯视曰瞰。”所以，不但人到了三门峡发愁，而且鬼神面对这样的天堑，都觉得高深莫测，也不禁发起愁来。这里不知道比“猿猱欲度愁攀援”的剑门还要险多少倍。一个“瞰”字，将这两句起调骤然提高，给读者一个广阔的视角，仿佛读者也随着俯视黄河的“人鬼”，看到了整个黄河九曲、三门重关的汹涌澎湃，峭壁悬崖。这两句也并非完全虚写，而是以虚笔写实景。顺治十五年版《陕州志》云：“三门，中神门，南鬼门，北人门。惟人门修广可行舟。鬼门尤险，舟筏入者罕得脱。三门之广，约三十丈。”

长风怒卷高浪，飞洒日光寒——从这句以下，写三门津的浪。长风怒啸而来，卷起巨浪，一飞冲天，令日光都为之生寒。“寒”是主观感受，而长风巨浪飞洒日光是客观景物，由表及里，说明长风巨浪仿佛要将整个主客观世界统统包容，不仅让日光为之变冷，而且让所有见到它们的人都无法躲避其寒意。这句意象由整体转向局部，但气势上直承上句，丝毫未减。

峻似吕梁千仞，壮似钱塘八月，直下洗尘寰——这句仍然写浪。先以山比浪。吕梁山在山西省西部，高大险峻，所以他信手拈来，以它来比黄河浪涛的昂扬险拔。再以潮比浪。钱塘潮闻名天下，而以八月为最。北宋潘阆有《酒泉子》词极写钱塘潮之壮观："来疑沧海尽成空，万面鼓声中。"以钱塘潮比三门浪，突出三门浪涛的壮美。千仞吕梁，八月钱塘，一北一南，一山一水，一纵一横，一静一动，不同而同，同而不同，其实都是为下句"直下洗尘寰"蓄势。这奔腾的黄河巨浪，仿佛要冲破造化的天罗地网，将人间的所有污秽都一洗而空，滔滔的黄河水不仅是现实中的乱注的黄流，而且是理想中敢于破坏旧世界的清流。

万象入横溃，依旧一峰闲——此句紧接上句"洗尘寰"，写溃奔横溢的黄河水，气象万千，不可阻挡。然而在这浩浩荡荡之中，却有悠闲的一峰，永久地静立水中，砥柱中流。上阕写景物动荡之极，却又以一"闲"字结尾，令人回味无穷。同时，动中写静，以动观静，给读者一个不断变化的视角，更体现了砥柱山的稳如磐石，坚不可摧。这两句也让人联想到一种超凡脱俗的人生境界。

仰危巢，双鹄过，杳难攀——下阕开始，作者的目光从水中转到岸上，从浩浩难渡的河水险关转到高杳难攀的绝壁危巢，仰望那双飞的天鹅，多想随之而去，但自己的能力太小了，只能望山水而兴叹。

人间此险何用，万古秘神奸——这里反问一句，亦是评论。为什么人间要有这样的天堑险要呢？而且古往今来，人们又给它编造、附会了许多神秘莫测的传说秘史。在作者看来，或许这都是庸人自扰吧！

不用燃犀下照，未必佽飞强射，有力障狂澜——根本不用钻研它有什么秘密，有什么鬼神，也不必让高明的射手飞箭洞穿它的层层迷雾，自然有人可以力挽狂澜，它就像黄河中的砥柱山一样，稳居中流，毫不动摇。燃犀下照：即犀照，比喻能明察事理。晋代温峤曾燃犀角映照水下的怪物，事见《晋书·温峤传》。佽(cì)飞：汉代掌管弋射禽兽的武官名。

唤取骑鲸客，挝鼓过银山——我要唤取和我同样不怕狂风巨浪、妖怪鬼神的同道，骑上巨鲸，敲着大鼓，轻轻松松地跨越这惊涛骇浪。骑鲸客：李白自署为"海上骑鲸客"。杜甫《戏为六绝句》中有"或看翡翠兰苕上，未掣鲸鱼碧海中"。银山：比喻波浪，黄庭坚有"可惜不当湖水面，银山堆里看青山"的诗句(《雨中登岳阳楼望君山》)。全词的结尾洋溢着浓烈的乐观精神和主体战斗精神。这几句虽然是作者理想中的情景，但浪漫主义精神却盖过了前边描写的所有客观实在景物，真正包容天地的不是别的外在力量，而是人的精神力量和理想世界。正如康德所说，最广阔的是人的心灵。

新评

元好问喜欢雄健昂藏的阳刚之美，"横槊赋诗"、"出门一笑大江横"是他最为推崇的美学风格。他的词作豪放和婉约兼有，婉约词有情致，豪放词虽继承苏、辛而自有特点。他时有苏词的轻灵飘逸，时有辛词的刚劲清脱，能自出机杼，不落窠臼，险而不怪，真正是“集两宋之大成者”。这首词是元好问豪放词的代表作，集中体现了他这类作品的美学风格。再加上浪漫主义的想象，主客观结合的景物描写，多变的审美视角，使读者仿佛置身于黄河三门津畔，面对滔滔河水，感叹大自然的鬼斧神工，然后随着作者的精神一起骑鲸冲浪，笑傲长空。

清平乐

题解

这是一首情词，主要表达了伤春思远的闺情。融情入景，情景交融，意境悠远，感人至深。

离肠宛转，瘦觉妆痕浅。飞去飞来双语燕，消息知郎近远。
楼前小雨珊珊，海棠帘幕轻寒。杜宇一声春去，树头无数青山。

新解

离肠宛转，瘦觉妆痕浅——首句写人物的情与貌。心情因离别而宛转感伤，面容因感伤而消瘦憔悴，妆痕因消瘦而更显得浅淡。“瘦觉妆痕浅”耐人寻味。由于爱人的离去，相思日深，容颜日瘦，偶一览镜，发现妆为何如此的浅？是因为再浓的妆都无法掩饰日益消瘦的面庞，还是因为相思而没有心情化妆？

飞去飞来双语燕，消息知郎近远——那来来去去、双宿双飞的燕子啊，你们说着知心话儿，真令人羡慕。从远处飞来的你们，可知道我那心上人现在身在何处，是近是远呢？真是“泪眼问花花不语”，燕子又怎能回答呢？赵佶《燕山亭》（见杏花作）：“凭寄离恨重重，这双燕，何曾会人言语。天遥地远，万水千山，知他故宫何处”，写亡国之恨。舒亶《虞美人·寄公度》有“背飞双燕贴云寒。独向小楼东畔、倚阑看”句，均借燕言情，但不似这两句简洁鲜明。

楼前小雨珊珊，海棠帘幕轻寒——楼前下起了小雨，这小雨难道不是下在心上吗？海棠花儿正开，就像我如花的青春。可是花儿能禁得起这轻寒的侵扰吗？相思，虽然苦涩，但又有那么一点甜蜜，就像楼前的小雨、雨中的海棠一样，绵绵不绝，轻寒阵阵。海棠是诗人和词人喜欢用的一个意象。吴文英《三姝媚·过都城旧居有感》有“绣屋秦筝，傍海棠偏爱，夜深开宴。舞歇歌沉，花未减、红颜先变”句。蔡伸《柳梢青》有“满院东风，海棠铺绣，梨花飘雪”句。而细雨中的海棠，更能表现出物是人非的氛围和情感。

杜宇一声春去，树头无数青山——春天在杜鹃的“不如归去”的叫声中渐渐远去了，我抬头望去，树正浓，山正青，它们遮住了我的视线，我既看不见我那心爱的人归来的身影，也看不到我青春远去的方向。上句同朱淑真《蝶恋花》“绿满山川闻杜宇。便做无情，莫也愁人苦”词意。下句与姜夔《长亭怨慢》“树若有情时，不会得、青青如此。日暮，望高城不见，只见乱山无数”词意略同。

新评

这首词的意境和晏几道《临江仙》“梦后楼台高锁，酒醒帘幕低垂。去年春恨却来时。落花人独立，微雨燕双飞”的意境比较相似，但风格比晏作爽朗。它写的是轻而远的愁，不是浓得化不开的愁，但写得却很深刻。词中不但写相思，而且有对青春的留恋和对生命的眷顾，这些情绪情感又不是直接表露的，而是通过对典型景物的描绘，自然而然地抒发出来的，正如王国维在《人间词话》中所说，“一切景语皆情语”，而大家之作，“其辞脱口而出，无矫揉妆束之态”。

江城子

题解

这首风格颇为豪放的词悲歌慷慨，主要写作者渴望建功立业的情怀和无法实现理想的苦闷。

醉来长袖舞鸡鸣。短歌行，壮心惊。西北神州，依旧一新亭。三十六峰长剑在，星斗气，郁峥嵘。　古来豪侠数幽并，鬓星星，竟何成。他日封侯，编简为谁青。一掬钓鱼坛上泪，风浩浩，雨冥冥。

新解

醉来长袖舞鸡鸣——即使我喝醉了酒，仍能像刘琨他们那样闻鸡起舞，长袖飘飘，心情激荡。“闻鸡起舞”是人们常用的典故。在这个典故中，祖逖常被说起，而刘琨常被忽略。其实是刘琨和祖逖一起舞剑。刘琨，字越石，并州人，西晋末年爱国诗人。元好问非常喜欢他的诗，《论诗绝句》曾有“曹刘坐啸虎生风，四海无人角两雄。可惜并州刘越石，不教横槊建安中”的评价。另外，元好问诗《并州少年行》有“著鞭忽记刘越石，拔剑起舞鸡鸣歌”之句，此处的闻鸡起舞应偏指刘琨。

短歌行，壮心惊——曹操的《短歌行》令多少壮士有风雷激荡、石破天惊的感受啊！曹操的《步出夏门行》有“烈士暮年，壮心不已”的诗句，为后句所本。

西北神州，依旧一新亭——我举头向西北望去，神州陆沉，国势之艰难，让人像“新亭对泣”那样悲伤。从这句看，这首词应写于金亡之后。新亭：故址在今江苏省南京市南。《世说新语》："过江诸人，每至美日，辄相邀新亭，藉卉饮宴。周侯中坐而叹曰：'风景不殊，正自有山河之异。'皆相视泪流，唯王丞相愀然变色曰：'当共戮力王室，克复神州，何至作楚囚相对！'"辛弃疾《菩萨蛮·书江西造口壁》有"西北望长安，可怜无数山"句。元好问诗《龙兴寺阁》有"诗家总道登临好，试就遗台老树看"句，意味与这句相近。

三十六峰长剑在，星斗气，郁峥嵘——再看那如长剑般插入云端的三十六峰，看葱郁峥嵘的星斗之气，怎不令人心潮澎湃，热血涌动。嵩山的少室山，有三十六峰。元好问《雪中自洛阳还嵩山》诗中有"三十六峰一茅屋，梦里西家掠社钱"句，故这首词当亦作于河南。这句是上片的结束，诗人由"依旧一新亭"的感叹中振作，认识到应该秉"中州万古英雄气"，去建功立业。此句引出下片首句。

古来豪侠数幽并，鬓星星，竟何成——古来豪侠众多，要数幽并为最，可是我这个幽并人再也不能像先辈那样杀敌立功了，因为我已双鬓斑白，还能干什么呢？作者《并州少年行》："君不见并州少年夜枕戈，破屋耿耿天垂河，欲眠不眠泪滂沱。"

他日封侯，编简为谁青——等到将来封侯的时候，青史上会留下谁的名字呢？杜甫《故武卫将军挽歌》有"封侯意疏阔，编简为谁青"句。古人写书用竹简，使用之前先"杀青"。青简、青史、汗青都从此来。

一掬钓鱼坛上泪，风浩浩，雨冥冥——即使我像严子陵那样在钓鱼坛上垂钓，也不会忘记事业未成的痛苦，面对浩浩的风，冥冥的雨，我会泪流满面的。钓鱼坛，是严子陵钓鱼的地方，严子陵是汉光武帝刘秀的同学，刘秀称帝后他隐居不仕，垂钓于富春江。这句结尾，不但飘逸，而且沉痛。

新评

清代赵翼评元好问的诗，说"国家不幸诗家幸，赋到沧桑句便工"，这首词恰如其分地体现出了这一点。词人有慷慨报国的壮志，有幽并豪侠的气概，但随着鬓发的渐渐斑白，理想实现的可能性也在渐渐地变小以至消失。令人感动的是作者对理想的执著，令人感慨的是作者对现实的无奈。胸中块垒何物能浇，唯诗与酒。让元好问留名青史的，注定不是赫赫战功，而是战功未就后的诗篇。

鹧鸪天

题解

本词是作者五十四岁时应耶律楚材之子耶律铸之请赴京所作。这个时期作者在家乡过着躬耕著述的隐居生活，但是帝京的景物又引发了他漂泊失意的身世之感和抱负未展的悲凉心情。

八月卢沟风路清，短衣孤剑此飘零。苍龙双阙平生恨，只有西山满目青。　　尘扰扰，雁冥冥，因君南望涌金亭。还家剩买宜城酒，醉尽梅花不要醒。

新解

八月卢沟风路清，短衣孤剑此飘零——八月卢沟附近风清路静，我一个人身穿短衣，佩带孤剑，飘零于此。卢沟：即今永定河，金时叫卢沟河。上有卢沟桥，始建于金大定二十九年(1189)，成于明昌三年(1192)，清初重建。短衣：即短褐，古代平民穿的粗布衣。《汉书·货殖传》："富者木土被文锦，犬马馀肉粟，而贫者短褐不完，含菽饮水。"

苍龙双阙平生恨，只有西山满目青——帝都的苍龙双阙引发了多少的恨事呀！可是京郊的西山却不管这些，依旧是青青一片。阙：指皇宫门前两边供瞭望的楼；宫阙，也借指朝廷和京城、宫殿。苍龙双阙：长安城东有苍龙阙，北有玄武阙，此处借指京城。

尘扰扰，雁冥冥，因君南望涌金亭——风尘扰人，归雁也向南去得远了，我顺着它们飞去的方向，想看到南边的涌金亭。涌金亭在河南辉县西北三千米，是元好问和他的朋友们常登临怀古，饮酒赋诗之地。

还家剩买宜城酒，醉尽梅花不要醒——过去的是非恩怨都不要管了，还是回家吧。等到冬天的时候，买上一壶宜城的美酒，陶醉于梅花之下，再也不愿意清醒过来。宜城在湖北，盛产美酒。

新评

这首词上片写卢沟的景物和游历帝都的感受。这时金朝已经被蒙古政权灭掉九年了，元好问游览旧京都，难免会产生兴亡之感和身世之恨，而作者又从纷纷扰扰的变化中发现了不变，满目青翠的西山不是依旧巍然而立吗？下片作者想到当年的意气风发、壮怀激烈都成往事，觉得还不如干脆将它们忘记于酒中花下算了。从作者故作潇洒的语气中我们能看出，他对故国显然是"不思量，自难忘"的。

朝中措

题解

这是一首写少女的词。作者通过多种手法，完美地刻画出了这位如花女子的音容笑貌与迷人气质。

樱桃花下玉亭亭，随步觉春生。处处绮罗丛里，偏她特地分明。　韶华似水，棠梨叶吐，杨柳新成。不是低鬟一笑，十分只是无情。

新解

樱桃花下玉亭亭，随步觉春生——正是樱桃花盛开的季节，花下亭亭袅袅的是谁家女子呢？当她走过时，仿佛整个春天都扑面而来！这句是以花衬人，“花面交相映”。

处处绮罗丛里，偏她特地分明——处处都是穿着华美衣服的女子，她为什么偏偏那么引人注目呢？这句是以人衬人。更深的层次是因为作者对她的情有独钟，所以天生丽质的她在作者眼里更加突出，其他的女性不过是她的附属与点缀而已。上片两句写“她”的外在形体和内在气质。

韶华似水，棠梨叶吐，杨柳新成——姑娘你如花的年华就像水一样清纯，像棠梨刚刚吐出的叶子一样娇嫩，像新抽芽的春柳一样清新。韶华：本指春光，也指美好的时光、人的青春年华。戴叔伦《暮春感怀》：“东皇去后韶华尽。”

不是低鬟一笑，十分只是无情——如果不是你低下头去温柔的一笑，我还以为你对我没有一点点眷顾之情呢！这里反写一句，意思是因为你低头一笑，我才体会到你的情意，要不我还以为你是个冷美人呢！

新评

写女性美的词何止万千，这是词所表现的一个传统题材。写女性美关键是写出气质和情态。本词上片从花开始写人，把“她”置于樱桃花盛开、美女如云的环境中，通过衬托，更显现出了“她”的不同寻常。下片写年华，写岁月，写棠叶，写新柳，都是为写最后一句铺垫，“低鬟一笑”，达到了传神写照的艺术效果，可与李清照写的“和羞走，倚门回首，却把青梅嗅”相媲美。

鹧鸪天

题解

这首词写清明前后的乡村生活，作于作者的青年时期。本词写出了清明时节的淡雅景色和作者心中浓浓的哀愁。

酒兴浓于琥珀浓，争教相望水西东。人家寒食清明后，天气轻烟细雨中。　　花不尽，柳无穷，赏心难是此时同。阿莲近日歌喉稳，唱得春窗烛影红。

新解

酒兴浓于琥珀浓，争教相望水西东——我喝酒的兴致比杯中的琥珀酒还要浓，怎么让我有闲情看那西来东去的水呢？上句用两个“浓”字，可谓用字奇；而说一个比另一个浓，其实是说二者都浓，是立意奇。下句看似平常却难解，在作者不关心逝者如斯的洒脱态度下，表现的却是作者浓得化不开的哀愁。

人家寒食清明后，天气轻烟细雨中——寒食清明之后的人家，笼罩在轻烟细雨的天气之中。冯延巳《上行杯》：“落梅着雨消残粉，云重烟轻寒食近。”寒食节在清明前一天或两天。

花不尽，柳无穷，赏心难是此时同——花也盛开，柳也无穷，但欣赏这美景的心情此时却无，真是良辰、美景、赏心、乐事难同时具备啊！

阿莲近日歌喉稳，唱得春窗烛影红——阿莲近几天的歌喉婉转，唱得越来越妥帖，以至于暮春时节窗下的烛影也在她的歌声中越发显得红艳了。此句的“烛影红”也可解作词牌名“烛影摇红”，这句也可以说，阿莲甚至连“烛影摇红”也唱得十分地妥帖了。阿莲是一名琴姬，元好问《太常引》“渚莲寂寞”词序记其事，《江城子·观别》亦是为她而作。

新评

本词是写清明寒食前后的景物，但景物中包容了作者的情感，全词意境深厚，浓淡得当。起始一句“酒兴浓于琥珀浓”，即为全词定下了一个“浓”的调子；然而作者笔锋一转，又写“轻烟细雨”的“淡”，自然色彩和情绪色彩搭配得恰到好处，似一幅绝佳的水墨山水画。最后一句中的“稳”字，表现力非常强，不但表现了歌声的妥帖，而且体现了浓愁的延伸，使得“阿莲”的出现并不能缓解这浓愁，而且用声音的表现力拉长了浓愁。“红”字又为全词的冷色中加入了暖色，使得春天的色彩更加多样，而词也具有了另一重的表现力。

鹧鸪天

题解

这首词可能作于金亡后不久。面对热衷名利的人们，作者表达了不屑；而对于自身的出和处，作者似乎已经决定。但随着年龄的日渐变老，作者好像越发心有不甘，所以他面对西风与老菊，禁不住悲从中来。

短发如霜久已拚，无冠可挂更须弹。初闻古寺多伥鬼，又说层冰有热官。　闲处坐，静中看，时情天意酒杯干。篱边老却陶潜菊，一夜西风一夜寒。

新解

短发如霜久已拚，无冠可挂更须弹——我的短发已经像霜一样的白了，可我也顾不上梳理它们了，虽然我现在是一介平民，想学古人那样挂冠而去都无冠可挂，但这样洁身自好，不是更是可喜可贺的吗？拚：不顾惜。挂冠：辞官。《后汉书·逢萌传》："即解冠挂东都城门，归，将家属浮海，客于辽东。"弹冠：弹除冠尘，以示庆幸。《楚辞·渔父》："新沐者必弹冠"，故弹冠又有洁身自好之意。

初闻古寺多伥鬼，又说层冰有热官——伥鬼：传说中被虎所食的人变成的鬼，这个鬼又成为虎的帮凶，引虎去伤害别人。热官：权势显赫的官吏。层冰：杜甫有"径危抱寒石，指落层冰间"诗句，这句是说，当初听说荒古的寺庙里有为虎作伥的鬼，又听说冰冷的地方都有权势显赫的官。上片写自己对无官一身轻生活的满足和他人热衷于做官的丑态。

闲处坐，静中看，时情天意酒杯干——我在闲处坐着，我在静中观察，体会到时代的形势和历史的规律，我且饮尽这杯中之酒。作者对伥鬼和热官都冷眼旁观，仿佛只陶醉于美酒之中，其实这不过是借杯酒以浇块垒的行为罢了。

篱边老却陶潜菊，一夜西风一夜寒——篱边的菊花渐渐地老去，随着西风的到来，寒冷也一夜比一夜加深了。陶渊明爱菊花，尤其在归隐之后，过着"采菊东篱下，悠然见南山"的闲适生活。这里元好问是另一种情感，他不仅看到了陶潜的闲适，还看到了这种赋闲隐居生活的无奈和悲哀：菊花会老，西风日寒，难道人就能永葆青春吗？

新评

"一夜西风一夜寒"，寒冷的不仅仅是天气，更是作者的心情。作者可以对那些名利之徒嗤之以鼻，但对于国破家亡，对于功名未立不能无动于衷。当一个人感觉到自己已经衰老了的时候，那种悲哀是刻骨铭心的。《老子》说，哀莫大于心死，尤其是心不得不死的情况下，悲哀根本就是赏菊饮酒这种外在行为无法排遣的，陶潜不是也有"金刚怒目"的时候吗？

江梅引

题解

从词序看，这首词是元好问被女子阿金对爱情的执著所感动，为她写的挽词。此词又作《梅花引》。

泰和中，西州士人家女阿金，姿色绝妙。其家欲得佳婿，使女自择。同郡某郎独华腴，且以文采风流自名，女欲得之。尝见郎，墙头数语而去。他日又约于城南，郎以事不果来。其后从兄官陕右。女家不能待，乃许他姓。女郁郁不自聊，竟用是得疾，去大归二三日而死。又数年，郎仕，驰驿过家，先通殷勤者持冥钱告女墓云："郎今年归，汝知之耶？"闻者悲之。此州有元魏离宫，在河中滩，士人月夜踏歌和云："魏拔来，野花开。"故予作《金娘怨》，用杨白花故事。词云："含情出户娇无力，拾得杨花泪沾臆。春去秋来双燕子，愿衔杨花入窠里。"郎，中朝游贵，不欲斥其名，借古语道之，读者当以意晓云。"骨化形销，丹诚不泯，因风委露，犹托清尘"，是崔娘书词，事见元相国传奇。

墙头红杏粉光匀。宋东邻，见郎频。肠断城南，消息未全真。拾得杨花双泪落，江水阔，年年燕语新。　见说金娘埋恨处，蒺藜沙，草不尽。离魂一只鸳鸯去，寂寞谁亲。惟有因风委露托清尘。月下哀歌宫殿古，暮云合，遥山入翠颦。

新解

墙头红杏粉光匀——一枝出墙的红杏绽放着粉色的花儿，颜色匀和。这句似写花而实写人。豆蔻之龄的阿金像盛开的花儿一样。叶适《游园不值》有"春色满园关不住，一枝红杏出墙来"句，元好问亦有"杏花诗"多首，其中有"杏花墙外一枝横""小雨斑斑晓未匀"等句。

宋东邻，见郎频——阿金像宋玉笔下的东家之子一样美，她多次地和心上人见面。宋东邻：宋玉《登徒子好色赋》曾写"东家之子"的美："增之一分则太长，减之一分则太短，著粉则太白，施朱则太赤"，后以"东邻"称美人。

肠断城南，消息未全真——阿金在城南苦苦等待郎君的到来，可是却没有得到真切的消息。肠断城南：高适《燕歌行》有"少妇城南欲断肠，征人蓟北空回首"句。

拾得杨花双泪落，江水阔，年年燕语新——拾起飘飞的杨花，阿金双眼落泪，只见江水宽阔，每年都有燕子从远方新返，卿卿话语，可是心上人却一去不回。"杨花"，是古代诗词常用的一个意象。词序说"用杨白花故事"，这个故事及相关诗句大略是：元魏胡太后与杨白花私通，白花畏罪逃入梁朝，改名杨华，胡太后思恋他，作《杨白花歌》："阳春二三月，杨柳齐作花。春风一夜入闺闼，杨花飘荡落南家。含情出户脚无力，拾得杨花泪沾臆。秋去春来双燕子，愿衔杨花入窠里。"杜甫有"杨花雪落覆白苹"、"人生有情泪沾臆"等诗句。苏轼有"细看来，不是杨花，点点是离人泪"的词句，本句亦有这个意思。

见说金娘埋恨处，蒺藜沙，草不尽——只见人们指点评说着埋葬阿金的地方，同时埋葬的还有阿金的满腔怨恨。这里蒺藜长在沙土中，青青的野草一望无尽。

离魂一只鸳鸯去，寂寞谁亲——一只鸳鸯离去了，仿佛带走了另一只的魂魄一般，阿金像寂寞的鸳鸯一样，谁能够体会到她的心事呢？鸳鸯：晋代崔豹《古今注·鸟兽》："鸳鸯，水鸟，凫类也。雌雄未尝相离，人得其一，则一思而死，故曰匹鸟。"鸳鸯的故事被广泛应用于诗词之中来表示爱情，例如《孔雀东南飞》有"中有双飞鸟，自名为鸳鸯。仰头相向鸣，夜夜达五更"句；贺铸有"头白鸳鸯失伴飞"句。

惟有因风委露托清尘——只有顺风飞走，将自己委托给早晨的露水和清扬的尘土。"因风委露，犹托清尘"是元稹《莺莺传》中莺莺给张生信中的话。作者引用这两句话意在将阿金比莺莺，斥责男方的负心薄幸。

月下哀歌宫殿古，暮云合，遥山入翠颦——人们在明亮的月光下、古老的宫殿边唱着哀歌，这时候暮云欲合，而远处青翠的山，像阿金皱起的眉毛一样，渐渐消失在暮色之中。暮云：元好问《摸鱼儿》有"渺万里层云，千山暮景，只影为谁去"句；李清照有"落日熔金，暮云合璧，人在何处"句，与元好问本词意境相似。

新评

本词写情，阿金的美丽、纯情，对爱情的大胆和痴心，通过一系列的意象表达得情致幽婉，催人泪下。红杏、杨花、江水、燕语、蒺藜、黄沙、野草、鸳鸯、风露、清尘、月下、哀歌、古殿、暮云、远山、翠颦，意象虽然很多，但都是为主题服务的，故不显得零乱，反而能够一层层地将主题深化。元好问善于意境的营造，其作往往出人意表而又令人回味无穷。本词同样体现了这一点，结尾不但令全词境界全出，而且暗合"死去何所道，托体同山阿"之意，使全词对生命和爱情的体验更加深化。因此，作品所表现的，绝不仅仅是一个凄婉的爱情故事。是阿金打动了作者，作品打动了读者，读者会超越阿金故事本身去体会词的意义的。

木兰花慢

游三台

题解

这是作者游邺城三台(即铜雀台、金虎台、冰井台,均为邺城胜景)时的怀古之作。邺城曾是曹魏政权的统治中心,是当年人文荟萃之地。千年之后,作者仍然能够感觉到此地的龙虎之气,联想到当年的风云之事。元好问写下此词,抒发了历史的沧桑感和胸中的不平气。

拥岧岧双阙,龙虎气,郁峥嵘。想暮雨珠帘,秋香桂树,指顾台城。台城,为谁西望,但哀弦凄断似平生。只道江山如画,争教天地无情。　风云奔走十年兵,惨澹入经营。问对酒当歌,曹侯墓上,何用虚名。青青,故都乔木,怅西陵遗恨几时平。安得参军健笔,为君重赋芜城。

新解

拥岧岧双阙,龙虎气,郁峥嵘——岧岧(tiáo),高峻的样子。拥有这样高耸入云的宫殿台楼,郁郁葱葱,无限峥嵘,显得大有天子之气。龙虎气:即帝王之气,《史记·项羽本纪》中,范增观察刘邦,"令人望其气,皆为龙虎,成五采"。邺城是曹魏时天下英雄聚集之地,所以称其有"龙虎气"。

想暮雨珠帘,秋香桂树,指顾台城——想象秋天的时候,在珠帘外的飘飘暮雨中和香气四溢的桂树间,回顾故都邺城的情景。台城:禁城,这里指邺城。暮雨珠帘:王勃《滕王阁诗》有"珠帘暮卷西山雨"句。

台城,为谁西望,但哀弦凄断似平生——站在台城之上,我为谁而向西眺望?只听到哀婉的琴弦弹奏的乐曲像自己平生的遭际一样凄凉。这句由写景转入抒情,由历史转入人生。

只道江山如画,争教天地无情——原来只晓得江山如画,没想到自然规律是如此的无情啊!这句承上句,更进一步说人生易逝:没想到这美丽的大自然,隐藏着多么令人无奈和胆寒的规律。苏轼说"江山如画,一时多少豪杰"。

风云奔走十年兵,惨澹入经营——曹操风云际会,在战争中奔波了十年,真是惨澹经营啊!十年兵:指从曹操建铜雀台经营邺都始,到曹丕建都洛阳止,是十年的时间。

问对酒当歌，曹侯墓上，何用虚名——我试问对酒当歌的曹操墓上，要虚名又有什么意义呢？“对酒当歌”见曹操《短歌行》。这句是说曹操建的功业都随历史而去了，所以王侯将相的名号，都是虚无缥缈的。曹操让后人怀念的，是对酒当歌的豪迈气概和慷慨悲壮的英雄情怀。

青青，故都乔木，怅西陵遗恨几时平——邺城故都的乔木依然青翠，我惆怅地望着曹操的陵墓，这历史的遗恨什么时候才能平息呀！这句是说，英雄和功名都成为往事，而景物却依然如故，时间如此的无情，人们空留下许多对它的怨恨，无法平息。这句来自姜夔的《扬州慢》“过春风十里，尽荠麦青青”和“废池乔木，犹厌言兵”句，似乎饱含着对金、蒙时期战争破坏之怀恨，但又不仅如此，而是有更深远的意义。

安得参军健笔，为君重赋芜城——怎么才能像鲍照那样拥有雄健的文笔，为你再写一篇类似于《芜城赋》那样的作品呢？参军：指鲍照，曾做过临海王萧子顼的前军参军，故人称鲍参军，他的《芜城赋》写广陵城经过战乱后的荒芜景象。这里作者用广陵比邺城。

新评

这是作者晚年的一篇怀古之作。元好问颇为欣赏“邺下风流”，对曹操本人的功业文章也极为推崇，所以他说邺城是“龙虎气，郁峥嵘”。但从今昔对比中，元好问又发现了岁月的无情，自然规律的冷漠，所以他说“只道江山如画，争教天地无情”。怀古之作重在有历史感，不就一人一事而论，本词做到了这一点，再加上作者对自身身世际遇的感怀，使本词成了一篇不可多得的怀古佳作。元好问游三台词共二首，下面列出另一首，供参阅：

渺漳流东下，流不尽，古今情。记海上三山，云中双阙，当日南城。黄星，几年飞去，澹春阳，平野草青青。冰井犹残石甃，露盘已失金茎。　风流千古短歌行，慷慨缺壶声。想酾酒临江，赋诗鞍马，词气纵横。飘零，旧家王粲，似南飞，乌鹊月三更。笑杀西园赋客，壮怀无复平生。

清平乐

嘲儿子阿宁

题解

这首词写作者的二儿子阿宁，不但写出了孩子的可爱，而且表达了父亲对他的希望。

娇莺哑咤，解说三生话。试看青衫骑竹马，若个张萱许画。
西家撞透烟楼，东家笑谈封侯。莫道元郎小小，明年部曲黄牛。

新解

娇莺哑咤，解说三生话——阿宁像刚刚出巢的小黄莺，叽叽喳喳地说个不停，仿佛他连前生、今生、来生都知道一样。哑咤：象声词。三生：佛家所说的三世转生，即前生、今生和来生。白居易《赠张处士山人》："世说三生如不谬，共疑巢许是前身。"

试看青衫骑竹马，若个张萱许画——你看阿宁穿着青色的衣服，骑着竹马，好像是张萱画上的人物。张萱：京兆（今陕西西安）人，盛唐杰出的肖像画和仕女画画家，其绘画活动主要集中在唐玄宗开元（713—741）、天宝年间（742—756）。张萱的画中有仕女、儿童等，如著名的《虢国夫人游春图》。

西家撞透烟楼，东家笑谈封侯——西边的人家望子成龙心切，东边的人家带笑谈论着儿子日后封侯的事情。撞透烟楼：犹言跨灶之才，比喻儿子胜过父亲，有望子成龙之意。元好问为长子阿千出生写的《朝中措》有"拾得羽阳宫瓦，不愁撞透烟楼"句，苏轼《与陈季常书》有"着鞭一跃，当撞破烟楼也"句。此典故见宋胡继宗《书言故事·子孙》。

莫道元郎小小，明年部曲黄牛——不要说我家孩儿现在还是个小娃娃，明年他就可以指挥一大群黄牛了。结合上句我们看出，作者让孩子建功立业的心情已经消歇，他更在乎孩子的健康和恬淡的乡村生活。

新评

词中写出了小儿的天真烂漫，音容皆备、形神毕现，也写出了作者的舐犊深情。上片主要通过两个典型细节的描写，即儿子的声音和儿子骑竹马的动态，刻画出一个聪明、健康、活泼的儿童形象。下片先写他人对孩子的希望，然后再写自己对儿子的期望，两相对比，表明了作者在经历了许多的磨难后，对没有纷争的平淡生活的渴望。

鹧鸪天

题解

这首词是作者写自己晚年诗酒笑傲生活的作品，风格洒脱畅快，同时也表现了作者大志未遂的苦闷心情。

酒量平常发兴偏，留连光景惜欢缘。悲歌慷慨人争和，醉墨淋漓自笑颠。　麟阁画，祖生鞭。拍浮多负酒家钱。老来事事消磨尽，只有尊前似少年。

新解

酒量平常发兴偏，留连光景惜欢缘——酒量平平常常但饮酒的兴致却很高，我留恋眼前的风光，更珍惜快乐的相聚机会。发兴偏：即偏发兴，偏偏地有酒兴发作。留连：不愿意离开。光景：风光景色。朱熹《春日》诗："胜日寻芳泗水滨，无边光景一时新。"

悲歌慷慨人争和，醉墨淋漓自笑颠——我唱着慷慨悲壮的歌，人们争相应和；我醉时的作品墨迹淋漓，连自己都嘲笑自己的癫狂。

麟阁画，祖生鞭——这句是说安邦定国的功业和志向。麟阁画：麟阁，又称麟台、麒麟阁，汉宣帝时曾在麒麟阁内绘功臣图像，以表其功。祖生鞭：《晋书·刘琨传》载：晋时刘琨和祖逖为友，二人都有大志，曾一起闻鸡起舞。琨闻祖逖被用，乃致书亲故云："吾枕戈待旦，志枭逆虏，常恐祖生先吾著鞭。"参见《江城子·醉来长袖舞鸡鸣》之"新解"，今表示勤奋、争先之意。

拍浮多负酒家钱——豪饮时经常向酒家赊账。拍浮：本指游泳，这里指饮酒。《世说新语·任诞》："一手持蟹螯，一手持酒杯，拍浮酒池中，便足了一生。"

老来事事消磨尽，只有尊前似少年——人老了，一切事物都在走下坡路，只有在酒杯前才又像一个年轻人的样子。

新评

这首词节奏明快，风格爽朗洒脱，似李白之作。上片四句写饮酒赋诗的生活，"人争和"，表明同道中人颇多，这正是作者人格魅力的体现。而"自笑颠"，又说明真正理解作者内心世界的人又太少了，表面的洒脱和实际内心的执著形成了鲜明的对比。下片从建功立业的汉代功臣和怀抱报国之志的祖逖说起，说到自己晚年时年轻的热情都没有了，只有喝醉了的时候才又仿佛恢复了青春，这种感觉无疑是悲凉和无奈的。

江城子

题解

这首词是作者1253年寒食清明节时游山东东平凤山灵泉寺时所作，当时作者六十四岁。

梅梅柳柳闹新晴。趁清明，凤山行。画出灵泉，三月晋兰亭。细马金鞍红袖客，能从我、出重城。　　赏心乐事古难并。玉双瓶，为冠倾。一曲清歌，休作断肠声。头上花枝如解语，应笑我、未忘情。

新解

梅梅柳柳闹新晴——梅花和杨柳在春天新晴的日子里竞相开放、吐绿，热闹非凡。本句叠用“梅”、“柳”二字，表现梅、柳的繁茂，正如李清照《声声慢》中的“寻寻觅觅”句。然而李作是用叠字表示“愁”，元好问却是表示“乐”。“闹”字最著名的当数宋祁《玉楼春》：“绿杨烟外晓寒轻，红杏枝头春意闹”句，被王国维称为“着一‘闹’字，而境界全出”。这里作者将“梅梅柳柳”和“闹”字连用，更显得春天的气息扑面而来，浓烈异常。

趁清明，凤山行——趁着清明时节，我们还是到凤山上游一遭吧！作者游凤山是在寒食节，寒食在清明前一天或两天，所以可以统称为清明时节。作者《寒食灵泉宴集序》云：“出天平北门三十里而近，是为凤山之东麓，有寺曰灵泉。”

画出灵泉，三月晋兰亭——灵泉寺附近的风景如画，就像东晋时王羲之他们三月聚会时的兰亭一样。王羲之等人的三月三兰亭修禊，是历史上最为著名的文人雅集之事，王羲之的《兰亭集序》，是著名的骈文和书法作品。作者将灵泉比作兰亭，认为这次的聚会简直可以和晋代的兰亭之会相比。

细马金鞍红袖客，能从我、出重城——骑着小马，鞴着金鞍的漂亮姑娘们，也能跟着我，走出几重城门来游玩。红袖：指美女。辛弃疾《水龙吟》有“倩何人唤取，红巾翠袖，揾英雄泪”句。

赏心乐事古难并——游玩的心情和快乐的事情自古以来就很难同时拥有。谢灵运《拟魏太子邺中集诗序》：“天下良辰美景、赏心乐事，四者难并。”

玉双瓶，为冠倾——拿起盛满美酒的玉瓶，为我们这些男子汉倒酒。冠：代指成年男子。一说“冠倾”为抬头畅饮。《寒食灵泉宴集序》称当时“兵厨之良酝踵来，京洛之名讴自献”，可与此句相印证。

一曲清歌，休作断肠声——一曲清亮的歌儿，不要唱出那些让人难过的声音。清歌，亦可解为无伴奏的演唱。

头上花枝如解语，应笑我、未忘情——头顶上的花枝如果能够理解人的话语，也应该笑我“老夫聊发少年狂”般的浪漫热情啊！

新评

和心心相印的朋友们在一起，64岁的作者仿佛又回到了年轻的时光。起始一句即为全词营造出了一个令人心醉的春天的热闹景象：恰好赶上清明时节，正是良辰美景具备；再加上红袖、朋友相伴，还能有什么烦恼呢？所以“休作断肠声”。如果花儿能明白人间的快乐，那么连它们都要嫉妒这位年逾花甲的老人了。全词几乎没有静态的描写，而多用动词，即使写静态的花柳，都用“闹”“笑”这样的词语，因此这首词的风格显得格外活泼轻快。

鹧鸪天

效东坡体

题解

这首词作于金亡后作者移居山东冠氏时。作者在冠氏自建新居，其间对东坡词作了进一步的研究，遂效东坡体作了此词。

煮酒青梅入坐新，姚家池馆宋家邻。楼中燕子能留客，陌上杨花也笑人。　梁苑月，洛阳尘，少年难得是闲身。殷勤昨夜三更雨，剩醉东坡一日春。

新解

煮酒青梅入坐新，姚家池馆宋家邻——趁着梅子青的时候放到酒中煮，坐下就感到一种清新的气息，仿佛置身于姚家的牡丹池馆中，又好像宋家的荔枝就在隔壁。煮酒青梅：苏轼《过岭南而北次前韵》有“不趁青梅尝煮酒，要看细雨熟黄梅”句。姚家：指洛阳姚氏，被称为牡丹花王。宋家：指莆中宋家，其荔枝被称为第一香。这里以姚家和宋家代指牡丹和荔枝。“姚家池馆”和“宋家邻”是互文见义。

楼中燕子能留客，陌上杨花也笑人——楼中的燕子也能让客人留下来，陌上的杨花也会向人微笑。此句用拟人手法，写出了乡居生活的轻松愉快。

梁苑月，洛阳尘，少年难得是闲身——不是陶醉在梁苑的月色里，就是追逐于洛阳的车尘中，年轻人很难有闲下来享受闲情逸致的时候。“难得”是说人们都在追名逐利，根本就不懂得乡居生活的乐趣。

殷勤昨夜三更雨，剩醉东坡一日春——何况雨也很殷勤，昨夜三更还下了一场，更该在东坡的春色中醉上它一天了。剩：更，表示程度。苏轼《鹧鸪天》：“殷勤昨夜三更雨，又得浮生一日凉。”

新评

从这首词中，我们看出，凡是才华出众的作者，其作品的风格是多样的。元好问是以忧患之作而闻名的诗人，但忧患之作仅仅是他的艺术风格的一个方面。这首《鹧鸪天》词，给读者的感受就完全是别样的。这首词写乡居生活的愉快，这种愉快是溢于言表的，是被作者内心世界深深感受到的，是非常美的，以至于作者用语言都无法表达了，所以才用“楼中燕子能留客，陌上杨花也笑人”来表达。而这种拟人化的写法却又让人感到非常的妥帖、恰当、形象。读者仿佛也能听到燕子留客的热情叫声，能看到杨花妩媚的笑容。最后一句化用苏轼的词句而不显丝毫的穿凿生硬；最后陶醉于春色之中，更为全词留下了让人回味的诗情画意。王博文《天籁集序》称元好问词“掇古诗之精英，备诸家之体制，而以林下风度，消融其膏粉之气”，评价是非常准确的。

木兰花慢

送亲家丈问梦纲

题解

据《山右石刻丛编》卷二十七《故左副元帅权四州都元帅宣授征行千户周侯神道碑》：“遗山先生与侯有姻戚之好，尝赠侯乐府有‘关心老来姻嫁，要与君、邻屋共烟霞’之句，其为宿儒硕士爱重也如此。”亲家丈，可能指此“周侯”，周侯即周献臣，字梦卿，定襄人。元好问《同周帅梦卿、崔振之游七岩》诗中有“同游尽亲旧，举目是家山”之句。

又东门送客，侧身西望长嗟。算万里功名，几番风雨，何限云沙。相看已过半百，甚年年、各在天一涯。秋气偏催过雁，疏烟细点归鸦。　　旌旗未卷鬓先华，清泪落悲笳。问蜀道登天，锦城虽好，得似还家。关心老来婚嫁，要与余、邻屋共烟霞。到□征西车马，输他杜曲桑麻。

新解

又东门送客，侧身西望长嗟——又要在东门送你上路了，我侧身西望，长长地叹了口气。东门送客：西汉名臣疏广、疏受告老回乡，公卿大夫故旧数百人为其饯行于长安东都门外。后代多以东门为送客之地。李白《蜀道难》有“侧身西望长咨嗟”句。

算万里功名，几番风雨，何限云沙——想到人们为求功名，不惜于万里之外奔波，经历多少风风雨雨。云沙：指距离辽远。岑参《临洮泛舟》："云沙万里地，孤负一书生。"

相看已过半百，甚年年、各在天一涯——我们互相看看，都是年过半百的人了，为什么还要日复一日地天各一方、远远分别呢？

秋气偏催过雁，疏烟细点归鸦——凄凉的秋天的气息最爱催促南飞的大雁快快飞走，稀疏的炊烟中隐约地点缀着归巢的鸦雀。这里由写人转向写景，通过写秋天的肃杀之气和匆匆归巢的禽鸟，抒发出了作者不愿意离别的凄凉心情。

旌旗未卷鬓先华，清泪落悲笳——我们战斗的旌旗还未卷上，功业还未完成，我们的鬓角首先花白了，在悲凉的胡笳声中，我们不禁潸然泪下。

问蜀道登天，锦城虽好，得似还家——我不禁要问：既然蜀道如登天般难走，纵使成都很好，怎么能比得上回家呢？这句系从李白《蜀道难》化出，诗中写道："蜀道之难，难于上青天"、"锦城虽云乐，不如早还家"。锦城：即成都，因产蜀锦而得名。元好问《鹧鸪天》："锦城未比还家好，何处而今有锦城。"

关心老来婚嫁，要与余、邻屋共烟霞——你还关心我老年时儿女的婚嫁之事，还说要与我成为邻居，共同过着隐居于山水之中的生活。烟霞：指山水。柳永《望海潮》："千骑拥高牙，乘醉听箫鼓，吟赏烟霞。"

到□征西车马，输他杜曲桑麻——"□"为缺字。这两句的意思是：东征西讨的动荡生活，还不如回家的田园之乐。杜曲桑麻：杜曲，在长安市南；桑麻，代指农村生活。

新评

这是一首送别的作品。作者把对老朋友的殷殷情谊和对仕途功名的厌倦，通过情景交融的艺术手法，表达得淋漓尽致。尤其是写景，"秋气偏催过雁，疏烟细点归鸦"不但有水墨山水般淡雅的色调，更包含了作者的丰富情感：上句说不忍别离，下句说盼望早归，融情入景，又自然妥帖。本词另外一个特点是融前人诗词入句而不显丝毫生硬穿凿。

浣溪沙

题解

从全词的风格看，此词可能作于河南内乡县令任内，是作者游淅江时作。当时金朝国势日颓，作者又离乡在外，但他在此施善政，抚流亡，颇有循吏之名。而且有许多"人谓东南之美"的朋友，足以使作者在沉痛国事之馀，获得一些慰藉(参见《麻杜张诸人诗评》)。内乡风景秀丽,这段时间的生活是元好问一生中非常愉快的一段记忆。

一片青天举棹过,小舟无地受风波。渔歌浑是太平歌。　乡社年丰寻酒易,陂塘春暖得鱼多。百年闲过又如何。

新解

一片青天举棹过,小舟无地受风波——小船在风平浪静的水上滑行,走得非常快,一片青天好像是轻轻一划就过去了。棹:船桨。这句开头非常漂亮,上句是结果,下句是原因,但作者却倒过来说,给人以扑面而来的视觉感受。“一片青天举棹过”,过的其实不是天,而是水,但水天相接,天映入水,天水已然难以分开。船不仅在水上行,而且好像在天上行,轻轻地一抬桨,一片碧水,一片蓝天,都轻快地甩在了身后,这是何等的惬意啊!这句的动感非常强烈,仿佛作者和读者的心都同时飞了起来。

渔歌浑是太平歌——渔歌唱的全是太平生活的歌曲。平静的水面上不时飘来一阵轻松动人的渔歌,在景色中加入了声音,使画面和审美感受更加丰满。这句还引出下句的“丰年”之意。

乡社年丰寻酒易,陂塘春暖得鱼多——因为乡下丰收,所以很容易就能找到酒喝;池塘也因为春天的暖流早到,能够网到许多鱼。作为一个关心民生疾苦的官吏,能够看到百姓丰衣足食,便有最大的成就感和幸福感。

百年闲过又如何——像这样的生活,一百年闲闲地过下去又有什么不可以呢?作者彻底被眼前的景色和生活打动和征服了,他愿意这样的生活延续下去。

新评

这首小词短短几句话,却为我们勾勒出了一幅清新自然的美景,一幅太平安乐的图画。因为这是作者体验到的真实生活,所以才能真切动人。

浣溪沙

三台送客,作离合体

题解

这是作者六十四岁在临漳送客时所作。所送之人可能为孙德谦、张孔孙二人。三台,即铜雀台、金虎台、冰井台,是临漳(三国时魏邺城)的名胜之地。离合体,类似于诗谜,是通过诗句字词或部首的重组而成字,表达新的意思。

锦带吴钩万里行，青云人物旧知名。百壶春酒过清明。　　渺渺荒陂冰井路，青青杨柳玉关情，斜阳无语下西陵。

新解

锦带吴钩万里行，青云人物旧知名——锦带上挂着吴钩，行走万里去追求建功立业，像你们这样才华出众的人物早已名扬四方。吴钩：吴地出产的弯刀。鲍照《代结客少年场行》："骢马金络头，锦带佩吴钩。"

百壶春酒过清明——在这清明时节，让我们纵情饮酒为你们祝福。春酒：冬日酿酒，经冬始成，故称春酒。《诗经·豳风·七月》："为此春酒，以介眉寿。"

渺渺荒陂冰井路，青青杨柳玉关情——荒废的池塘旁，延伸的是离开冰井台的渺渺茫茫的道路；青青的杨柳，拂动的是玉关送别的情谊。陂：池塘。王维《送元二使安西》："渭城朝雨浥轻尘，客舍青青柳色新"。李白《子夜吴歌》："秋风吹不尽，总是玉关情。"

斜阳无语下西陵——一抹斜阳，默默无语地在西陵后边渐渐沉没。西陵：曹操的陵墓。这句颇有李白《忆秦娥》"西风残照，汉家陵阙"之遗意。

新评

这首词的上片通过对朋友的赞美，刻画出了一个仗剑行万里，饮酒过百壶的英雄形象，令人心仪神往。下片通过对冰井台景物的描写，用"杨柳"这一诗词里常用来表达送别之情的典型景物，抒发了对朋友依依不舍的深情。结尾深沉而耐人寻味，含义深广：无奈的别情，流走的时光，已成往事的霸业，都凝聚在"斜阳无语下西陵"这短短的七字当中。

清平乐

忆镇阳

题解

元好问晚年经常奔波于山西、河北、山东、河南等地，这是他回忆在镇阳(今河北正定)生活情景的作品。

悲欢聚散，世事天谁管。梳去梳来双鬓短，镜里看看雪满。　　燕南十月霜寒，孤身去住都难。何日西窗灯火，眼前儿女团栾。

新解

悲欢聚散，世事天谁管——悲欢聚散这些尘世上的事情，老天是不管的。这句起首反问一句，意为“悲欢聚散是没有人能管得了的”。

梳去梳来双鬓短，镜里看看雪满——头发梳来梳去，两鬓的头发越来越少，镜子里照出满头的白发，像雪一样。杜甫《春望》：“白头搔更短，浑欲不胜簪。”李白《秋浦歌》：“白发三千丈，缘愁似个长。不知明镜里，何处得秋霜。”

燕南十月霜寒，孤身去住都难——燕南这个地方十月已经落霜，十分寒冷，一个人离开和住下去都不容易。燕南：指镇阳一带，在古燕国的南部。

何日西窗灯火，眼前儿女团栾——什么时候才能围着西窗下的灯火，眼前守着儿女团团圆圆呢？李商隐《夜雨寄北》：“何当共剪西窗烛，却话巴山夜雨时。”

新评

这首词大约作于作者六十六岁时。在漂泊中度过了一生的元好问，此时仍在他乡，他感到了人生暮年的无奈，也没有了当年的豪情壮志。看看镜中的白发，想想漫漫的前路，他只想和家人团聚，寻找一个身心的归宿。

满江红

题解

这首词写闺中相思之情。

一枕馀酲，厌厌共，相思无力。人语定，小窗风雨，暮寒岑寂。绣被留欢香未减，锦书封泪红犹湿。问寸肠、能着几多愁，朝还夕。　　春草远，春江碧。云暗淡，花狼藉。更柳绵闲飘，柳丝谁织。入梦终疑神女赋，写情除有文星笔。恨伯劳东去燕西归，空相忆。

新解

一枕馀酲，厌厌共，相思无力——饮过的酒还没有全醒，靠在枕头上，心里想着心上人，觉得身心疲惫。酲：《说文》解释为“病酒也，一曰醉而觉也”。厌：心理压抑，心烦。

人语定，小窗风雨，暮寒岑寂——人们说话的声音渐渐地安静了下来，只剩下小窗外风雨交加，使傍晚的寒气非常的清冷。

绣被留欢香未减，锦书封泪红犹湿——绣有彩色花纹的衾被上仿佛还留着往日的欢爱，被子上熏过的香味依然不减。书信封口时连眼泪也封进去了，信上仿佛还留有斑斑血泪的湿痕。锦书：古人曾在丝织物上写字，所以锦书就成了书信的代称。李清照《一剪梅》："云中谁寄锦书来，雁字回时，月满西楼。"

问寸肠、能着几多愁，朝还夕——试问相思的心啊，能够承受多少愁怨呢？这愁怨是朝夕无尽啊！

春草远，春江碧——春天的草儿青青，延伸向远方；春天的江水碧绿，无语东流。

云暗淡，花狼藉——云儿暗淡，像我的心情一般；花儿散乱，如我没有梳妆的容颜。

更柳绵闲飘，柳丝谁织——再加上柳絮没有归宿般的飘荡，柳丝如情丝，不知是谁织下的，日渐增长。

入梦终疑神女赋，写情除有文星笔——即使睡着了，都怀疑是不是会梦见《神女赋》中写的那种和心上人相会的情景；要写出我的情感，除非有文昌星那样的文笔。文星：主持文运之星，即文昌星或文曲星。杜甫《衡州送李大夫七丈勉赴广州诗》："北风随爽气，南斗避文星。"

恨伯劳东去燕西归，空相忆——怨恨这样劳燕分飞的分离生活，使我无休止地徒劳思念。汉《古乐府》有"东飞伯劳西飞燕"之句，后即用劳燕分飞比喻有情人的分离。

赏评

词的上片写一个"愁"字，用了多种的手法，从不同的角度去写。先写借酒浇愁，再写相思成愁、风雨带愁来却不带去，再写绣被、锦书不能减愁却添愁，最后写寸心能着几多愁。这种写法是作者情感的自然流露，极往复低徊之致。下片写一个"恨"字。恨春天又来而人不来，恨时光流走而青春日减，恨梦中亦难相聚，恨满腔的愁闷却表达不出，恨相思不已却落空，这种由思而愁而恨的情感渐进，是符合人的心理过程的。

◎散　曲

〔仙吕〕后庭花破子

题解

这是两首描写诗人在中秋节之夜的愉悦心情和放达胸怀的小令作品。

玉树后庭前，瑶华妆镜边。去年花不老，今年月又圆。莫教偏，和花和月，大家长少年。

夜夜璧月圆，朝朝琼树新。贵人三阁上，罗衣拂绣茵。后庭人，和花和月，共分今夜春。

新解

玉树后庭前，瑶华妆镜边——玉树：仙木。《骈雅·释木》："玉树似槐而细叶。"唐代韦绚《刘宾客嘉话录》："云阳县界，多汉离宫故地，有树似槐而叶细，土人谓之玉树。"后庭：后宫。《战国策·秦五》："君之骏马盈外厩，美女充后庭。"《汉书·郊祀志》："有白鹤集后庭。"瑶华：色如美玉的白花。张华《游仙诗》："列坐王母堂，艳体餐瑶华。"张九龄《立春日晨起对积雪》诗："忽对林亭雪，瑶华处处开。"妆镜：梳妆镜。句意为：在玉树亭立的后庭宅院中，可爱的少女们正在对镜梳妆打扮。

去年花不老，今年月又圆——去年欢度中秋佳节的情景还历历在目，今年的中秋佳节又悄然光临。

莫教偏，和花和月，大家长少年——偏：这里指月缺。句意为：但愿明月长圆，让我们和鲜花明月一起，欢度这充满青春气息的欢乐时光吧！

夜夜璧月圆，朝朝琼树新——璧月：犹如玉璧那样的明朗的圆月。琼树：树名。其花可食，传说食之长生。句意为：在中秋时分，晶莹圆润的明月夜夜长圆，每日盛开的琼树之花也日日长新。

贵人三阁上，罗衣拂绣茵——罗衣：纱罗之衣。绣茵：绣花的坐垫。句意为：贵人们在高层楼阁之上品酒赏月，少女们穿着美丽的罗衣在庭院中嬉闹欢腾。

后庭人，和花和月，共分今夜春——句意为：让我们庭院中所有的人，都能和盛开的鲜花和晶莹的明月一样，共同分享今夜的美好风光吧。

新评

历来写中秋佳节良辰美景的诗词颇多，元好问采用散曲的形式，抒写了自己的感受，可谓独辟蹊径。

〔中吕〕喜春来

题解

这四首小曲，从不同的角度描写了美丽春色给人们带来的喜悦心情。是颇能感人的春之赞歌。

春盘宜剪三春菜，春燕斜簪七宝钗，春风春酝透人怀。春宴排，齐唱喜春来。

梅残玉靥香犹在，柳破金梢眼未开，东风和气满楼台。桃杏折，宜唱喜春来。

梅擎残雪芳心奈，柳倚东风望眼开，温柔樽俎小楼台。红袖绕，低唱喜春来。

携将玉友寻花寨，看褪梅妆等杏腮，休随刘阮到天台。仙洞窄，且唱喜春来。

新解

第一首写"春宴"：春天的菜盘陈列着新剪来的春芽、春蕊；春天的飞燕像美女斜簪的宝钗。春风和春酒沁人胸怀，在春天的宴席上，人们不禁高唱歌曲，欢迎春天的到来。春盘：古代习俗，立春之日，将生菜、水果、春饼等装盘，馈送亲友，称春盘。苏轼〔浣溪沙〕："蓼茸蒿笋试春盘。"

第二首写"春色"：梅花在春风中花残色褪，但香气依旧；柳树枝头金梢已破，但柳眼未开。东风的柔和瑞气已经布满楼台。桃花、杏花已开放；大家高唱歌曲，欢呼春天的到来。玉靥：本指女子脸上的酒窝，这里形容梅花初凋的样子。金梢：嫩黄的柳芽。

第三首写"春酒"：梅树的枝头残存冬雪，使得芳心无奈；柳树倚赖着春风，芽眼渐渐绽开。人们在楼台上樽俎交错，畅饮美酒，又有少女们翩翩起舞、红袖飘绕，浅酌低唱着春天的到来。

第四首写"春游"：大家饭饱酒酣，与亲朋好友携手踏青游春，看完梅花残景，又寻看杏花春色，大家不要追随刘晨、阮肇去寻找什么"天台仙境"，因为那里的山洞过分狭窄。我们就在这里高唱歌曲，享受春天的美景吧！刘、阮：刘晨、阮肇，传说中汉代的两位仙人。《太平御览》卷四一引刘义庆《幽明录》载：汉明帝永平五年，剡县刘晨、阮肇二人共入天台山取穀皮，迷路不得返，经十三日，采山桃食之。又过一山，遇见二女，容貌绝佳，直呼刘、阮姓名。留住半年。求归，至家，子孙已七世矣。

新评

这四首小令用生动、轻快的语言，描写了春天和暖宜人的气氛和生气勃勃的景色，以及作者沉浸、陶醉其中的乐趣。仿佛令人迷醉的春风正向着我们迎面扑来。全曲写得意趣生发、情景交融、畅快酣达、神采飞扬。是不可多得的小令佳作。

〔小石调〕骤雨打新荷

题解

此曲又名"小圣乐"，是元好问的"自度曲"。据《词征》卷一记载："《小圣乐》九十五字，元遗山所制，俗以为《骤雨打新荷》是也。"陶宗仪《南村辍耕录》卷九"万柳堂"条载："《小圣乐》乃'小石调'曲，元遗山先生好问所制，而名姬多歌之。"又据夏庭芝《青楼集》记载："解语花，姓刘氏，尤长于慢词。廉野云招卢疏斋、赵松雪，饮于京师外之万柳堂，刘左手持荷花，右手举杯，歌《骤雨打新荷》曲，诸公甚喜，赵即席赋诗云：'万柳堂前数亩池，平铺云锦盖涟漪。主人自有沧洲趣，游女仍歌白雪词。手把荷花来劝酒，步随芳草去寻诗。谁知咫尺京城外，便有无穷万里思。'"廉野云即元初名臣廉希宪(1231—1280)，《元史》卷一百二十六有传。他是元代著名散曲家贯云石的外祖父廉希闵之弟。"万柳堂"即廉氏宅第"廉园"所在地，其地一说在今北京"丰台左右"；一说在"京师广渠门外"，即今日北京西三环、莲花池东路西口"莲花池"所在地。元初许多著名学者、文人、达官贵人如许衡、杨果、王恽、刘因、卢挚、赵孟頫、姚燧、程文海等，都是廉氏"万柳堂"的常客。上述廉希宪饮宴、赵孟頫赋诗事，发生在元世祖中统初年(1260年左右)，时廉希宪方"定陇、蜀还，进拜中书平章政事"，而元遗山已在此前的蒙古宪宗七年(1257)逝世，可见此曲乃是元遗山晚年与元初名公显贵们饮宴酬酢时所作。

绿叶荫浓，遍地塘水阁，偏趁凉多。梅榴初绽，妖艳喷香罗。老燕携雏弄语，有高柳鸣蝉相和。骤雨过，珍珠乱糁，打遍新荷。

人生有几？念良辰美景，一梦初过！穷通前定，何用苦张罗！

命友邀宾玩赏，对芳樽浅酌低歌。且酩酊，任他两轮日月，来往如梭。

新解

绿叶荫浓，遍地塘水阁，偏趁凉多——句意为：绿树成荫，池塘遍地，大家都在避暑乘凉。

梅榴初绽，妖艳喷香罗——香罗：又轻又薄、散发香气的透明纱巾。句意为：梅花、石榴花刚刚绽开，身着鲜艳罗衣的侍姬满身香气。

老燕携雏弄语，有高柳鸣蝉相和——句意为：燕语呢喃，夏蝉高鸣，争相唱和。

骤雨过，珍珠乱糁，打遍新荷——糁(sǎn)：破碎的米粒。此句写大大小小的雨珠如米粒破碎、迸裂纷散之状。

人生有几？念良辰美景，一梦初过——句意为：人生短暂，犹如梦境。

穷通前定，何用苦张罗——穷通：穷，穷困；通：富贵、通达。《孟子·尽心上》："穷则独善其身，达则兼济天下。"这是古代读书人的立身行事原则。句意为：穷困和富贵，早已命定，何必费尽心机、苦苦张罗？

命友邀宾玩赏，对芳樽浅酌低歌。且酩酊，任他两轮日月，来往如梭——句意为：倒不如邀集好友，浅酌低唱，任由日月交替，穿梭而过。

新评

此曲的前半首描写夏日荷园的美景，后半首描写人生短暂，犹如梦境。作品表现出曲家开阔的胸襟和旷达豪放的感情。读来给人以旷放的熏陶和优美的感受。所以朱彝尊《曝书亭集》说此曲"风流儒雅，百世之下犹想之"。

◎文　赋

秋望赋

题解

此赋写于作者1218年移家登封之后，1220年中举之前。描述了秋风萧条、放目远望时的所见所感。抒发家亡国破的沉痛和恋故乡、忧公室，愿为国立功的豪情。

全赋可分三段，从开头至“山川郁其不平”为第一段，写秋望所见。从“瞻彼轘辕”至“慨涕泗之缘缨”为第二段，写所悟出处之道。第三段以不可坐失日月、当奋起一搏自励。前两段情景交织，末段议论慷慨，忧愤深广。全赋以四六句式和散文句式结合运用，兼具精炼和自然之美。

步裴回而徙倚[1]，放吾目乎高明。极天宇之空旷，阅岁律之峥嵘[2]。于时积雨收霖，景气肃清，秋风萧条，万籁俱鸣[3]。菊鲜鲜而散花，雁杳杳而遗声。下木叶于庭皋，动砧杵于芜城[4]。穹林早寒，阴崖昼冥。浓澹霏拂，绕白纡青[5]。纷丛薄之相依[6]，浩霜露之已盈。送苍苍之落日，山川郁其不平。

瞻彼轘辕[7]，西走汉京[8]，虎踞龙蟠，王伯所凭[9]。云烟惨其动色，草木起而为兵[10]。望嵩、少之霞景[11]，渺浮丘之独征[12]。汗漫之不可与期[13]，竟老我而何成！挹清风于箕、颍，高巢、由之遗名[14]。悟出处之有道，非一理之能并。繄南山之石田[15]，维景略之所耕[16]。老螭盘盘[17]，空谷沦精[18]。非云雷之一举，将草木之偕零[19]。太行截天，大河东倾。邈神州于西北，怅风景于新亭[20]。念世故之方殷[21]，心寂寞而潜惊。激商声于寥廓[22]，慨涕泗之缘缨。

吁咄哉！事变于已穷，气生乎所激。豫州之土，复于慷慨击楫之誓[23]；西域之侯，起于穷悴佣书之笔[24]。谅生世之有为，宁白首而坐食？且夫飞鸟而恋故乡，嫠妇而忧公室[25]。岂有夷坟墓而翦桑梓[26]，视若越肥而秦瘠[27]？天人不可以偏废[28]，日月不可以坐失。然则时之所感也，非无候虫之悲[29]；至于整六翮而睨层霄[30]，亦庶几乎鸷禽之一击[31]。

注释

〔1〕裴回：徘徊。　徙倚：流连。

〔2〕岁律：岁时、季节。　峥嵘：形容秋季肃杀之景。

〔3〕万籁：自然界的各种声响。

〔4〕砧杵：洗衣时捣衣用的石砧、木杵。　芜城：荒城。

〔5〕霏：云气。　纡(yū)：屈曲盘绕的样子。

〔6〕丛薄：丛生的草木。

〔7〕轘辕(huányuán)：山名，在今河南偃师东南，接巩义、登封两地，形势险要。

〔8〕汉京：西汉京城长安(今陕西西安市)。

〔9〕王伯：王霸。　凭：凭借、依靠。以上四句说，险要的地势是成就王霸事业的根据地。

〔10〕草木起而为兵：《晋书・苻坚载记》下：苻坚在淝水战败，与弟融登寿春城望晋师，见部阵整齐，将士精锐，又北望八公山上草木，皆类人形。顾谓融曰："此亦勍敌也，何谓少乎？"《资治通鉴》作："又望八公山上草木，皆以为晋兵。"

〔11〕崧、少：嵩山、少室山。少室为嵩山西峰，在登封市境。

〔12〕浮丘：《文选》李善注引《列仙传》："王子乔好吹笙，道人浮丘公接以上嵩山。"　独征：独自远行。这句说古仙人浮丘公渺无踪影。

〔13〕汗漫：指仙人。《淮南子・道应训》："吾与汗漫期于九垓之外，吾不可以久驻。"这句说与仙人相遇是不可期待的。

〔14〕巢、由：尧时隐士巢父、许由，隐居于箕山之下，颍水之滨。

〔15〕繄(yī)：此。

〔16〕景略：即王猛，字景略。曾隐居华阴山耕田，怀济世之志，后为苻坚谋士。

〔17〕螭(chī)：传说中龙的一种。

〔18〕空谷沦精：神灵的龙在空谷中沉沦。

〔19〕以上两句说：如果没有云雷助龙腾空的话，龙也将与草木一样凋零丧生。

〔20〕新亭：《世说新语・言语》："过江诸人，每至美日，辄相邀新亭，藉卉饮宴。周侯中坐而叹曰：'风景不殊，正自有山河之异！'皆相视流泪。唯王丞相愀然变色曰：'当共戮力王室，克复神州，何至作楚囚相对！'"这句说当今的形势恍如当年晋室南渡之后。金宣宗于1214年南渡黄河，迁都于汴京(今开封)，逃避蒙兵的侵略。新亭故址在今南京市南。

〔21〕世故之方殷：变故很多。殷，深厚，丰盛。

〔22〕商声：秋天的风声。《礼记・月令》："孟秋之月……其音商。"商为五音中之金音，声凄厉，与肃杀之秋气相应。

〔23〕豫州之土，复于慷慨击楫之誓：东晋名将祖逖为豫州刺史，率师北伐，渡江至中流，击楫(船桨)而誓曰："祖逖不能清中原而复济者，有如大江！"豫州治所在今河南汝南。

〔24〕西域之侯，起于穷悴佣书之笔：东汉名将班超因开拓西域有功，封定远侯。穷悴，穷困。佣书，受雇为人抄书。《后汉书・班超传》："家贫，常为官佣书以供养。久劳苦。尝辍业投笔叹曰：'大丈夫无他志略，犹当效傅介子、张骞立功异域，以取封侯，安能久事笔砚间乎！'"

〔25〕嫠(lí)妇：寡妇。　公室：指国家。《左传・昭公二十四年》："嫠不恤其纬，而忧宗周之陨，为将及焉。"意为寡妇不担心织布的纬纱少，而恐怕国家灭亡会祸及于己。这句说平民百姓犹有忘私忧国之心。

〔26〕夷坟墓而翦桑梓：削平祖坟、屠灭故乡。古代多在家宅旁栽植桑树、梓树，故以桑梓代指故乡。

1214年，蒙古兵屠忻州，元好问兄元好古遇难。夷，使平；翦，除灭。

〔27〕越肥而秦瘠(jí)：比喻与己无关的事。瘠，瘦。

〔28〕天人：这里指天意和民心。

〔29〕候虫：随季节气候出没的虫类。

〔30〕六翮(hé)：雄健的羽翼。《韩诗外传》："夫鸿鹄一举千里，所恃者六翮尔。" 睨(nì)：斜视，不屑一顾。

〔31〕鸷禽：凶猛的鸟类。以上四句说要像雄鹰一样搏击长空，不应作候虫之悲。

新评

此赋以"秋望"发端，借秋景诱发想象，上下古今，悲歌慷慨，抒发了时不我待，欲为国建功立业的壮志豪情。从章法上看，先写秋景之惨淡，接写仙人之渺茫，自然生出"竟老我而何成"之感。又写虽慕许由、巢父之高隐，然世故方殷，生灵涂炭，当如祖逖、班超那样奋起，故云"日月不可以坐失"。最后以搏击长空的雄鹰自励。全篇虽起伏跌宕，又流传自然，如行云流水，气足神完。

新斋赋并序

题解

此赋作于金哀宗正大六年(1229)。前一年，作者曾在内乡县东南白鹿原长寿村建新居，即"新斋"。有《长寿新居三首》等诗。赋的内容主要是以刻苦学习、提高道德修养和学术水平自励，以期"动可以周万物而济天下，静可以崇高节而抗浮云"，志向十分远大。其基本观点是：事物都是发展、变化的，对"守一而不变者"予以批评。这是很进步的世界观。全赋气势充沛，一气呵成，富有昂扬进取的感染力。运用典籍自然融通，结构严谨。

予既罢内乡〔1〕，出居县东南白鹿原，结茅菊水之上〔2〕，聚书而读之。其久也，优柔厌饫〔3〕，若有所得，以为平生未尝学，而学于是乎始。乃名所居为"新斋"，且为赋以自警。其辞曰：

新之为说也，在金曰从革，在木曰从斤〔4〕。丘陵为山而恶乎画〔5〕，履霜坚冰而致于驯〔6〕。犹之于人，则齐、鲁有一再之渐，狂、圣由念否之分〔7〕。唯夫守一而不变者，不足以语化化之为神。拊陈迹以自观，悼吾事之良勤。失壮岁于俯仰，竟四十而无闻〔8〕。圣谟洋洋，善诲循循。出处语默之所依，性命道德之所存。有三年之至谷〔9〕，有一日之归仁〔10〕。动可以周万物而济天下，静可以崇高节而抗浮云。曾出此之不知，乃角逐乎空文。伥北辕以适楚〔11〕，将畴问而知津。掩虚名以自夸，适以增顽而益嚚[12]。我卜我居，于淅之滨[13]。方处阴以休影，思沐德而澡身。盖尝论之，生而知，困而学，固等级之不躐[14]；愤则启，悱则发[15]，亦愚智之所均。斋戒沐浴，恶人可以祀上帝；洁己以进，童子可以游圣门。顾年岁之未暮，岂终老乎凡民？已焉哉！孰糟粕之弗醇，孰土苴之弗真[16]，孰昧爽之弗旦[17]，孰悴槁之弗春[18]。又安知温故知新与夫去故之新，他日不为日新、又新、日日新之新乎[19]？

注释

〔1〕既罢内乡：指作者因母亲去世，离任守丧。时为正大五年(1228)。

〔2〕菊水：在内乡石涧山芳菊谷(即菊潭)，作者有《宿菊潭》诗。

〔3〕优柔：从容自得。　厌饫：满足，有所得。

〔4〕以上三句是从“新”字的结构说起，“从革”有革新、变革之意；“从斤”有斧削、加工之意，都是说要不断变化、前进，有所提高，即赋末所说“日日新”之意。

〔5〕丘陵为山而恶乎画：丘陵只是小山，还希望成长为大山，故不愿被画定为静止的形象。

〔6〕履霜坚冰而致于驯：《周易·坤·象辞》：“履霜坚冰，阴始凝也；驯致其道，至坚冰也。”疏：“言顺其阴柔之道，习而不已，乃至坚冰也。”　驯：渐进。

〔7〕狂、圣由念否之分：狂者和圣者最初的区别只是由于一念之差。

〔8〕竟四十而无闻：元好问生于1190年，至写此赋时(1229)为四十岁。

〔9〕三年之至谷：指公元前554前，晋平公兴师攻齐至谷(今山东东阿县)，闻齐灵公死而撤军。“三年”指晋军经长期作战方攻至谷地。

〔10〕一日之归仁：指闻齐君丧而休兵，不乘人之危，乃仁义行为。《论语·颜渊》：“一日克己复礼，天下归仁焉。”

〔11〕伥(chāng)北辕以适楚：这句说过去糊涂地走错了路，要去楚地却向北走。伥，迷惘。

〔12〕嚚(yín)：愚顽。

〔13〕淅：水名，在内乡县南。

〔14〕躐(liè)：超越。

〔15〕愤则启，悱则发：《论语·述而》：“子曰：‘不愤不启，不悱不发。’”愤：心求通而未得。悱(fěi)：口欲言而未能。

〔16〕苴(jū)：枯草。

〔17〕昧爽：凌晨。

〔18〕以上四句意为：只要发愤努力，自强不息，就可以化腐朽为神奇。

〔19〕温故知新：《论语·为政》：“子曰：‘温故而知新，可以为师矣。’”　日新：《周易·大畜》：“日新其德。”又新、日日新：《礼记·大学》：“日日新，又日新。”皆谓渐进、不断提高之意。

新评

上篇《秋望赋》为触景生情之作，此篇《新斋赋》则为读书深思所得。故《秋望赋》生动激扬，壮志云飞；而《新志赋》则富于哲理，思致谨严。这又与作者的年龄有关。《秋望赋》写于30岁之前，《新斋赋》写于40岁时，作者“失壮岁于俯仰，竟四十而无闻”。所以这篇赋是在反思其“无闻”的原因。虽不无沉痛,但并不消沉,而是从儒家原始的典籍中寻求精神力量,增强了求新进取的信心,终将实现“周万物而济天下”的远大理想。

雷希颜墓铭

题解

雷渊(1184—1231),字希颜,是元好问的密友,元好问评价他为“天下宏杰之士”、“中朝第一人”。然而对于这样难得的人才,金朝廷不能重用,致使其饮恨九泉。作者怀着极其沉痛的心情,充分记叙了雷渊的高才绝学与远见卓识,对他的性格和外貌也有准确形象的描述。作者将雷渊的事迹放在金朝衰亡前夕的政治背景下记叙,突出了人物活动的重要意义;又以详略分明、叙议结合的笔法,强调了人物一生事迹的重点和主要贡献;还采用倒叙、比较、衬托和比喻等写法和修辞手段,使人物形象丰富生动、人物性格鲜明、特征突出,给读者留下深刻的印象。《金史》卷一一〇有《雷渊传》。

南渡以来[1],天下称宏杰之士三人:曰高廷玉献臣[2]、李纯甫之[3]、雷渊希颜。献臣雅以奇节自负,名士喜从之游,有衣冠龙门之目。卫绍王时[4],公卿大臣多言献臣可任大事者。绍王方重吏员、轻进士,至谓高廷玉人材非不佳,恨其出身不正耳。大安末,自左右司郎官出为河南府治中,卒以高材为尹所忌,瘐死洛阳狱中[5]。之纯以蓟州军事判官上书论天下事。道陵奇之[6],诏参淮上军,仍驿遣之。泰和中,朝廷无事,士大夫以宴饮为常。之纯于朋会中,或坚坐深念咄咄嗟唶,若有旦夕忧者。或问之故,之纯曰:“中原以一部族待朔方兵,然竟不知其牙帐所在。吾见华人为所鱼肉去矣。”闻者讪笑之曰:“四方承平馀五六十年,百岁无狗吠之警,渠不以时自娱乐,乃妖言耶?”未几,北方兵动。之纯从军还,知大事已去,无复仕进意,荡然一放于酒。未尝一日不饮,亦未尝一饮不醉。谈笑此世,若不足玩者。贞祐末,尝召为右司都事,已而摈不用。希颜,正大初拜监察御史。时主上新即大位,宵衣旰食[7],思所以宏济艰难者为甚力。希颜以为天子富于春秋,有能致之资,乃拜章言五事。大略谓精神为可养,初心为可保,人君以进贤退不肖为职,不宜妄费日力以亲有司之事。上嘉纳焉。庚寅之冬[8],朔方兵突入倒回谷[9],

势甚张。平章公逆击之[10]，突骑退走，填压溪谷间不可胜算。乘势席卷，则当谢玄淝水之胜[11]。诸将相异同，欲释勿追。奏至，廷议亦以为勿便。希颜上书，以破朝臣孤注之论。谓机不可失，小胜不足保，天予不得不取。引援深切，灼然易见。而主兵者沮之，策为不行。后兆凤翔报：北兵狼狈而西，马多不暇入衔[12]。数日后知无追兵，乃而攻凤翔。朝廷始悔之。至今以一日纵敌为当国者之恨。凡此三人，行辈相及，交甚欢，气质亦略相同。而希颜以名义自检，强行而致之，则与二子为绝异也。盖自近朝士大夫始知有经济之学。一时有重名者非不多，而独以献臣为称首。献臣之后，士论在之纯。之纯之后在希颜。希颜死，遂有人物渺然之叹。三人者皆无所遇合，独于希颜尤嗟惜之云。

希颜，别字季默，浑源人。考讳思，大定末仕为同知北京路转运使事。希颜其暮子也。崇庆二年中黄裳榜进士乙科，释褐泾州录事，不赴。换东平府录事。以劳绩遥领东阿县令。调徐州观察判官。召为荆王府文学兼记室参军。转应奉翰林文字同知制诰，兼国史院编修官。考满再任。俄拜监察御史，以公事免[13]。用宰相侯莘卿荐，除太学博士，还应奉，终于翰林修撰。累官太中大夫。娶侯氏。子男二人：公孙八岁，宜翁四岁；女二人：长嫁进士陈某，其幼在室。

初，希颜在东平。东平，河朔重兵处也，骄将悍卒倚外寇为重，自行台以下皆务为摩拊之。希颜莅官，所以自律者甚严。出入军中，偃然不为屈。故颇有喧哗者。不数月，闾巷间家有希颜画像。虽大将亦不敢以新进书生遇之。尝为户部高尚书唐卿所辟，权遂平县事。时年少气锐，击豪右，发奸伏，一县畏之，称为神明。及以御史巡行河南，得赃吏尤不法者，傍掠之，有至四五百者。道出遂平，百姓相传雷御史至，豪猾望风遁去。蔡下一兵，与权贵有连，脱役遁田间，时以药毒杀民家马牛，而以小值胁取之。希颜捕得，数以前后罪，立杖杀之。老幼聚观，万口称快，马为不得行。然亦坐是失官。希颜三岁丧父，七岁养于诸兄。年十四五，贫无以为资，乃以胄子入国学[14]，便能自树立如成人。不二年，游公卿间，太学诸人莫敢与之齿。渡河后，学益博，文益奇，名益重。为人躯干雄伟，髯张口哆[15]，颜渥丹，眼如望羊[16]。遇不平，则疾恶之气见于颜间，或嚼齿大骂不休。虽痛自摧抑，猝亦不能变也。食兼三四人，饮至数斗不乱。杯酒淋漓，谈谑间作。辞气纵横如战国游士，歌谣慷慨如关中豪杰，料事成败如宿将，能得小人根株窟穴如古能吏。其操心危、虑患深，则又似夫所谓孤臣孽子者。平生慕孔融、田畴、陈元龙之为人〔17〕，而人亦以古人期之。故虽其文章号一代不数人，而在希颜仍为馀事耳。

希颜年四十六，以八年辛卯八月二十有三日暴卒〔18〕。后二日，葬戴楼门外三王寺之西若干步。好问与太原王仲泽哭之〔19〕。因谓仲泽言："星殒有占〔20〕，山石崩有占，水断流有占。斯人已矣，瞻乌爰止〔21〕，不知于谁之屋耳。"其十月，北兵由汉中道袭荆襄，京师戒严。

（铭文略）

注释

〔1〕南渡：指金宣宗贞祐二年(1214)南渡黄河，迁都于汴京(金称南京，今河南省开封市)。史称贞祐南渡。

〔2〕高廷玉：字献臣。《中州集》卷五有传，写作"庭玉"。

〔3〕李纯甫：字之纯。《中州集》卷四有传。

〔4〕卫绍王：金世宗完颜雍之子完颜永济，继金章宗之后为帝。

〔5〕瘐(yǔ)死：犯人在狱中得病而死。

〔6〕道陵：金章宗的陵墓，借指金章宗。

〔7〕宵衣旰食：天不亮就穿衣起床，很晚才进食。旰(gàn)，天晚。

〔8〕庚寅之冬：金哀宗正大七年(1230)冬。

〔9〕朔方兵突入倒回谷：指蒙古兵侵入河南倒回谷一带。

〔10〕平章公：指平章政事完颜合达，封芮国公。

〔11〕谢玄淝水之胜：晋太元八年(383)八月，东晋谢玄等在安徽淝水大破前秦军。史称淝水之战。

〔12〕不暇入衔：来不及给马带嚼子。

〔13〕以公事免：指雷渊任监察御史期间，弹劾不避权贵，又曾杖杀奸豪数百人，号称"雷半千"。为人所讼，被罢官。

〔14〕胄(zhòu)子：贵族的子孙。

〔15〕哆(duō)：张口的样子。

〔16〕望羊：远视的样子。

〔17〕孔融：汉末文学家，建安七子之一，为北海相。兴儒术，以孝著称。　田畴：三国魏人，著名隐士，百姓归之，其所在道不拾遗。曹操署为司空户曹掾，有功不受封赏。　陈元龙：陈登字元龙，三国魏人，湖海之士，有战功，封伏波将军。

〔18〕年四十六：当为四十八。　八年辛卯：指金哀宗正大八年(1231)。雷渊生于1183年。

〔19〕王仲泽：王渥字仲泽，《中州集》卷八有传。

〔20〕占(zhān)：视预兆而测吉凶。

〔21〕瞻乌爰止：《诗经·小雅·正月》："瞻乌爰止，于谁之屋。"《疏》："此视乌于所止，当止于谁之屋乎？以兴视我民人所归，亦当归于谁之君乎？"此句连下句言，雷渊已逝，不知还有谁能成为众望所归的人物。

新评

《元好问全集》中收有元好问的碑志文章近百篇,《雷希颜墓铭》是其中突出的代表作。此文之饱含激情,不仅由于雷渊与作者关系亲密,也不仅由于雷渊为“天下宏杰之士”,更重要的是雷渊的军事见解与金王朝的存亡相关。故首先揭出雷渊论兵的“引援深切,灼然易见”,而对于“主兵者”不纳造成的严重后果深致叹惋。这是此文的史学价值。就其文学价值来看,写雷渊的形象栩栩如生,由特出的善政写到特异的外貌,结以博喻——如战国游士、关中豪杰、宿将、古能吏、孤臣孽子。层层深入,给人印象极为深刻。

济南行记

题解

这篇游记当写于1235年八、九月间。其特点是综合了二十天的游历,对济南的名山胜水和名胜古迹分门别类地加以记叙,使读者一目了然地对济南山水有了全面的了解。记叙中又插入作者的游踪和生动的描写,把游记和山水记巧妙地结合起来,对元代散文有重要影响。

予儿时从先陇城府君官掖县〔1〕,尝过济南,然但能忆其大城府而已。长大来闻人谈此州风物之美,游观之富,每以不得一游为恨。岁乙未秋七月〔2〕,予来河朔者三年矣〔3〕。始以故人李君辅之之故而得一至焉〔4〕。因次第二十日间所游历为行记一篇,传之好事者。

初至齐河,约杜仲梁俱东〔5〕。并道诸山,南与太山接〔6〕,是日以阴晦不克见〔7〕。至济南,辅之与同官权国器置酒历下亭故基〔8〕。此亭在府宅之后,自周齐以来有之。旁近有亭,曰环波、鹊山、北渚、岚漪、水西、凝波、狎鸥;台与桥同曰百花芙蓉,堂曰静化,轩曰名士。水西亭之下,湖曰大明〔9〕,其源出于舜泉〔10〕,其大占城府三之一。秋荷方盛,红绿如绣,令人渺然有吴儿洲渚之想〔11〕。大概承平时,济南楼观天下莫与为比;丧乱二十年〔12〕,唯有荆榛瓦砾而已。正如南都隆德故宫〔13〕,颓圮百年,涧溪草树,有荒寒古澹之趣。虽高甍画栋〔14〕,无复其旧,而天巧俱在,不待外饰而后奇也。

凡北渚亭所见孤峰五:曰匡山,齐河路出其下,世传李太白尝读书于此;曰粟山;曰药山,以阳起石得名;曰鹊山,山之民有云:每岁七八月乌鹊群集其上，亦有一山皆曰鹊时，此山之所以得名欤？曰华不注，太白诗云“昔岁游历下，登华不注峰。兹山何峻秀，青翠如芙蓉”[15]，此真华峰写照诗也。大明湖由北水门出，与济水合，弥漫无际。遥望此山，如在水中，盖历下城绝胜处也。

华峰之东，有卧牛山。正东百五十里邹平之南，有长白山，范文正公学舍在焉[16]，故又谓之黉堂[17]。岭东十里有南北两妙山，两山之间有闵子骞墓[18]。西南大佛头岭下有寺。千佛山之西有函山[19]，长二十里所，山有九十谷，太山之北麓也。太山去城百里而近，特为函山所碍，天晴登北渚，则隐隐见之。历山去城四五里许，山有碑云：“其山修广，出材不匮。”[20]今但兀然一丘耳[21]。西南少断有蜡山，由南山而东，则连亘千里，与海山通矣。

爆流泉在城之西南[22]。泉，泺水源也。山水汇于渴马崖，洑而不流[23]，近城出而为此泉。好事者曾以谷糠验之，信然。往时漫流才没胫[24]，故泉上涌高三尺许。今漫流为草木所壅，深及寻丈，故泉出水面才二三寸而已。近世有太守改泉名槛泉，又立槛泉坊，取诗义而言[25]。然土人呼瀑流如故。瀑流字又作趵突，曾南丰云然[26]。金线泉有纹若金线[27]，夷犹池面[28]。泉今为灵泉庵，道士高生妙琴事，人目为琴高，留予宿者再。进士解飞卿好贤乐善[29]，款曲周密[30]，从予游者凡十许日，说少日曾见所谓金线者。尚书安文国宝亦云：“以竹竿约水，使不流，尚或见之。”予与解裴回泉上者三四日[31]，然竟不见也。杜康泉今湮没，土人能指其处，泉在舜祠西庑下，云杜康曾以此泉酿酒[32]。有取江中泠水与之较者[33]，中泠每升重二十四铢[34]，此泉减中泠一铢。以之瀹茗[35]，不减陆羽所第诸水云[36]。舜井二，有欧公诗大字石刻[37]。《甘露园纪·历下泉》云：“夫济远矣，初出河东王屋曰沇水，注秦泽，潜行地中，复出共山，始曰济。故《禹书》曰：‘道沇水东之，逾温，逾坟城[38]，入于河。溢于荥，洑于曹、濮之间，乃出于陶丘北，会于汶，过历下泺水之北，遂东流。’且济之为渎[39]，与江、淮、河等大而均尊。独济水所行道，障于太行，限于大河，终能独达于海，不然则无以谓之渎矣。江、淮、河行地上，水性之常者也；济或洑于地中，水性之变者也。”予爱其论水之变与常，有当于予心者，故并录之。珍珠泉今为张舍人园亭[40]。二十馀年前，吾希颜兄尝有诗[41]，至泉上则知诗为工矣。凡济南名泉七十有二，瀑流为上，金线次之，珍珠又次之，若玉环、金虎、黑虎、柳絮、皇华、无忧、洗钵及水晶簟非不佳，然亦不能与三泉侔矣。此游至瀑流者六七，宿灵泉庵者三，泛大明湖者再。

遂东入水栅。栅之水名绣江，发源长白山下，周围三四十里。府参佐张子钧、张飞卿觞予绣江亭，漾舟荷花中十馀里，乐府皆京国之旧[42]。剧谈豪饮，抵暮乃罢。留五日而还。道出王舍人庄，道旁一石刻云："隋开皇丙午十二月铅珍墓志。[43]珍，巴郡武昌人，学通三家，优游田里，以寿卒。志文鄙陋，字以"巴"为"巳"，盖周、隋以来俗书传习之弊。其云葬岣山之西者[44]，知西南小丘为岣山也。以岁计之，隋开皇六年丙午，至今甲午碑石出圹中[45]，盖十周天馀一大衍数也[46]。道南有仁宗时侍从龙图张侍郎掞读书堂[47]。"读书堂"三字，东坡所书，并范纯粹律诗[48]，俱有石刻。掞字叔文[49]，自题仕宦之后，每以王事至某家，则必会乡邻甥侄，尽醉极欢而罢，各以岁月为识。叔文有文誉，仕亦达，然以荣利之故，终身至其家三而已。名宦之役人如此，可为一叹也。

至济南，又留二日。泛大明，待杜子不至。明日，行齐河道中。小雨后太山峰岭历历可数，两旁小山间见层出，云烟出没，顾揖不暇，恨无佳句为摹写之耳。前后所得诗凡十五首，并诸公唱酬附于左。

注释

〔1〕儿时从先陇城府君官掖县：指元好问五岁时随父元格至山东掖县上任。元格卒于陇城（今甘肃天水）令任所，故称"陇城府君"。

〔2〕乙未：此处指蒙古太宗七年(1235)。

〔3〕来河朔者三年：指作者于1233年被蒙古军队押送北渡黄河，至1235年。

〔4〕李君辅之：即李天翼，字辅之，曾任县令，金亡后寓居山东聊城，后任济南漕司从事。

〔5〕杜仲梁：即杜仁杰，字仲梁，金末元初诗人，济南长清（今山东长清）人。

〔6〕太山：即泰山。

〔7〕不克见：没能看见。

〔8〕历下亭：在济南大明湖西，"面山背湖，实为绝胜"。

〔9〕湖曰大明：《明一统志》："大明湖……占府城三之一……弥漫无际；遥望华不注峰若在水中，盖历城绝胜处也。"历城即济南，在历山之下，又称历下。

〔10〕舜泉：在济南东南历山上，相传舜耕于历山，故名舜泉。

〔11〕吴儿洲渚之想：意为看到大明湖风光，令人想到江南景色。洲、渚：水中沙洲。

〔12〕丧乱二十年：指从金宣宗贞祐二年(1214)迁都避蒙，河北被蒙古军占领，至1234年金亡期间的战乱。

〔13〕隆德故宫：宋徽宗所建宫殿，蒙古军围汴京时，被拆毁作防城材料。

〔14〕高甍(méng)画栋：高耸的屋脊、彩画的栋梁，泛指华美的建筑。

〔15〕李白此诗见《古风》其二十。

〔16〕范文正公：即范仲淹，曾在长白山醴泉寺读书，官至参知政事，卒谥文正。

〔17〕黉(hóng)堂：学校。

〔18〕闵子骞：孔子弟子，以孝著称。

〔19〕千佛山：即历山，在济南南郊，岩壁多北魏及隋时所刻佛像，故名。函山：在济南市南二十里。《济南府志》载："世传上有王母药函，白鸟守之，因号函山，有九十九谷。"

〔20〕其山修广，出材不匮：意为山又长又大，多产木材。匮：匮乏。

〔21〕兀(wù)然：形容山秃的样子。

〔22〕爆流泉：即趵突泉，在济南西，为七十二泉中最著名者。

〔23〕洑(fú)：水伏流地面之下。

〔24〕胫(jìng)：小腿。

〔25〕取诗义而言：意为以"槛泉"为名，是根据《诗经·小雅·采菽》中的"觱沸槛泉"之句而命名的。觱沸：形容泉水涌出的样子。

〔26〕曾南丰：即曾巩，字子固，南丰人。所撰《齐州二堂记》说："历城之西……而有泉涌出，高或至数尺，其旁之人，名之曰趵突之泉。"

〔27〕金线泉：在趵突泉东北。《济南府志》说，此泉"澄沏见底，南北有金线一道，隐浮水面"。

〔28〕夷犹：从容舒缓的样子。

〔29〕解飞卿：元好问的朋友，画家。元好问有《题解飞卿山水卷》诗。

〔30〕款曲：殷勤的情意。

〔31〕裴回：即徘徊。

〔32〕杜康：周朝人，善于酿酒，传说为最早的造酒者，故后世以"杜康"为酒的代称。曹操《短歌行》："何以解忧，唯有杜康。"

〔33〕江中泠水：长江的中泠泉之水，当时认为煮茶泉水以中泠为第一。

〔34〕铢：古代重量单位，一两的二十四分之一。

〔35〕瀹茗：煮茶。

〔36〕陆羽：唐人，精通茶道，著有《茶经》。后世以为茶神。

〔37〕欧公：指北宋文坛领袖欧阳修，写过《晓发齐州道中》七言律诗。这里所说石刻诗不知是否为此诗。

〔38〕坟城：当为隫城，故地在今河南省获嘉县西北。

〔39〕渎：大河。

〔40〕珍珠泉：此泉水忽聚忽散，在日光映照下如珍珠脱串，故名珍珠泉。

〔41〕希颜：指作者的好友雷渊，字希颜。有《济南珍珠泉》诗，诗中有"浑浑流珠玑，轻明疑夜光……风吹忽脱串，日射俄生辉"之句。

〔42〕乐府：这里指歌女。

〔43〕隋开皇丙午：公元586年。

〔44〕峋山：可能即指鲍山，在济南东，山下有城，为春秋齐大夫鲍叔牙的封地，因以名山。

〔45〕甲午：指1234年。圹(kuàng)：墓穴。

〔46〕十周天馀一大衍数：十周天为六百年，一大衍数为四十九年，共649年，即从586年至1234年。

〔47〕张侍郎掞(shàn)：北宋龙图阁直学士、户部侍郎张掞，齐州历城(今山东济南)人，其读书堂在济南东30里处。

〔48〕范纯粹：范仲淹第四子，字德孺，官至徽猷阁待制。

〔49〕掞字叔文：《宋史》卷三三三作"字文裕"。

新评

此文虽为游记，但不以作者的游览为主要线索，也不呆板地按时间先后来写，而是对二十天中的游历所至，作了科学的分类，逐一记叙。先交代游历济南的原因，再描写著名古迹历下亭及其所见，接叙济南的名山、名泉及其他几处名胜古迹，使读者对济南山水有了全面的了解。在记叙中，又插入生动的描写，如"秋荷方盛，红绿如绣"、"云烟出没，顾揖不暇"等，使文章灵动多彩。

杜诗学引

题解

《金史·文艺传》载：元好问有《杜诗学》一卷。今佚，只存其引言一篇，即此文。"引"一作"序"。据此文可知，《杜诗学》的内容为"录先君子所教与闻之师友间者为一书"，并包括"子美之传志、年谱及唐以来论子美者"之文章。可见《杜诗学》具有杜诗研究资料汇编的性质。这篇引言揭示了杜诗的妙处在于熔铸、化合"九经百氏古人之精华"而自成一家，"故谓杜诗为无一字无来处亦可也，谓不从古人中来亦可也"。其次，则是指出"近世惟山谷最知子美"。由此，可以印证元好问《论诗三十首》中所谓"少陵自有连城璧"的论断和"论诗宁下涪翁拜"的态度。

杜诗注六七十家，发明隐奥，不可谓无功。至于凿空架虚，旁引曲证，鳞杂米盐，反为芜累者，亦多矣。要之，蜀人赵次公作证误所得颇多[1]，托名于东坡者为最妄。非托名者之过，传之者过也。窃尝谓子美之妙，释氏所谓学至于无学者耳。今观其诗，如元气淋漓，随物赋形，如三江五湖合而为海，浩浩瀚瀚，无有涯涘；如祥光庆云千变万化，不可名状。固学者之所以动心而骇目。及读之熟，求之深，含咀之久，则九经百氏古人之精华，所以膏润其笔端者，犹可仿佛其馀韵也[2]。夫金屑丹砂、芝术参桂，识者例能指名之。至于合而为剂，其君臣佐使之互用、甘苦酸咸之相入，有不可复以金屑丹砂、芝术参桂而名之者矣。故谓杜诗为无一字无来处亦可也，谓不从古人中来亦可也。前人论子美用故事，有著盐水中之喻，固善矣。但未知九方皋之相马[3]，得天机于灭没存亡之间，物色牝牡人所共知者，为可略耳。先东岩君有言[4]：近世惟山谷最知子美，以为今人读杜诗至谓草木虫鱼皆有比兴，如试世间商度隐语然者[5]，此最学者之病。山谷之不注杜诗，试取《大雅堂记》读之，则知此公注杜诗已竟。可为知者道，难为俗人言也。乙酉之夏[6]，自京师还，闲居崧山。因录先君子所教与闻之师友之间者为一书，名曰《杜诗学》。子美之传志、年谱及唐以来论子美者在焉。候儿子辈可与言，当以告之，而不敢以示人也。六月十一日河南元某引。

注释

〔1〕赵次公，字彦材，宋代诗论家，有《杜诗注》49卷。

〔2〕仿佛其馀韵：领略其中的一些奥妙。

〔3〕九方皋之相马：《列子·说符》载：伯乐荐九方皋为秦穆公相马，"三月而反，报曰：'已得之矣，在沙丘。'穆公曰：'何马也？'对曰：'牝而黄'。使人往取之，牡而骊。穆公不说，召伯乐而谓之曰：'败矣！子所使求马者，色物牝牡尚弗能知，又何马之能知也？'伯乐喟然太息曰：'一至于此乎！是乃其所以千万臣而无数者也。若皋之所观，天机也。得其精而忘其粗，在其内而忘其外。见其所见，不见其所不见；视其所视，而遗其所不视。若皋之相者，乃有贵乎马者也。'马至，果天下之马也。"

〔4〕东岩君：元好问之生父元德明，号东岩。

〔5〕商度隐语：猜谜语。

〔6〕乙酉：金哀宗正大二年(1225)。

新评

此文应与元好问《论诗三十首》中的第十首、第二十八首一并参读。元好问的纪乱诗深受杜甫影响，这是学界的共识。而他的《论诗三十首》也受到杜甫《戏为六绝句》的启发。首先是遭逢乱世的际遇，使元好问与杜甫心灵相通；其次则是元好问对杜诗早有系统的研究和独到的理解，《杜诗学》便是他的研究资料和学习体会。此文对杜甫的"连城璧"有精辟的概括，又有对"论诗宁下涪翁(黄庭坚)拜"的解释，因为"近世唯山谷(黄庭坚)最知子美"。

兴定庚辰太原贡士南京状元楼宴集题名引

题解

此引言写于金宣宗兴定四年庚辰(1220)，文中对太原贡士在南京(今河南开封)宴集的意义，作了精辟的概括，提高到"荣辱吾晋"、"以千载自任"的高度。此时作者三十一岁，可见其不凡的胸襟抱负。无怪乎他能于京城被围之际，毅然给蒙古中书令耶律楚材上书，对于必然引起的非议和毁谤在所不顾，力求保护著名的中原文士。这确实是以千载自任的"奇士"行为。全文豪气勃郁，令人振奋。至今读之，仍有重要的现实意义。

晋北号称多士，太平文物繁盛时，发策决科者[1]，率十分天下之二。可谓富矣！丧乱以来[2]，僵仆于原野，流离于道路，计其所存，百不能一。今年预秋赋者乃有百人焉[3]。从是而往，所以荣吾晋者，在吾百人而已；为吾晋羞者，亦吾百人而已。然则为吾百人者，其何以自处耶？将侥幸一第，以苟活妻子耶？将靳固一命[4]，龊龊廉谨[5]，死心于米盐簿书之间，以取美食大官耶？抑将为奇士、为名臣，慨然自拔于流俗，以千载自任也？使其欲为名臣奇士，以千载自任，则百人之少亦未害；如曰不然，虽充赋之多[6]，至十分天下之九，亦何贵乎十分天下之九哉！呜呼，往者已矣，来者未可期。所以荣辱吾晋者，既有任其责者矣。凡我同盟，其可不勉！

注释

〔1〕发策决科：指应科举考试。发策，拆开策问试题。决科，决定科第。

〔2〕丧乱以来：指为避蒙兵南侵，金王室于1214年过黄河迁都于南京(今河南开封)以来。

〔3〕预秋赋：参加秋季举行的科举考试。

〔4〕靳固：固惜。

〔5〕龊龊(chuò)：拘谨于小节。

〔6〕充赋：指参加科举考试充数。

新评

此文首先表现了青年元好问以天下为己任、以千载自任的宏伟抱负，十分难能可贵。其次，此文指出在金王朝贞祐南渡(1214)之前，晋北参加科举考试的文人已占金国的十分之二，可见文化之发达。第三，元好问认为：衡量知识分子的价值，主要看质量而不是数量。他希望晋籍贡士以奇士、名臣自期自勉，为国为民肩负历史的重任。这对于当时的科举之士有很大鼓舞。

射　说

题解

“说”是一种文体，叙述议论兼备，而重点在议论。这篇《射说》先叙述了晋侯之婿射箭出丑的事，接写“下座”之客对射箭之道的议论，最后以作者借题发挥、针砭时弊的议论作结。故事出于虚构，是为结尾的议论服务的，因而具有寓言的性质。

晋侯觞客于柳溪[1]，命其子婿驰射。婿，佳少年也，跨蹑柳行中，胜气轩然舞于颜间[2]，万首聚观，若果能命中而又搏取之者。已而乐作，一射而矢堕，再而贯马耳之左，马负痛而轶[3]，人与弓矢俱坠。左右奔救，虽支体不废[4]，而内若有损焉[5]。晋侯不乐，谢客[6]。客有自下座进者曰："射，技也，而有道焉。不得于心而至焉者，无有也。何谓得之于心？马也，弓矢也，身也，的也，四者相为一。的虽虱之微，将若车轮焉[7]。求为不中，不可得也。不得于心则不然，身一，马一，弓矢一，而的又为一。身不暇骑，骑不暇彀[8]，彀不暇的，以是求中于奔驰之下，其不碎首折支也幸矣，何中之望哉！走非有得于射也[9]，顾尝学焉[10]。敢请外厩之下驷，以卒贤主人之欢[11]，何如？"晋侯不许。顾谓所私曰："一马百金，一放足百里，衔策在汝手[12]，吾安所追汝！"竟罢酒。元子闻之，曰："天下事可见矣！为之者无所知，知之者无以为。一以之败，一以之废[13]。是可叹也！"作射说。

题解

〔1〕觞客：摆酒宴客。

〔2〕舞：这里意为洋溢、跃动。

〔3〕轶：同"逸"，这里指坐骑失控。

〔4〕支体：肢体。

〔5〕内若有损：似乎受了内伤。

〔6〕谢客：向客人道歉。

〔7〕的虽虱之微以下两句：《列子·汤问》："(纪昌)以牦悬虱于牖，南面而望之。旬日之间，浸大也；三年之后，如车轮焉。""的"，箭靶子。

〔8〕彀(gòu)：拉满弓。

〔9〕走："余"的谦称，"牛马走"的省称。

〔10〕顾：但。

〔11〕卒：尽。

〔12〕衔策：马缰绳和马鞭。

〔13〕一以之败，一以之废："为之者"因无知而败，"知之者"因没有机会"为"而废。

新评

此文可视为一篇针砭时弊的沉痛寓言。其"点睛"处在结尾："天下事可见矣！为之者无所知，知之者无以为。一以之败，一以之废。是可叹也！"刘祁《归潜志》卷十二《辨亡》篇说：金代贞祐南渡以后，"大臣在位者亦无忘身殉国之人；纵有之，亦不得驰骋。"卷七又说："南渡后，宣宗奖用胥吏，抑士大夫，凡有敢为、敢言者，多被斥逐。"这正是元好问这篇《射说》的注脚。

外家别业上梁文

题解

此文写于1237年。这是一篇别具一格的上梁文。上梁文本是为建筑物上梁时所写的吉祥文字，为骈体应用文。内容为祝愿安全、吉祥、幸运、顺利。但这篇文章却借题发挥，主要是为崔立碑事件中自己之被谤沉痛申辩，是有关元好问一生名节的非常重要的文献。文章声明崔立碑文并非自己起草，乃是他人嫁名造；同时也对实际起草碑文又诿过于自己的"太学之名流"，表示了一定程度的谅解。既坚持了实事求是原则，又表现了长者的胸怀。骈体的娴熟运用、典故的信手拈来，也显示了作者深厚的学养。外家，指母家，在山西阳曲县。别业是本宅外另建的居处。

穷于途者反于家，乃人情之必至；劳以生而佚以老，亦天道之自然。方属风霜偃薄之馀，而有里社浮湛之渐[1]。兹焉卜筑，今也落成。遗山道人，蟫蠹书痴[2]，鸡虫禄薄。猥以勃窣盘跚之迹[3]，仕于危急存亡之秋[4]。左曹之斗食未迁[5]，东道之戈船已御[6]，久矣公私之俱罄，困于春夏之长围。穷甚析骸，死惟束手。人望荆兄之通好，义均纪季之附庸[7]。出涕而女于吴[8]，莫追于既往；下车而封之杞[9]，有觊于将来。谋则佥同，议当孰抗[10]。爰自上书宰相[11]，所谓试微躯于万仞不测之渊；至于喋血京师，亦当保百族于群盗垂涎之口。皇天后土，实闻存赵之谋[12]；枯木死灰，无复哭秦之泪[13]。初，一军构乱，群小归功。劫太学之名流，文郑人之逆节[14]。命由威制，佞岂愿为？就磨甘露御书之碑，细刻锦溪书叟之笔[15]。蜀家降款，具存李昊之世修[16]；赵王禅文，何预陆机之手迹[17]？伊谁受赏，于我嫁名[18]。悼同声同气之间，有无罪无辜之谤。耿孤怀之自信，听众口之合攻。果吮痈舐痔之自甘，虽窜海投山其何恨[19]。惟彼证龟而作鳖，始于养虺以成蛇[20]。追韩之骑甫还，射羿之弓随彀[21]。予北渡之初献书中令君[22]，请以一寺观所费养天下名士。造谤者二三，亦书中枚举之类也。以流言之自止，知神理之可凭。复齿平民，仅延残喘。泽畔而湘累已老[23]，楼中而楚望奚穷[24]。怀先人之敝庐，可怜焦土；眷外家之宅相，更愧前途。岂谓事有幸成，计由私便。东诸侯助竹木之养[25]，王录事寄草堂之赀[26]。占松声之一丘，东皋子[27]《北山赋》：菊花两岸，松声一丘。近桃花之三洞。予此别业与白子西所居相近[28]。东墙西壁，无补圻之劳；上雨旁风，有闭藏之固。已与编户细民而杂处，敢用失侯故将而自名[29]。因之挫锐以解纷，且以安常而处顺。老盆浊酒，便当接田父之欢；春韭晚菘，尚愧夺园夫之利。彼扶摇直上，击水三千[30]，韦杜城南，去天尺五[31]，坐庙堂，佐天子，盖有命焉。使乡里称善人，斯亦足矣。辄取合欢之意，演为助役之谣。

儿郎伟[32]，抛梁东，人笑家山蕙帐空。老大读书无用处，且将耕获教儿童。

南，羊谷山中好石龛[33]。杖屦一游无脚力，会稽禹穴更须探。

西，未要坊名取碧鸡[34]。种下五株桃树子，本无心学浣花溪[35]。

北，老怯寒冬思密室。岭头骑马是官人，万里风来沙土黑。

上，何人落日心犹壮。云间道有少微星[36]，两眼眵昏无复望[37]。

下，百尺长松绕茅舍。他年拈出次山诗[38]，七十腰镰行时稼。“长松万株绕茅舍。”又云：“老公七十自腰镰，将引儿孙行时稼。”此吾家次山公诗也。

伏愿上梁之后，里仁为美[39]，邻德不孤[40]。子期永作知音[41]，曹子期，吾友生。季鹰早思命驾[42]。张纬文，留滞燕京。起居饮食，身为无事之人；伏腊岁时，家有长生之酿。旁沾亲旧，共乐安闲。

注释

〔1〕里社浮湛：隐居乡里村社。湛，通沉。

〔2〕蟫(yín)蠹：蛀书虫。

〔3〕勃窣盘跚：弯腰行走的样子。司马相如《子虚赋》：“盘珊勃窣上金堤。”盘跚通“蹒跚”。

〔4〕危急存亡之秋：指金哀宗天兴元年(1232)，蒙古大将速不台围攻金首都南京(今河南开封)，形势危急。

〔5〕左曹之斗食未迁：元好问在围城期间任金朝左司都事之职，并未迁官。

〔6〕东道之戈船已御：指金哀宗将离汴京东逃。元好问《南冠录引》：“知舟师将有东狩之役”，即指此事。

〔7〕人望荆兄之通好，义均纪季之附庸：指当时议立皇兄荆王(完颜守纯)监国，以城降蒙，以便保存皇族。春秋时纪国不敌齐，纪季知国必亡，首先臣服，附庸于齐，请齐国允许保存纪之宗庙祭祀和宗族后代，齐国同意了。这两句说仿照纪季之例，请蒙古允许保存金之宗庙和皇族。

〔8〕出涕而女于吴：春秋时齐景公送女嫁于吴王阖庐，高梦子加以劝阻，景公曰：“余有齐国之固，不能以令诸侯，又不能听，是生乱也。寡人闻之，不能令，则莫若从。”遂嫁之。见《说苑·权谋》。《孟子·离娄上》：“齐景公曰：既不能令，又不受命，是绝物也。涕出而女于吴。”

〔9〕下车而封之杞：《礼记·乐记》：“武王克殷……下车而封夏后氏之后于杞。”言武王行仁政，对前代贤王之后予以封地。这里意为金向蒙献城求和后，有希望得到一块封地。

〔10〕谋则佥同，议当孰抗：指上述求和建议无人反对。

〔11〕上书宰相：指向宰相提出上述建议。

〔12〕存赵之谋：战国时信陵君窃符救赵之事。借以言保存金皇室之谋划。

〔13〕哭秦之泪：春秋时申包胥哭于秦庭，借兵复楚。以上两句说大势已去，无力回天。

〔14〕劫太学之名流，文郑人之逆节：强迫太学生刘祁、麻革给崔立起草功德碑文。汴京西面元帅崔立以城降蒙后自称郑王。文：美化。逆节：指崔立叛国的行为。

〔15〕甘露御书之碑：宋徽宗御书的甘露碑。锦溪书叟之笔：指金代书法家张天锡，号锦溪书叟，崔立碑文是他所书写。这两句说将甘露碑文磨掉，刻上崔立的功德碑文。

〔16〕蜀家降款，具存李昊之世修：李昊为五代至宋初文人，仕蜀五十年，前蜀降唐，后蜀降宋，均是由李昊起草降表。蜀人潜署其门曰："世修降表李家。"

〔17〕赵王禅文，何预陆机之手迹：陆机《谢平原内史表》："诬臣与众人共作禅文，幽执囹圄，当为诛治。臣之微诚，不负天地……片言只字，不关其间，事踪笔迹，皆可推校。"禅文指西晋赵王伦受禅之文。后赵王伦被诛，陆机因任其中书郎，被牵连下狱。这里元好问以陆机没写禅文喻自己没写崔立功德碑文。

〔18〕伊谁受赏，于我嫁名：刘祁《归潜志·录崔立碑事》："立坐朝堂，诸宰执、首领官共献其文以为寿，遂招余、信之等俱诣立第受官。……诸首领官赍告身三通以出，付余辈曰：'特赐进士出身。'因为余辈贺。"这里说的是刘祁、麻革、刘郁三人受赏。嫁名：刘祁《归潜志》中说，崔立碑文由他和麻革起草后，元好问不满意，亲自重写了碑文。

〔19〕以上两句说：假如我甘愿献媚取宠，那么流放到天涯海角也活该。

〔20〕以上两句说：我缺乏识人之明，遭到恩将仇报。虺(huǐ)：毒蛇。意为：历来对刘祁赏识推许，但刘祁却反诬自己。

〔21〕追韩之骑：指萧何追还韩信，向刘邦荐其为大将事，见《史记·淮阴侯列传》。射羿之弓：《孟子·离娄下》："逢蒙学射于羿，尽羿之道，思天下惟羿为愈己，于是杀羿。"这两句意为：我向耶律楚材上书请求保护的文士中，就有刘祁、刘郁兄弟二人。然而却遭刘祁的诬谤。

〔22〕献书中令君：指元好问给蒙古中书令耶律楚材写信，即《寄中书耶律公书》。信中推荐54位著名文人，请求予以保护，其中有刘祁、刘郁兄弟二人。

〔23〕湘累：指屈原。累，无罪而死。这里以屈原喻己。

〔24〕楚望：《左传·哀公六年》："江汉沮漳，楚之望也。"这里指元好问登楼瞻望哀宗出奔之地归德。

〔25〕东诸侯：指严实，为东平帅。元好问脱离聊城羁管，居严实幕下，多受保护。

〔26〕王录事：杜甫《王录事许修草堂赀不到聊小诘》："为嗔王录事，不寄草堂赀。"此处借指王君璋，为严实臣僚，任行台令史。

〔27〕东皋子：唐诗人王绩。

〔28〕白子西：宋诗人白皞。

〔29〕失侯故将：《史记·李将军列传》载，李广罢职后，有一次夜归，霸陵尉喝止，李广的随从说："故李将军。"尉曰："今将军尚不得夜行，何乃故也！"

〔30〕扶摇直上，击水三千：《庄子·逍遥游》："谐之言曰：'鹏之徙于南冥也，水击三千里，抟扶摇而上者九万里。'"

〔31〕韦杜城南，去天尺五：《辛氏三秦记》："城南韦杜，去天尺五。"唐代韦氏、杜氏世为望族，居长安城南，近于天子。天，指帝王。

〔32〕伟，象声词，同"喂"。上梁时歌唱以协力。

〔33〕羊谷山中好石龛：元好问有《避兵阳曲北山之羊谷题石龛》诗，可知羊谷山即阳曲北山。龛：供奉佛像、神位之处。

〔34〕碧鸡：古地名，在四川成都西。杜甫《西郊》："时出碧鸡坊，西郊向草堂。"

〔35〕浣花溪：在四川成都市西郊，溪畔有杜甫故居浣花草堂。

〔36〕少微星：《史记·天官书》："廷藩西有隋星五，曰少微，士大夫。"张守节正义："少微四星，在太微西，南北列：第一星，处士也；第二星，议士也；第三星，博士也；第四星，士大夫也。"此句指在朝廷任职。

〔37〕眵(chī)：眼屎。

〔38〕次山：唐诗人元结，字次山，为元好问先祖。

〔39〕里仁为美：《论语·里仁》中孔子语，意为选择仁德的人作邻居，是美事。

〔40〕邻德不孤：《论语·里仁》："子曰：'德不孤，必有邻'"，意为有道德的人不会孤单，一定会有志同道合的朋友。

〔41〕子期：《列子·汤问》载：俞伯牙善弹琴，锺子期善听，为伯牙之知音。这里以锺子期比喻曹子期。

〔42〕季鹰：张翰字季鹰。《晋书》载：张翰因思故乡美味，辞官命驾而归。命驾：令车夫驾车。这里以张翰比喻张纬文，希望他早点归来。

新评

崔立碑事件是有关元好问一生名节的重要事件，此事在当时即有很大影响，后世更聚讼纷纭。这篇上梁文是元好问正面回答造谤者的唯一文献，十分重要。金叛将崔立以首都投降蒙兵，导致金亡。崔立又命人给自己树功德碑。碑文出自何人之手？对于金朝君臣来讲，自然关系重大。鉴于崔立降蒙事件的突发性和当时的复杂情况，以及不明真相的士议，再加上元好问对刘祁等人的痛惜，所以此文虽抒发十分沉痛的心情，而表达却多用典故，曲折深婉，既明确表白事实，又对造谤者有所谅解甚至回护。体现了长辈学者的风范，很令人感动。

◎小　说

京娘墓

题解

这是元好问的志怪小说集《续夷坚志》中写爱情的唯一篇章，也是故事性较强的篇章之一。《续夷坚志》收文言短篇小说207篇，是今知金代唯一的小说集。

都转运使王寂元老之父础[1]，任平山令。元老年二十许，初就举选，肄业县廨之后园[2]。一日晚，步花石间，与一女子遇。问其姓名，云："我前任杨令女。"元老悦其稚秀，微言挑之，女不怒而笑，因与之合。他日寒食，元老为友招，击丸于园西隙地。仆有指京娘墓窝场者。元老因问京娘为谁，同辈言前令杨公幼女，字曰京娘，方笄而死[3]，葬此。元老闻杨令之女，心始疑之。归坐书舍，少顷女至。娇啼宛转，将进复止。谓元老曰："君已知我，复何言也！幽明异路，亦难久处。今试期在迩，君必登科。中间小有龃龉[4]，至如有疾，亦当力疾而往。当见君辽阳道中。"言讫而去。元老寻病，父因不欲令就举。月馀小愈，元老锐意请行，以车载之。途次辽河淀，霖雨泥淖，车不能进，同行者鞭马就道。车独行数里而轴折，元老忧，不知所为。忽有田夫腰斤斧、负轴而来。问之，匠者也。元老叹曰："此地前后二百里无民居，今与匠者值，非阴相耶？"治轴讫，将行，俄见一车，车中人即京娘也。元老惊喜曰："尔亦至此乎？"京娘曰："君不记辽阳道中相见之语乎？知君有难，故来相慰耳！"元老问："我前途所至，可得知否？"京娘即登车，第言"尚书珍重"而已。元老不数日达上京[5]，擢第。明昌中为运使[6]，车驾享太室，摄礼部尚书。数日而薨。

注释

〔1〕王寂：蓟州玉田（今河北玉田县）人，天德三年进士，终于中都路转运使，谥文肃。有《拙轩集》传世。《中州集》卷二有传。父础，仕至归德府判官。

〔2〕廨(xiè)：官署，旧时官吏办公处的通称。

〔3〕笄(jī)：本指簪子，这里指女子可以盘头插笄的年龄，即十五岁。

〔4〕龃龉(jǔyǔ):上下齿不相配合,比喻意见不合,不融洽。这里指不顺利、挫折。

〔5〕上京:金首都,在今黑龙江阿城南白城。

〔6〕明昌:金章宗完颜璟年号,公元1190—1196年。

新评

这篇小说以寥寥五百字,写了一个离奇曲折的爱情故事的全过程——从开端直至馀波。人物生动,情节感人,层次井然,语言条畅。

衡量爱情真假深浅的标志之一,是先为对方着想还是先为自己着想。小说中男主人公王寂,先是色欲冲动,继而怀疑对方,分手时毫无惜别之意。当他陷入困境时,京娘出面解救,而他唯一关心的只是:“我前途所至,可得知否?”竟无片言叙情,何“爱”之有?而京娘的表现恰恰相反。这是又一出“始乱终弃”的爱情悲剧。

元好问《中州集》卷二有《王寂传》,但于此事一字不提,亦可见元氏立传的严谨态度。

狐锯树

题解

这篇小说是一则典型的不怕鬼的故事,不妨与柳宗元的《黔之驴》对读。元好问此作明写人定胜妖,意义更为正大。

阳曲北郑村中社铁李者[1],以捕狐为业。大定末[2],一日张网沟北古墓下,系一鸽为饵,身在大树上伺之。二更后,群狐至,作人语云:“铁李铁李,汝以鸽赚我耶?汝家父子驴群相似,不肯作庄农,只学杀生;俺内外六亲,都是此贼害却!今日天数到此,好好下树来,不然,锯倒别说话!”即闻有拽锯声,大呼搘镬煮油[3],当烹此贼,火亦随起。铁李惧,不知所为。顾腰唯有大斧,思树倒则乱斫之。须臾天晓,狐乃去。树无锯痕,旁有牛肋数枝而已。铁李知其变幻无实,其夜复往。未二更,狐至,泣骂俱有伦。李腰悬火罐,取卷爆潜爇之[4],掷树下。药火发,猛作大声,群狐乱走,为网所罥[5],瞑目待毙,不出一语。以斧椎杀之。

注释

〔1〕阳曲:今山西省太原市阳曲县。

〔2〕大定:金世宗完颜雍年号(1161—1189)。

〔3〕搘(zhī):支。

〔4〕爇(ruò):点燃。

〔5〕罥(juàn):缠绕。

新评

这篇《狐锯树》,无论人物形象、思想意义、场面描写,均达到《续夷坚志》中的高峰。二百二十多字的篇幅中,猎户铁李的形象是何等丰满、真实!他第一次遇到狐群的妖术,也如常人一样,"惧,不知所为"。但他的可贵在于"顾腰唯有大斧,思树倒则乱斫之",要与群狐决一死战,而不是投降,更没有吓破了胆。天亮后,铁李发现了狐群夜间的威胁,只不过是"变幻无实"的虚张声势而已。他气更足、胆更壮,而且进一步使用了先进武器,终于将狐群一网打尽,大快人心。这位智勇双全的农村猎手形象,也就有血有肉地屹立在我们面前。小说中还使用了白话,透露出文言小说受白话小说影响之迹,在小说发展史上很有意义。

包女得嫁

题解

这篇小说以关于包公的一则民间传说为张本,写一位女巫救助被掠民妇的故事。在妙趣横生的细节描写中,塑造了正直聪明的女巫形象。在当时的特定背景下,有积极的现实意义。

世俗传包希文以正直主东岳速报司[1],山野小民无不知者。庚子秋[2],太安界南征兵掠一妇还[3],云是希文孙女,颇有姿色。娼家欲高价买之,妇守死不行。主家利其财,捶楚备至,妇遂病。邻里嗟惜而不能救。里中一女巫私谓人曰:"我能脱此妇,令适良人。"即诣主家,闭目吁气,屈伸良久,作神降之态。少之,瞑目咄咤[4],呼人者出,大骂之。主人具香火俯伏请罪,问何所触尊神?巫又大骂云:我速报司也!汝何敢以我孙女为娼?限汝十日,不嫁之良家,吾灭汝门!"主家百拜谢过[5]。不数日嫁之。

注释

〔1〕包希文:应为包希仁,即包拯(999—1062),字希仁,北宋庐州合肥人。仁宗时历任开封知府、龙图阁直学士、枢密副使。以廉洁著称,执法严峻,不畏权贵,民敬爱之。遗著有《包孝肃奏议》。

〔2〕庚子:指蒙古窝阔台汗十二年(1240)。

〔3〕太安:即今山东泰安。

〔4〕咄咤:怒斥。

〔5〕谢过：赔罪。

新评

故事先交代包公主持的是“速报司”，与结尾之“限汝十日”照应；且明言因“正直”而主司。所以“南征兵掠一妇还”，其行为之邪恶，已不言而喻，故将灭“南征兵”之满门。又说：此事“山野小民无不知者”，以为结局之“主家百拜谢过。不数日嫁之”的伏笔，真可称细针密线了。女巫在“作神降之态”前的“私谓人曰”，清楚地交代了智斗强敌的目的是救民女出水火，而斗争的方法则未说明，留待下文来绘声绘色地描写。女巫的动作、言词、语气等无不惟妙惟肖，可谓神态毕现。文中两写“大骂”，真为被压迫者一吐胸中怨气，令人拍案称快。借用巫术的合法外衣来巧妙地争取对敌斗争的胜利，是劳动人民的一大发明。那位正直勇敢、聪慧机智的女巫形象，活脱脱地跃然纸上。此外，巫术之虚假的本质，也被暴露无遗。而真正的“东岳速报司”的主宰者，不就是那位为民伸冤的女巫吗？

张孝通冤报

题解

这篇小说所叙的骡吐人言之故事自然不可信。其积极意义在于伸张正义、平反冤狱，歌颂深入民间调查访问的清官。

大定末，武清人赵士诠商贩西京〔1〕。每过白登〔2〕，多宿张孝通家，其妻私焉。孝通知，阴图之。一日，乘士诠醉，与其子定国缢杀之，投尸野中。士诠久不归，子来白登访之。孝通先与店户白忠友有仇，私告赵子云：“汝父去向，白忠友宜知之。”赵子诉官，官系忠友讯掠，不胜苦楚。虽已诬服，而狱终不决。明昌初，白妻诉于朝，朝差贾公守谦往廉之〔3〕。贾密访县人，人有言一异事云：张孝通及其子驱一骡往某处，憩于道旁树下。骡逐草而逸，定国怒鞭之。骡忽人语云：“你杀赵客，更来打我。”父子相顾失色。他日，孝通妇汲水饮骡，骡又语云：“你杀人，却冤白家。”孝通父子恐语泄，谋杀之以灭口，而县人无不知者。贾公以是归报。朝廷随差刑部员外孙某驰驿至县，收孝通父子。一问即承。人知神理之不可诬也！贾公仕至右丞。

注释

〔1〕武清：县名，在今天津市。　西京：今山西大同市。

〔2〕白登：金县名，即今山西省阳高县南白登村。

〔3〕贾公守谦：字亨甫，后避哀宗完颜守绪讳改名益谦。宣宗朝参知政事，南渡后进右丞，迁左丞。寻致仕卒。《中州集》卷九有传。

新评

本篇已经突破了我国古典小说传统的按时间顺序单线索发展的叙事模式，以新颖独特的一明一暗两条线索和插叙式结构，独树一帜，对小说结构艺术的发展作出了贡献。

此文结构，颇具艺术匠心，其故事发展线索如下：

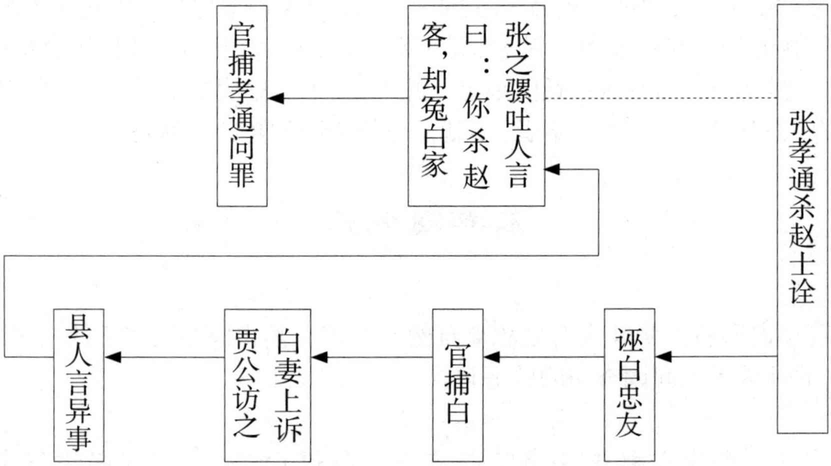

◎附 录

元好问年谱简编

金章宗明昌元年庚戌(1190),一岁

生于秀容,出生七月,即过继与其叔元格。

承安元年丙辰(1196),七岁

始学为诗,有神童之称。

泰和三年癸亥(1203),十四岁

随父官陵川,从陵川郝天挺学。

金宣宗贞祐二年甲戌(1214),二十五岁

蒙古军围燕京。迁都汴京。避兵至汴京。作《石岭关所见》等。

贞祐三年乙亥(1215),二十六岁

蒙古军攻陷燕京。作《梁园春》等。

贞祐四年丙子(1216),二十七岁

蒙古军围太原。奉母移居河南三乡。作《市隐斋记》等。

兴定元年丁丑(1217),二十八岁

寓居三乡。作《论诗三十首》等。

兴定二年戊寅(1218),二十九岁

移居河南登封。十月,蒙古军攻陷太原、平阳。作《秋怀》等。

兴定三年己卯(1219),三十岁

蒙古攻金。作《寄赵宜之》等。

兴定四年庚辰(1220),三十一岁

夏,游洛阳。作《西园》等。

兴定五年辛巳(1221),三十二岁

在汴京登进士第。座主为赵秉文。作《家山归梦图》等。

金宣宗元光元年壬午(1222),三十三岁

至孟津等地。作《怀叔能》等。

元光二年癸未(1223),三十四岁

夏,过昆阳。作《昆阳》等。

金哀宗正大元年甲申(1224),三十五岁

五月,应宏词科试优等,权国史院编修。作《野菊座主闲闲公命作》等。

正大二年乙酉(1225),三十六岁

辞史院职,归登封。著《杜诗学》。作《出京》等。

正大三年丙戌(1226),三十七岁

被征从军方城。作《方城八景》等。

正大四年丁亥(1227),三十八岁

任河南内乡县令。作《宿菊潭》等。

正大五年戊子(1228),三十九岁

金将领元颜彝大败蒙古军。作《张主簿草堂赋大雨》等。

正大六年己丑(1229),四十岁

服母丧,闲居内乡白鹿原。代任镇平县令。著《东坡诗雅》。作《范宽秦川图》等。

正大七年庚寅(1230),四十一岁

闲居白鹿原。应邓州帅移剌瑗之邀,赴任幕僚。作《被檄夜赴邓州幕府》等。

正大八年辛卯(1231),四十二岁

任南阳令。八月,赴汴京,任尚书都省掾。作《岐阳三首》等。

天兴元年壬辰(1232),四十三岁

三月,蒙古军围汴京。十二月十六日,金哀宗出奔河北。在汴京,任左司都事。作《壬辰十二月车驾东狩后即事》等。

天兴二年癸巳(1233),四十四岁

四月,金元帅崔立以汴京降蒙古。被蒙古军拘管于聊城。作《俳体雪香亭杂咏》、《癸巳四月二十九日出京》、《癸巳五月三日北渡》、《续小娘歌》等。

天兴三年甲午(1234),四十五岁

正月,蒙古与南宋联军陷蔡州。哀宗自杀。金亡。作《即事》、《喜彦深过聊城》等。

蒙古太宗七年乙未(1235),四十六岁

移居山东冠氏县。七月,游济南。作《学东坡移居》、《泛舟大明湖》等。

蒙古太宗八年丙申(1236),四十七岁

居冠氏,作《游泰山》等。

蒙古太宗九年丁酉(1237),四十八岁

归忻州。冬还冠氏。作《游黄华山》等。

蒙古太宗十年戊戌(1238),四十九岁

夏,至东平。秋,携家归乡。作《出东平》等。

蒙古太宗十一年己亥(1239),五十岁

夏，归忻州，居读书山。作《初挈家还读书山杂诗》等。

蒙古太宗十二年庚子(1240)，五十一岁

家居，作《九日读书山》等。

蒙古太宗十三年辛丑(1241)，五十二岁

北游雁门、应州、浑源等地。作《雁门道中书所见》等。

蒙古乃马真后元年壬寅(1242)，五十三岁

家居秀容。作《感兴》等。

蒙古乃马真后二年癸卯(1243)，五十四岁

秋，应耶律铸之邀，赴燕京。冬，归忻州。作《出都二首》等。

蒙古乃马真后三年甲辰(1244)，五十五岁

秋，至燕京。归途中游洛阳。作《洛阳》等。

蒙古乃马真后四年乙巳(1245)，五十六岁

迁母墓归秀容。至曲阜谒孔庙。作《曲阜纪行》等。

蒙古定宗元年丙午(1246)，五十七岁

回秀容。患足痿症。作《乔千户挽诗》等。

蒙古定宗二年丁未(1247)，五十八岁

家居秀容。作《送邦彦北行》等。

蒙古定宗三年戊申(1248)，五十九岁

夏，游河北。作《示程孙四首》等。

蒙古海迷失后元年己酉(1249)，六十岁

夏，至真定。作《自题中州集后》等。

蒙古海迷失后二年庚戌(1250)，六十一岁

往张柔处观金实录。作《陶然亭诗序》等。

蒙古宪宗元年辛亥(1251)，六十二岁

赴太原、真定、顺天。作《辛亥寒食》等。

蒙古宪宗二年壬子(1252)，六十三岁

居真定获鹿。作《壬子寒食》等。

蒙古宪宗三年癸丑(1253)，六十四岁

应聘赴东平。作《赠别孙德谦》等。

蒙古宪宗四年甲寅(1254)，六十五岁

夏六月，游五台山。作《台山杂咏》等。

蒙古宪宗五年乙卯(1255)，六十六岁

《中州集》刊印。游汴京。作《乙卯端四日感怀》等。

蒙古宪宗六年丙辰(1256)，六十七岁

居获鹿寓所。作《题许汾阳诗后》等。

蒙古宪宗七年丁巳(1257),六十八岁

九月,卒于河北获鹿。郝经料理归葬于秀容。作《张村杏花》等。

元好问著作主要版本

元好问集

诗集,明汲古阁本。

元遗山先生集

清光绪七年读书山房刻本,包括诗文四十卷,词和小说各四卷,年谱三种,考证三卷,附录、补载各一卷。

元遗山诗集笺注

清施国祁笺注,人民文学出版社1958年版。

遗山乐府

彊村丛书本。

元好问全集(增订本)

姚奠中主编,李正民增订,山西古籍出版社2004年版。

元好问研究主要著述

著作部分

缪钺《遗山乐府编年小笺》,词学季刊3卷2、3期,1936年版。

郝树侯《元好问诗选》,人民文学出版社1959年版。

郭绍虞《元好问论诗三十首小笺》,人民文学出版社1978年版。

陈沚斋《元好问诗选》,广东人民出版社1985年版。

贺新辉辑注《元好问诗词集》,展望出版社1987年版。

《元好问研究文集》,山西人民出版社1987年版。

降大任《元遗山新论》,北岳文艺出版社1988年版。

钟星《元好问诗文选注》,上海古籍出版社1990年版。

赵兴勤等《遗山乐府》,中国广播电视出版社1990年版。

贺新辉《元好问诗词研究》,中国妇女出版社1990年版。

郝树侯、杨国勇《元好问传》,山西人民出版社1990年版。

林从龙等《遗山诗词注析》，中州古籍出版社1991年版。
《纪念元好问800诞辰文集》，山西人民出版社1992年版。
刘泽《元好问论诗三十首集说》，山西人民出版社1992年版。
方满锦《元好问之名节研究》，台北天工书局1996年版。
《第四次元好问国际学术研讨会论文集》，中国国际广播出版社1998年版。
齐存田《元好问诗探艺录》，中国国际广播出版社1998年版。
李正民《续夷坚志评注》，山西古籍出版社1999年版。
李正民《元好问研究论略》，社会科学文献出版社1999年版。
狄宝心《元好问年谱新编》，中国文联出版社2000年版。
姚莫中、李正民主编《元好问词注析》，山西古籍出版社2001年版。
方满锦《元好问论诗三十首研究》，台北万卷楼图书股份有限公司2001年版。
齐存田《遗山诗词赏论》，中国文联出版社2004年版。
狄宝心《元好问诗词选》，中华书局2005年版。
降大任、魏绍源、狄宝心《元遗山金元史述类编》，山西古籍出版社2007年版。
孔凡礼《元好问资料汇编》，学苑出版社2008年版。

论文部分

黄时鉴《元好问与蒙古国关系考辨》，《历史研究》1981年第1期。
李正民《元好问诗论初探》，《西南师院学报》1981年第4期。
李蹊《法贵天真，诗家坦途》，《晋东南师专学报》1985年第3期。
姚奠中《元好问研究文集》前言，《忻州师专学报》1986年第1期。
刘泽《元好问在癸巳之变中的思想转折》，《忻州师专学报》1986年第1期。
李正民《元好问诗论的民族特色》，《文学遗产》1986年第2期。
赵廷鹏等《赋到沧桑句便工》，《文学遗产》1986年第6期。
狄宝心《元好问对宋诗的批判继承》，《忻州师专学报》1989年第2期。
张博泉《元好问的学术思想及其特质》，《忻州师专学报》1990年第1期。
缪钺《论元好问词》，收入《纪念陈寅恪先生诞辰百年学术论文集》，北大出版社1990年版。
卢兴基《从金源诗看元遗山诗歌艺术》，《社会科学战线》1990年第4期。
钟婴《续夷坚志散论》，《文学遗产》1990年第4期。
卢兴基《在唐宋诗歌成就面前的元遗山》，《文学遗产》1990年第4期。
陈学霖《元好问壬辰杂编探赜》，《晋阳学刊》1990年第5期。
周惠泉《元好问研究发微》，《社会科学战线》1990年第3期。
王国良《续夷坚志研究》，收入《纪念元好问800诞辰学术研讨会论文集》，台北文史哲出版社1991年版。
包根弟《元好问咏物词初探》,《山大师院学报》1991年第4期。
张晶《鲜卑诗人元好问的诗歌成就及其北方民族文化基质》,《民族文学研究》1992年第3期。
李正民《元好问诗文理论的美学系统》,《民族文学研究》1994年第2期。
杨国勇《元好问对中国宗教史的贡献》,《中国史研究》1995年第1期。
张晶《论遗山词》,《文学遗产》1996年第3期。
李正民《元好问论诗三十首的美学系统》,《民族文学研究》1997年第3期。
辛一江《论元好问曲》,《昆明师专学报》1998年第1期。
赵维江《论元好问的词学思想》,《齐鲁学刊》1998年第6期。
狄宝心《金元之际文坛领袖元好问对中原传统文化的维护整合》,《民族文学研究》1999年第2期。
胡传志《元好问考论》,《金代文学研究》,安徽大学出版社2000年版。
任立人《由元好问〈论诗三十首〉其四论陶渊明的诗与人》,《殷都学刊》,2002年第2期。
李正民《金元一代宗师元好问与中原文化》,《黄河文化论坛》第8辑,中国戏剧出版社2002年10月。
李献芳《元好问〈续夷坚志〉与金末元初的文坛》,《殷都学刊》,2003年第3期。
金强《元好问杏花诗的学术特色及成因》,《河北大学成人教育学院学报》,2004年第1期。
(日)高桥辛吉《元好问和元结》,《安徽师范大学学报》,2004年第2期。
安淑荣《元好问诗歌艺术探析》,《白城师范学院学报》,2004年第3期。
方满锦《元好问〈论诗三十首〉之编次失序研究》,《北京化工大学学报》,2005年第1期。
李正民、牛贵琥《试论佛教对元好问的影响》,《民族文学研究》,2005年第3期。
李量《元好问绝笔诗考》,《山西大学学报》,2005年第4期。
赵非《元好问〈论诗三十首〉的论诗标准》,《承德职业学院学报》,2006年第1期。
裴兴荣《〈中州集〉编纂体例的开创性和示范性》,《雁北师范学院学报》,2006年第1期。
武怀军《元好问辞赋原论》,《济南大学学报》,2006年第5期。
张静《略论历代遗山集序的时代特征》,《晋阳学报》,2007年第1期。
裴兴荣、张晶《"借传以存史":〈中州集〉史学价值新论》,《北方论丛》,2007

年第1期。

漆亿《论元好问的遗民心态》,《名作欣赏》, 2007年第2期。

裴兴荣《〈中州集〉作家小传的文学价值》,《忻州师范学院学报》, 2007年第3期。

李正民《"沧海横流要此身"——论元好问对传统价值体系的冲决与开拓》,《民族文学研究》, 2007年第4期。

刘丹、宋国庆《从元好问看宗教与文学的互动关系》,《长春工业大学学报》, 2007年第4期。

乔芳《元好问碑志文分类研究》,《江苏大学学报》, 2007年第4期。

赵永源《试论宋金元间词体创作的雅俗之变:以山谷词与遗山词为例》,《江西社会科学》, 2007年第4期。

邓昭祺《元好问的词味说》,《山西大学学报》, 2008年第1期。

张静《纪念元好问逝世750周年学术研讨会综述》,《忻州师范学院学报》, 2008年第1期。

《元好问集》名言警句

△寒波淡淡起,白鸟悠悠下。(《颍亭留别》)(第001页)

△少年乐事总消歇,落日澹澹天无穷。(《西窗》)(第020页)

△看山水底山更佳,一堆苍烟收不起。(《泛舟大明湖》)(第034页)

△老树高留叶,寒藤细作花。(《老树》)(第049页)

△青溪鸣石齿,暖日长藤芽。(《少室南原》)(第050页)

△万里风涛接瀛海,千年豪杰壮山丘。(《横波亭》)(第056页)

△松间小草栽培稳,掌上明珠弃掷难。(《别程女》)(第068页)

△穷途老阮无奇策,空望岐阳泪满衣。(《岐阳三首》)(第075页)

△野蔓有情萦战骨,残阳何意照空城。(《岐阳三首》)(第076页)

△北风猎猎悲笳发,渭水潇潇战骨寒。(《岐阳三首》)(第077页)

△高原水出山河改,战地风来草木腥。精卫有冤填瀚海,包胥无泪哭秦庭。(《壬辰十二月车驾东狩后即事五首》)(第080页)

△华表鹤来应有语,铜盘人去亦何心?(《癸巳四月二十九日出京》)(第082页)

△细水浮花归别涧,断云含雨入孤村。(《淮右》)(第084页)

△十年旧隐抛何处?一片伤心画不成。(《怀州子城晚望少室》)(第085页)

△神仙不到秋风客,富贵空悲春梦婆。(《出都二首》)(第090页)

△断霞落日天无尽,老树遗台秋更悲。(《出都二首》)(第091页)

△林高风有态，苔滑水无声。(《山居杂诗六首》其一)(第095页)
△游骑北来尘满城，月明空照汉家营。(《家山归梦图三首》)(第104页)
△红粉哭随回鹘马，为谁一步一回头。(《癸巳五月三日北渡三首》)(第107页)
△白骨纵横似乱麻，几年桑梓变龙沙。(《癸巳五月三日北渡三首》)(第108页)
△一语天然万古新，豪华落尽见真淳。(《论诗三十首》其四)(第111页)
△恨人间，情是何物，直教生死相许。(［摸鱼儿］“恨人间”)(第117页)
△问莲根，有丝多少，莲心知为谁苦？(［摸鱼儿］“问莲根”)(第122页)
△花柳横陈，江山呈露，尽入经营惨澹中。(［沁园春］“再见新正”)(第139页)
△醉眼千峰顶上，世间多少秋毫！(［清平乐］“江山残照”)(第142页)
△江山如画里，人物更风流。(［临江仙］“荷叶荷花何处好”)(第145页)
△万象入横溃，依旧一峰闲。(［水调歌头］“黄河九天上”)(第148页)
△樱桃花下玉亭亭，随步觉春生。(［朝中措］“樱桃花下玉亭亭”)(第154页)
△楼中燕子能留客，陌上杨花也笑人。(［鹧鸪天］“煮酒青梅入坐新”)(第164页)
△秋气偏催过雁，疏烟细点归鸦。(［木兰花慢］“又东门送客”)(第165页)
△入梦终疑神女赋，写情除有文星笔。(［满江红］“一枕馀酲”)(第169页)
△天人不可以偏废，日月不可以坐失。(《秋望赋》)(第175页)
△动可以周万物而济天下，静可以崇高节而抗浮云。(《新斋赋并序》)(第177页)

图书在版编目（CIP）数据

元好问集 / 李正民等解评 .—2 版 . —太原：三晋出版社，2008. 8（2024. 5 重印）
（中国家庭基本藏书·名家选集卷）
ISBN 978 – 7 – 80598 – 956 – 3 – 01

Ⅰ. 元… Ⅱ. ①李… Ⅲ. 元好问（1190～1257）—文集
Ⅳ. I214.642

中国版本图书馆 CIP 数据核字（2008）第 056536 号

元好问集

著　　者：（金）元好问　　**解 评 者**：李正民等

责任编辑：李永明　　**审 订 者**：李正民
封面设计：敬人工作室　　**版式设计**：敬人工作室
责任校对：李永明　　**责任印制**：李佳音

出版发行：山西出版集团·三晋出版社
地　　址：太原市建设南路 21 号
电　　话：（0351）4956036（咨询）　4922268（邮购）
传　　真：（0351）4922102
网　　址：www.sxskcb.com
邮　　编：030012

印刷装订：山西新华印业有限公司
（本书如有破损、缺页、装订错误，请与本社联系调换）

开　　本：787mm × 960mm　1/16
字　　数：250 千字
印　　张：14
版　　次：2008 年 8 月第 2 版
印　　次：2024 年 5 月第 2 次印刷
书　　号：ISBN 978 – 7 – 80598 – 956 – 3 – 01
定　　价：54.00 元